용기

기백

결단력

해리 포터 시리즈

읽는 순서:
해리 포터와 마법사의 돌
해리 포터와 비밀의 방
해리 포터와 아즈카반의 죄수
해리 포터와 불의 잔
해리 포터와 불사조 기사단
해리 포터와 혼혈 왕자
해리 포터와 죽음의 성물

라틴어로도 읽을 수 있는 책:
해리 포터와 마법사의 돌
해리 포터와 비밀의 방

웨일스어, 고대 그리스어, 아일랜드어로도 읽을 수 있는 책:
해리 포터와 마법사의 돌

함께 읽을 책
신비한 동물 사전
퀴디치의 역사
(코믹 릴리프와 루모스를 돕고자 출간되었음)
음유시인 비들 이야기
(루모스를 돕고자 출간되었음)

이 세 권은 또한 다음의 시리즈로 출간되었습니다:
호그와트 라이브러리
(코믹 릴리프와 루모스를 돕고자 출간되었음)

일러스트 에디션
짐 케이 일러스트
해리 포터와 마법사의 돌
해리 포터와 비밀의 방
해리 포터와 아즈카반의 죄수
해리 포터와 불의 잔

올리비아 L. 길 일러스트
신비한 동물 사전

크리스 리델 일러스트
음유시인 비들 이야기

죽음의 성물

4

J.K. 롤링 지음 | **강동혁** 옮김

문학수첩

HARRY POTTER & THE DEATHLY HOLLOWS

First published in Great Britain in 2007 by Bloomsbury Publishing Plc
This edition Published in October 2021
Text © J.K. Rowling 2007
Cover and interior illustrations by Levi Pinfold © Bloomsbury Publishing Plc 2021
Wizarding World is a trade mark of Warner Bros. Entertainment Inc.
Wizarding World Publishing and Theatrical Rights © J.K. Rowling
Wizarding World characters, names and related indicia are TM and © Warner Bros.
Entertainment Inc. All rights reserved.
Korean translation copyright © 2022 by Moonhak Soochup Publishing Co., Ltd.

"이 책을

　　일곱 갈래로

　　　나누어 바칩니다.

　　닐에게,

제시카에게,

　　데이비드에게,

　　　　켄지에게,

　　디에게,

앤에게,

그리고 당신에게.

　　만약 당신이

　　　　마지막 순간까지

　　해리와

함께했다면."

CONTENTS

해리 포터와 죽음의 성물 29장~36장 ··· 9

19년 후 ··· 306

그리핀도르 – 퀴즈 ··· 318

영웅들 – 그리핀도르 ··· 321

기숙사 에디션 일러스트 by 레비 핀폴드

29장
사라진 보관

"네빌…… 이게 무슨…… 어떻게……?"

하지만 네빌은 론과 헤르미온느를 보고 기뻐서 고함을 내지르며 그들을 끌어안았다. 보면 볼수록 네빌의 상태는 영 말이 아니었다. 한쪽 눈은 노랗고 파랗게 멍든 채 팅팅 부어 있었고, 얼굴에는 여기저기 파인 자국들이 있었다. 전체적으로 너절해 보이는 몰골이 그가 얼마나 힘들게 지내왔는지를 넌지시 알려 주었다. 하지만 엉망진창으로 두들겨 맞은 그의 얼굴은 행복으로 환하게 빛났다. 그는 헤르미온느를 놓아주고 다시 입을 열었다. "너희가 올 줄 알고 있었어! 셰이머스한테 줄곧 시간문제라고 얘기했다니까!"

"네빌, 무슨 일이 있었던 거야?"

"뭐? 이거?" 네빌은 이 정도 상처는 별것 아니라는 듯 고개를 한 번 저었다. "이건 아무것도 아니야. 셰이머스는 더 심해. 너도 보게 될 거야. 그럼 우리 가는 거지? 아." 그가 애버포스에게로 고개를 돌렸다. "애브, 두어 명이 더 올지도 몰라요."

"두어 명이 더 온다고?" 애버포스가 불길하게 되풀이했다. "두어 명이 더 온다니, 그게 무슨 뜻이냐, 롱보텀? 통행금지령이 내려져 있고 온 마을에 경보음 마법이 걸려 있는데!"

"저도 알아요. 그래서 이곳으로 곧장 순간이동 해서 올 거예요." 네빌이 말했다. "그 사람들이 도착하면 그냥 통로로 들여보내 주세요. 그래 주실 거죠? 정말 고맙습니다."

네빌은 헤르미온느에게 손을 내밀어 그녀가 벽난로 선반 위로 기어올라 통로로 들어갈 수 있게 도와주었다. 론이 그 뒤를 따랐고, 그다음에 네빌이 올라갔다. 해리가 애버포스에게 말했다.

"어떻게 감사드려야 할지 모르겠습니다. 아저씨가 저희 목숨을 구해 주셨어요. 두 번이나요."

"그럼 그 목숨 잘 돌보거라." 애버포스가 퉁명스럽게 말했다. "세 번째에는 구해 줄 수 없을지도 모르니까."

해리는 난로로 기어올라 아리아나의 초상화 뒤에 뚫린

구멍으로 들어갔다. 맞은편에는 매끄러운 돌계단이 있었다. 이 통로는 아주 오랫동안 그곳에 있었던 것처럼 보였다. 놋쇠 램프가 벽에 걸려 있었고, 흙바닥은 닳아서 매끄러웠다. 그들이 걸어가자 그림자가 벽 전체에 부채꼴로 너울거렸다.

"이 통로는 얼마나 오랫동안 여기 있었던 거야?" 출발하면서 론이 물었다. "도둑 지도에는 안 나와 있잖아. 안 그래, 해리? 학교를 드나드는 통로는 딱 일곱 개뿐인 줄 알았는데?"

"새 학기가 시작되기 전에 그자들이 그 통로들을 전부 봉쇄해 버렸어." 네빌이 말했다. "지금은 그중 어느 곳으로도 지나갈 수 없어. 입구마다 저주가 걸려 있고 출구에서는 죽음을 먹는 자들과 디멘터들이 기다리고 있으니까." 그는 활짝 웃는 얼굴로 그들을 뚫어지게 바라보면서 뒤로 걷기 시작했다. "그런 건 신경 쓰지 마……. 아무튼 그게 사실이야? 너희가 그린고츠에 침입했다면서? 용을 타고 탈출했다던데? 다들 그 얘기를 해. 테리 부트는 저녁 식사 시간에 대연회장에서 그 얘기를 큰 소리로 떠들다가 캐로한테 두들겨 맞기도 했어!"

"응, 사실이야." 해리가 말했다.

네빌이 즐거워하며 웃음을 터뜨렸다.

"용은 어떻게 했어?"

"들판에 풀어 줬어." 론이 말했다. "헤르미온느는 진심으로 그걸 반려동물로 키우고 싶어 했지만……."

"과장 좀 하지 마, 론……."

"근데 너희는 그동안 뭐 했어? 사람들은 해리 네가 도망치고 있다고 했지만 난 그렇게 생각 안 해. 나는 네가 뭔가를 하고 있었을 거라고 생각해."

"맞아." 해리가 말했다. "하지만 호그와트 얘기 좀 해 줘, 네빌. 우린 아무 소식도 못 들었거든."

"호그와트는…… 뭐, 더 이상 예전의 호그와트가 아니야." 네빌이 말했다. 그렇게 말하는 그의 얼굴에서 미소가 흐려졌다. "캐로 남매는 알아?"

"여기에서 교수 노릇 하는 죽음을 먹는 자들 말이지?"

"교수 노릇 그 이상이야." 네빌이 말했다. "그자들이 모든 징계를 담당하고 있어. 캐로 남매는 처벌하기를 좋아해."

"엄브리지처럼?"

"아니, 엄브리지가 순해 보일 지경이야. 다른 교수님들은 우리가 뭔가 잘못을 저지르면 캐로 남매에게 보고하게 되어 있어. 될 수 있으면 안 알리시지만. 교수님들도 우리

만큼 그자들을 싫어하시거든. 오빠인 아미쿠스가 예전에 어둠의 마법 방어법이던 과목을 가르쳐. 지금은 그냥 어둠의 마법이라고 해. 우리는 방과 후 징계를 받은 사람들한테 크루시아투스 저주를 연습해야 해…….”

“뭐?”

해리, 론, 헤르미온느의 목소리가 한꺼번에 터져 나와 통로 전체에 울려 퍼졌다.

“사실이야.” 네빌이 말했다. “이 상처는 그래서 생긴 거야.” 그가 뺨에 유난히 깊게 베인 상처를 가리켰다. “난 안 하겠다고 했거든. 하지만 푹 빠진 애들도 있어. 크래브랑 고일은 아주 신이 났더라. 내 생각에 걔들이 무슨 일에서든 최고가 되어 본 건 처음일 거야. 아미쿠스의 여동생인 알렉토는 머글학을 가르치는데, 모두가 의무적으로 그 과목을 들어야 해. 우린 모두 그 여자가 머글들이 얼마나 짐승 같고 멍청하고 더러운지, 그리고 머글들이 마법사들을 얼마나 못살게 굴어서 마법사들이 숨어 살게 됐는지, 자연의 질서가 어떤 식으로 재확립되고 있는지 설명하는 걸 들어야만 해. 이건…….” 그는 얼굴에 난 또 다른 베인 상처를 가리켰다. “그 여자한테 당신 남매는 머글 피가 얼마나 섞여 있느냐고 물어봤다가 생긴 거야.”

"젠장, 네빌." 론이 말했다. "입바른 소리도 때와 장소를 가려서 해야지."

"넌 그 여자 하는 말을 못 들어서 그래." 네빌이 말했다. "너도 못 참았을걸. 뭐, 내가 그렇게 하면 사람들이 그자들한테 맞서는 데 도움이 되기도 해. 그런 일이 있으면 모두 희망을 품게 되거든. 예전에 네가 그렇게 하는 걸 보고 깨달은 거야, 해리."

"하지만 그놈들이 너를 칼 가는 도구처럼 쓰고 있잖아." 그들이 등불 옆을 지나가면서 네빌의 상처들이 더욱 또렷하게 보이자 론이 얼굴을 살짝 찡그리며 말했다.

네빌은 어깨를 으쓱했다.

"상관없어. 그자들은 순수 혈통 마법사의 피를 너무 많이 흘리길 원하지 않거든. 그래서 우리가 목소리를 높이면 어느 정도 고문은 하겠지만 실제로 우리를 죽이지는 않을 거야."

해리는 네빌이 말하는 일들과 그런 일들을 아무렇지도 않게 내뱉는 네빌의 말투 중에서 어느 쪽이 더 처참한지 알 수가 없었다.

"진짜 위험에 처한 사람들은 밖에 있는 친구나 가족들이 문제를 일으키고 있는 경우야. 그런 애들은 인질로 잡혀가

고 있어. 제노 러브굿이 《이러쿵저러쿵》에서 좀 지나치게
의견을 드러내기 시작하니까 놈들이 크리스마스 연휴를
보내러 집으로 돌아가는 열차에서 루나를 끌고 갔어."

"네빌, 루나는 무사해. 우리가 만났는데……."

"그래, 알아. 루나가 나한테 간신히 메시지를 보냈어."

그는 주머니에서 금화를 하나 꺼냈다. 해리는 그것이 덤
블도어의 군대가 서로에게 메시지를 보낼 때 사용하던 가
짜 갈레온이라는 것을 알아차렸다.

"이게 대단한 역할을 했어." 네빌이 헤르미온느에게 활
짝 웃으며 말했다. "캐로 남매는 우리가 어떻게 의사소통
하는지 절대 알아내지 못했지. 미치려고 하더라. 우리는
밤에 몰래 빠져나와서 벽에 낙서를 해 놓곤 했어. '덤블도
어의 군대, 여전히 신입 회원 모집 중.' 뭐 이런 거 말이야.
스네이프가 아주 치를 떨던걸."

"해 놓곤 했다고?" 네빌이 과거형으로 말하는 것을 눈치
챈 해리가 물었다.

"뭐, 시간이 갈수록 그리기가 점점 어려워졌거든." 네빌
이 말했다. "크리스마스에는 루나를 잃었고, 부활절이 지
난 뒤에는 지니도 돌아오지 않았어. 실은 우리 셋이 리더
같은 역할을 했단 말이야. 캐로 남매는 내가 이런 수많은

일의 배후에 있다는 걸 눈치챘는지 나를 심하게 대하기 시작했어. 그러던 중에 마이클 코너가 그자들이 쇠사슬에 묶어 놓은 1학년생을 풀어 주러 갔다가 붙잡혔고, 그자들은 마이클을 꽤 심하게 고문했어. 그래서 애들이 겁을 먹었지."

"말도 안 돼." 론이 웅얼거렸다. 통로가 오르막길로 접어들었다.

"그래, 난 사람들한테 마이클이 겪은 일을 똑같이 겪으라고 요구할 수가 없었어. 그래서 그런 식의 위험한 행동은 그만뒀지. 하지만 싸움은 계속했어. 비밀 활동 같은 걸로 말이야. 불과 2주 전까지만 해도 그랬어. 그자들이 나를 멈출 방법은 딱 하나밖에 없다고 생각하게 된 게 그때야. 그래서 그자들은 할머니를 잡으러 갔어."

"뭘 어쨌다고?" 해리, 론, 헤르미온느가 동시에 외쳤다.

"그래." 통로가 너무 가팔라진 탓에 네빌은 이제 약간 헐떡거리며 대답했다. "뭐, 그자들이 무슨 생각을 했는지 너희도 알 거야. 아이들을 납치한 다음 그 애들의 가족들한테 얌전히 굴라고 강요하면 정말 잘 통했거든. 거꾸로 가족을 납치해서 아이를 협박하는 건 그저 시간문제였을 거야. 문제는……." 네빌이 그들을 마주 보았다. 해리는 네빌이 씩 웃는 것을 보고 깜짝 놀랐다. "우리 할머니를 상대하는 건 그자들한테도 약간 감당하기 어려운 일이었다는 거지. 혼자 사는 나이 든 여자 마법사니까 아마 특별히 강한 사람을 보낼 필요는 없다고 생각했을 거야." 네빌이 소리 내어 웃었다. "아무튼 돌리시는 아직도 세인트 멍고에 있어. 할머니는 도망 중이시고. 나한테 편지를 보내셨어." 그는 로브의 가슴 주머니를 손바닥으로 툭 쳤다. "내가 자랑스럽다고, 과연 우리 부모님의 아들답다면서 계속 그렇게 하라고 하셨어."

"멋지다." 론이 말했다.

"응." 네빌이 기쁜 듯 말했다. "딱 한 가지 문제는, 그자들이 나를 어쩌지 못한다는 걸 깨닫자 내가 아예 호그와트에서 없어져도 되겠다고 판단을 내렸다는 거야. 나를 죽일 계획인지, 아니면 아즈카반으로 보낼 계획인지는 모르겠지만 어느 쪽이든 내가 사라질 시간이 됐다는 건 확실해."

"하지만……." 론이 도무지 모르겠다는 표정을 지으며 말했다. "우리…… 우리 호그와트로 곧장 돌아가고 있는 거 아니야?"

"물론이지." 네빌이 말했다. "너도 곧 무슨 뜻인지 알게 될 거야. 다 왔어."

모퉁이를 돌자 눈앞에 통로의 끝이 나타났다. 짧은 계단이 아리아나의 초상화로 가려져 있던 것과 같은 문으로 이어져 있었다. 네빌은 그 문을 열고 기어 넘어갔다. 해리는 뒤따라가면서, 네빌이 보이지 않는 사람들에게 외치는 소리를 들었다. "누가 왔는지 봐! 내가 뭐랬어?"

해리가 통로 너머의 방으로 나오자 몇 차례의 비명과 외침이 들렸다.

"해리!"

"포터야, **포터**라고!"

"론!"

"헤르미온느!"

알록달록한 걸개들과 램프들, 수많은 얼굴들이 그의 눈을 어지럽혔다. 다음 순간, 그와 론, 헤르미온느는 스무 명은 더 되어 보이는 사람들에게 둘러싸였다. 그들은 세 사람을 얼싸안고 등을 두드려 주고 머리카락을 헝클어뜨리고 손을 잡고 흔들었다. 방금 퀴디치 결승전에서 우승이라도 한 것 같았다.

"좋아, 됐어. 진정해!" 네빌이 소리치자 사람들은 뒤로 물러났다. 해리는 주위를 살펴볼 수 있었다.

해리는 그 방이 어딘지 전혀 알아볼 수 없었다. 그곳은 아주 넓었고, 호화로운 나무 위의 집 또는 거대한 배의 객실 내부처럼 보였다. 다양한 색깔의 그물 침대들이 천장과 발코니에 매달려 있었는데, 발코니는 어두운 색깔의 나무판자를 댄 창문 없는 벽에 빙 둘러 나 있었다. 벽은 밝은 빛깔의 태피스트리로 뒤덮여 있었다. 빨간색 천 위에 새겨진 그리핀도르의 황금 사자와 노란색을 배경으로 한 후플푸프의 검은 오소리, 파란색을 바탕으로 하고 있는 래번클로의 청동 독수리가 보였다. 슬리데린의 은색과 초록색만 빠져 있었다. 방에는 책이 잔뜩 꽂혀 있는 책꽂이들이 있고 빗자루 몇 개가 벽에 기대어 있었으며 구석에는 나무로 만든 커다란 라디오가 있었다.

"여기가 어디야?"

"당연히 필요의 방이지!" 네빌이 말했다. "예전 모습보다 낫지? 캐로 남매가 나를 추격하고 있었고, 나는 몸을 숨길 기회가 딱 한 번뿐이란 걸 알았어. 겨우 그 문을 통과해서 여길 찾은 거야! 뭐, 내가 처음 도착했을 땐 정확히 이런 모습은 아니었어. 훨씬 작았고, 그물 침대도 하나뿐이고 그리핀도르 벽걸이만 걸려 있었어. 하지만 D.A. 회원들이 점점 더 많이 도착하니까 방이 늘어났어."

"그런데 캐로 남매는 못 들어와?" 해리가 문을 찾아 주위를 둘러보며 물었다.

"응." 셰이머스 피니건이 말했다. 얼굴이 온통 멍이 들고 부어 있어서 해리는 셰이머스가 입을 열 때까지 그를 알아보지 못했다. "여긴 제대로 된 은신처야. 우리 중 단 한 사람이라도 여기에 있는 한 놈들은 우릴 잡을 수가 없어. 문이 안 열리거든. 다 네빌 덕분이야. 네빌은 정말 이 방을 *꿰뚫고* 있어. 이 방을 제대로 쓰려면 뭐가 필요한지 정확히 부탁해야 하거든. 예를 들면, '캐로 편에 있는 사람은 아무도 들어오지 못하게 해 줘'라고 말이야. 그러면 방이 그렇게 해 줘! 뭔가를 부탁할 때 빈틈이 없는지만 확인하면 돼. 그 일엔 네빌이 딱이야!"

"사실은 꽤 단순해." 네빌이 겸손하게 말했다. "여기에 하루 반 정도 있다 보니 엄청나게 배가 고파지더라. 그래서 뭔가 먹을 걸 구할 수 있었으면 좋겠다고 생각하니까 호그스 헤드로 가는 통로가 열렸어. 그 통로를 따라갔다가 애버포스를 만났고. 그분이 우리한테 음식을 대 주고 계셔. 왜 그런지는 모르겠는데 이 방이 해 주지 않는 딱 하나가 바로 음식을 제공해 주는 거거든."

"그래, 뭐, 음식은 갬프의 원소 변환 마법 법칙의 다섯 가지 주요 예외 중 하나잖아." 론이 그렇게 말하자 모두가 놀랐다.

"그래서 우린 여기에 거의 2주 동안 숨어 지내고 있어." 셰이머스가 말했다. "이 방은 우리가 필요로 할 때마다 더 많은 그물 침대를 만들어 내. 심지어 여자애들이 오기 시작하니까 꽤 좋은 화장실까지 만들어 내더라니까."

"여자애들은 씻고 싶어 했거든." 라벤더 브라운이 말을 거들었다. 해리는 그 시점까지 그녀가 여기 있는 줄도 몰랐다. 이제 제대로 주위를 둘러보자 친숙한 얼굴들이 제법 눈에 들어왔다. 파틸 쌍둥이와 테리 부트, 어니 맥밀런, 앤서니 골드스틴, 마이클 코너의 얼굴도 보였다.

"그건 그렇고, 넌 어떻게 지냈는지 좀 얘기해 줘." 어니가 말했다. "소문이 아주 많았어, 우리는 〈포터워치〉를 들으면서 네 소식을 계속 따라가려고 했어." 그가 라디오를 가리켰다. "너희가 그린고츠에 침입한 건 아니지?"

"아니, 맞대!" 네빌이 말했다. "용 얘기도 진짜고!"

소소한 박수 소리가 터져 나오고 몇 차례 환호성도 나왔다. 론이 허리를 숙여 인사했다.

"뭘 찾고 있었던 거야?" 셰이머스가 기대에 차서 물었다.

세 사람 중 누군가가 이 질문에 뭐라고 둘러댈 겨를도 없이 해리는 번개 모양 흉터에서 불로 지지는 듯 끔찍한 통증을 느꼈다. 기쁨과 호기심으로 가득한 얼굴들에서 재빨리 등을 돌리자 필요의 방이 사라지고, 어느새 그는 폐허가 된 돌 오두막 안에 서 있었다. 썩어 가는 바닥의 널빤지들이 그의 발밑에서 뜯겨 있고, 그 옆에는 바닥 아래서 꺼낸 황금빛 상자가 열린 채 텅 빈 속을 드러내고 있었다. 분노로 가득한 볼드모트의 비명이 그의 머릿속에 진동했다.

해리는 어마어마한 노력을 기울여서야 볼드모트의 정신에서 빠져나올 수 있었다. 그는 휘청거리며 지금 그가 서 있는 필요의 방으로 돌아왔다. 얼굴에 땀이 비 오듯 쏟아지는 그를 론이 부축하고 있었다.

"괜찮아, 해리?" 네빌이 물었다. "앉고 싶어? 피곤할 거라고 생각하긴 했는데. 그렇지……?"

"아냐." 해리가 말했다. 그는 론과 헤르미온느를 바라보며 아무 말 없이 방금 볼드모트가 또 다른 호크룩스 하나가 사라진 것을 발견했다는 사실을 알리려고 했다. 시간이 빠르게 가고 있었다. 볼드모트가 다음으로 호그와트를 방문하기로 한다면 그들은 기회를 놓치게 될 것이었다.

"시작해야 해." 그가 말했다. 표정을 보니 두 사람도 알아차린 듯했다.

"그럼 우린 뭘 할까, 해리?" 셰이머스가 물었다. "계획이 뭐야?"

"계획?" 해리가 되물었다. 그는 볼드모트의 분노에 다시 굴복하지 않는 데 온 힘을 쏟고 있었다. 흉터는 여전히 화끈거렸다. "음, 우리는…… 론이랑 헤르미온느랑 나는…… 해야 할 일이 있어. 그래서 우리는 여기를 떠날 거야."

아무도 더는 웃거나 환성을 지르지 않았다. 네빌은 혼란스러운 표정이었다.

"무슨 뜻이야, '여기를 떠난다'니?"

"우린 여기에 머무르려고 돌아온 게 아니야." 해리가 흉터를 문질러 통증을 가라앉히려 애쓰며 말했다. "우리가 해야 하는 중요한 일이 있어."

"그게 뭔데?"

"그건…… 그건 말할 수 없어."

이 대답에 웅성거리는 소리가 물결처럼 번져 나갔다. 네빌이 눈썹을 찌푸렸다.

"왜 우리한테 말 못 하는데? '그 사람'하고 싸우는 거랑 관계된 일 맞지?"

"응, 맞아."

"그럼 우리가 도와줄게."

덤블도어의 군대에 속한 다른 아이들도 열정적으로, 또는 엄숙하게 고개를 끄덕였다. 그중 두어 명은 의자에서 일어나 즉시 행동하겠다는 의지를 보여 주기도 했다.

"너희는 이해하지 못할 거야." 해리는 지난 몇 시간 동안 이 말을 아주 많이 한 것 같았다. "우린…… 우린 말해 줄 수 없어. 이 일은 우리끼리 해내야 하거든."

"왜?" 네빌이 물었다.

"왜냐하면……." 숨겨진 호크룩스를 찾기 시작하든지, 아니면 적어도 론, 헤르미온느와 어디서부터 수색해야 할지 의논이라도 해야 한다는 마음이 간절했던 해리는 생각을 정리하기가 어려웠다. 흉터는 여전히 타오르는 듯했다. "덤블도어 교수님이 우리 셋한테 어떤 임무를 남겨 주셨거든." 그가 조심스럽게 말했다. "그런데 말해 줄 수는 없어. 그러니까 내 말은, 교수님은 우리, 우리 셋만이 그 일을 하기를 바라셨어."

"우린 그분의 군대야." 네빌이 말했다. "덤블도어의 군대. 우린 모두 함께야. 너희 셋이 떠나 있을 때도 우리는 이 일을 계속해 왔어."

"우리도 딱히 놀러 다닌 건 아니야, 친구." 론이 말했다.

"그런 얘기가 아니잖아. 하지만 너희가 왜 우리를 믿지 못하는지 모르겠다. 이 방에 있는 사람들 모두 싸워 왔고, 캐로 남매한테 쫓겨서 여기까지 몰린 거야. 여기에 있는 사람들 모두 덤블도어 교수님에게…… 너에게 충실한 사람들이라는 걸 증명했단 말이야."

"있잖아." 해리는 무슨 말을 해야 할지도 모른 채 막연히 입을 열었다. 하지만 상관없었다. 그 순간 등 뒤에서 통로 문이 열린 것이다.

"네 메시지 받았어, 네빌! 너희 셋도 안녕. 틀림없이 여기 있을 거라고 생각했어!"

루나와 딘이었다. 셰이머스는 커다란 환호성을 지르며 달려가 가장 친한 친구를 껴안았다.

"안녕, 얘들아!" 루나가 기쁜 듯 말했다. "아, 돌아오니 참 좋다!"

"루나." 해리는 순간 정신을 빼앗긴 채 말했다. "여기서 뭐 하는 거야? 어떻게……?"

"내가 소식을 보냈어." 네빌이 가짜 갈레온을 들어 올리며 말했다. "네가 나타나면 알려 주겠다고 루나랑 지니한테 약속했거든. 우리는 모두 네가 돌아온다는 건 곧 혁명을 의미한다고 생각했어. 스네이프랑 캐로 남매를 몰아내기 위해 나설 거라고 말이야."

"그야 당연하지." 루나가 밝은 목소리로 말했다. "안 그래, 해리? 우리가 싸워서 그 사람들을 호그와트에서 몰아

내는 거지?"

"잘 들어." 해리는 당혹감이 치솟는 것을 느끼며 말했다. "미안하지만 우리가 돌아온 건 그래서가 아니야. 우린 해야 할 일이 있어. 그다음에…….."

"우릴 이런 아수라장에 남겨 놓겠다고?" 마이클 코너가 물었다.

"아냐!" 론이 말했다. "우리가 하려는 일은 결국 모두에게 도움이 되는 거야. 이건 전부 '그 사람'을 없애는 일과 관련된…….."

"그럼 우리도 돕게 해 줘!" 네빌이 화가 나서 소리쳤다. "우리도 참여하고 싶단 말이야!"

등 뒤에서 또다시 소리가 들려서 해리는 뒤를 돌아보았다. 심장이 멎는 듯했다. 지니가 벽의 구멍으로 들어오고 있었다. 프레드와 조지, 리 조던이 그녀의 뒤를 바짝 쫓아들어왔다. 지니는 해리에게 빛나는 미소를 건넸다. 해리는 그녀가 얼마나 아름다운지 잊고 있었다. 아니, 그녀가 얼마나 아름다운지 이제껏 제대로 깨닫지 못했다. 그러나 그녀를 만난 것이 이렇게 기쁘지 않기도 처음이었다.

"애버포스가 조금씩 짜증을 내기 시작하던데." 프레드가 몇몇 사람들의 인사에 손을 들어 답하며 말했다. "잠 좀 자고 싶은데 자기 술집이 기차역으로 변했다나."

해리의 입이 쩍 벌어졌다. 리 조던 바로 뒤에서 해리의 예전 여자 친구인 초 챙이 다가왔던 것이다. 그녀는 해리를 보며 싱긋 웃었다.

"메시지를 받았어." 그녀가 자신의 가짜 갈레온을 들어 올리며 말하더니, 마이클 코너 옆으로 가서 앉았다.

"그래서 계획이 뭐야, 해리?" 조지가 물었다.

"계획 같은 건 없어." 해리가 말했다. 그는 이 모든 사람이 갑작스럽게 나타난 일이 아직도 혼란스럽기만 했다. 게다가 흉터가 여전히 타오를 것처럼 화끈거려서 이 모든 상황을 제대로 이해할 수가 없었다.

"닥치는 대로 한다 이거지? 내가 제일 좋아하는 계획이야." 프레드가 말했다.

"그만둬!" 해리가 네빌에게 말했다. "뭐 하자고 모두를 불러들인 거야? 이건 미친 짓……."

"우린 싸우려는 거잖아. 아니야?" 딘이 자신의 가짜 갈레온을 꺼내며 말했다. "메시지는 해리가 돌아왔고 우린 싸울 거라는 내용이었어! 근데 난 일단 지팡이부터 구해야겠다."

"너 *지팡이*가 없어……?" 셰이머스가 물었다.

론이 갑자기 해리에게 고개를 돌렸다.

"왜 애들이 도와주면 안 되는데?"

"뭐?"

"애들이 도와줄 수 있잖아." 그는 둘 사이에 서 있던 헤르미온느를 제외하면 아무에게도 들리지 않도록 목소리를 낮추고 말했다. "우린 그게 어디 있는지 몰라. 하지만 빨리 찾아야 돼. 그게 호크룩스라는 말은 굳이 해 줄 필요 없잖아."

해리는 론에게서 헤르미온느에게로 시선을 돌렸다. 그녀가 중얼거리듯 말했다. "론 말이 맞는 것 같아. 우리도 우리가 뭘 찾고 있는지 모르잖아. 우리한텐 애네가 필요해." 해리가 확신하지 못하겠다는 표정을 짓자 그녀가 덧붙였다. "모든 걸 너 혼자 할 필요는 없어, 해리."

흉터가 계속 욱신거리고 머리가 또다시 쪼개질 듯 아픈 와중에 해리는 재빨리 생각했다. 덤블도어는 그에게 호크룩스에 관해서는 론과 헤르미온느를 제외한 누구에게도 말하지 말라고 경고했다. '비밀과 거짓말, 그것이 우리가 자란 방식이었다. 그리고 알버스는…… 알버스는 타고났지.' 해리도 덤블도어처럼 변해 가는 걸까? 가슴에 비밀을 부둥켜안은 채 아무도 믿지 못하는 인간이 되어 가는 걸까? 하지만 덤블도어는 스네이프를 믿었다. 그것이 어떤 결과로 이어졌던가? 바로 가장 높은 탑 꼭대기에서의 살인이었다…….

"알았어." 그가 두 사람에게 조용히 말했다. "좋아." 그가 방에 모인 사람들에게 외치자 모든 소리가 멈췄다. 가까이 있던 사람들에게 농담을 건네던 프레드와 조지도 입을 다물었다. 모두 긴장한 듯하면서도 흥분한 표정이었다.

"우리가 찾아야 하는 게 있어." 해리가 말했다. "우리가 '그 사람'을 물리치는 데 도움이 되는 물건이야. 그게 호그와트에 있는데 어디에 있는지는 몰라. 래번클로의 물건이었을 수도 있어. 그런 물건에 대해 들어 본 사람 있어? 예를 들어서, 래번클로의 독수리가 새겨져 있는 어떤 물건을 본 적 있는 사람?"

그는 기대감에 차서 래번클로 소속인 파드마와 마이클, 테리와 초를 바라보았다. 하지만 그 말에 대답한 건 지니가 앉은 의자 팔걸이에 걸터앉아 있던 루나였다.

"음, 래번클로의 사라진 보관이 있어. 내가 그 얘기 해 준 적 있잖아. 기억나, 해리? 래번클로의 사라진 보관 말이야. 아빠는 그걸 복원하려고 하셔."

"그래, 하지만 사라진 보관은……." 마이클 코너가 눈알을 굴리며 말했다. "*사라져 버렸잖아, 루나. 그게 핵심이라고.*"

"언제 사라졌는데?" 해리가 물었다.

"수백 년 전에 사라졌다던데." 초가 말하자 해리는 심장이 철렁 내려앉는 것을 느꼈다. "플리트윅 교수님 말씀으로는 그 보관은 래번클로와 함께 사라졌대. 사람들이 찾아봤지만……." 그녀는 동료 래번클로 학생들에게 동의를 구했다. "아무도 흔적을 찾지 못했대. 그렇지?"

다들 고개를 끄덕였다.

"미안한데, 보관이 대체 뭐야?" 론이 물었다.

"왕관 같은 거야." 테리 부트가 말했다. "래번클로의 보관에는 마법이 깃들어 있어서, 그걸 쓴 사람의 지혜를 향상시켜 준대."

"맞아, 아빠의 랙스퍼트가 빨아들이는……."

하지만 해리가 루나의 말을 잘랐다.

"그런데 너희 중에서 그 비슷한 걸 본 사람은 아무도 없는 거야?"

다들 고개를 끄덕였다. 해리는 론과 헤르미온느를 바라보았다. 그 자신이 느끼는 실망감이 거울에 비친 듯 그들의 얼굴에도 똑같이 떠올라 있었다. 그토록 오래전에 사라진 데다 흔적조차 없는 물건이라면, 성안에 숨겨진 호크룩스 후보로는 적당하지 않을 듯했다……. 하지만 그가 새로운 질문을 떠올리기도 전에 초가 다시 입을 열었다.

"보관이 어떻게 생겼는지 알고 싶다면 내가 우리 휴게실로 데려가서 보여 줄 수 있는데 어때, 해리? 그걸 쓴 래번클로 조각상이 있거든."

해리의 흉터가 다시 불타는 듯 쑤셨다. 잠시 눈앞에서 필요의 방이 아른거리더니 어두운 땅바닥이 그의 발밑에서 솟아오르는 것이 보였다. 거대한 뱀이 그의 어깨를 감싸고 있는 것도 느껴졌다. 볼드모트는 다시 날아가고 있었다. 지하의 호수를 향해서인지, 아니면 이 성을 향해서인지는 알 수 없었다. 어느 쪽이든 남은 시간은 별로 없었다.

"그자가 움직이고 있어." 그가 론과 헤르미온느에게 조용히 말했다. 그는 초를 힐끗 바라본 다음 다시 모두를 향해 고개를 돌렸다. "들어 봐, 별다른 단서가 아니라는 건 알지만 난 그 조각상을 살펴볼 생각이야. 최소한 보관이 어떻게 생겼는지는 보려고. 여기서 나를 기다리면서, 그러니까…… 서로를 안전하게 지켜 줘."

초가 자리에서 일어났지만 지니가 조금 사나운 목소리로 말했다. "아니, 루나가 해리를 데려다줄 거야. 그치, 루나?"

"아아아, 그래, 나도 그러고 싶어." 루나가 기뻐하며 말하자 초는 실망한 표정을 지으며 다시 앉았다.

"어떻게 나가지?" 해리가 네빌에게 물었다.

"이쪽이야."

그가 해리와 루나를 한쪽 구석으로 데려갔다. 그곳에는 작은 벽장이 열려 있고 그 안은 가파른 계단으로 이어져 있었다.

"매일 다른 곳으로 나가게 되어 있어서 그자들도 절대 찾지 못해." 네빌이 말했다. "단 한 가지 문제는 우리도 이 방에서 나갈 때 정확히 어디로 가게 될지 알 수 없다는 거야. 조심해, 해리. 그자들이 밤마다 복도를 순찰하거든."

"문제없어." 해리가 말했다. "이따가 보자."

그와 루나는 서둘러 계단을 올라갔다. 횃불로 밝혀진 계단은 길게 이어져 있었고, 예상치 못한 곳에서 꺾어지곤 했다. 마침내 그들은 단단한 벽처럼 보이는 곳에 이르렀다.

"이 아래로 들어와." 해리는 그렇게 말하고 루나와 함께 투명 망토를 뒤집어썼다. 그런 다음 벽을 살짝 밀었다.

벽은 해리의 손이 닿자 녹듯이 사라졌고 그들은 밖으로 나갔다. 뒤를 힐끗 돌아보니 문이 곧바로 저절로 봉해지는 것이 보였다. 그들은 어두운 복도에 서 있었다. 해리는 루나를 어둠 속으로 끌어당기고 목에 건 주머니를 뒤적여 도둑 지도를 꺼냈다. 지도에 얼굴을 바짝 대고 들여다보던 그는 마침내 자신과 루나의 점을 찾아냈다.

"우리는 6층에 있어." 그는 필치가 저 앞쪽 복도에서 멀어져 가는 것을 지켜보며 속삭였다. "얼른, 이쪽이야."

그들은 살금살금 걸음을 옮겼다.

해리는 예전에도 여러 번 밤에 성안을 돌아다닌 적이 있지만, 심장이 이렇게 두근거린 건 처음이었다. 이곳을 안전하게 지나가는 일에 이토록 많은 것이 걸려 있었던 적도 없었다. 해리와 루나는 바닥에 네모나게 비치는 달빛을 통과하고, 그들의 조용한 발소리가 들리자 투구를 삐걱거리는 갑옷들을 지나고, 무엇이 도사리고 있을지 누구도 알수 없는 모퉁이들을 돌면서, 빛이 비치는 곳이 나올 때마다 도둑 지도를 확인하며 걸어갔다. 유령이 이상한 낌새를 느끼지 못한 채 그냥 지나가도록 두 번이나 멈춰 서기도 했다. 해리는 언제든지 장애물을 맞닥뜨릴 수 있다고 생각했다. 가장 두려운 건 피브스였다. 해리는 그 폴터가이스트가 다가오면서 내는 숨길 수 없는 첫 번째 신호를 듣기위해, 한 걸음 내디딜 때마다 귀를 쫑긋 세웠다.

"이쪽이야, 해리." 루나가 그의 소매를 잡아당겨 나선형계단으로 이끌면서 조용히 말했다.

그들은 현기증이 날 만큼 빙글빙글 원을 그리며 계단을 올라갔다. 해리는 이곳에 올라와 본 적이 한 번도 없었다.

마침내 그들은 어떤 문 앞에 이르렀다. 그 문에는 손잡이도, 열쇠 구멍도 없었다. 별 특징 없는 오래된 나무 문짝과 독수리 모양의 청동 고리 말고는 아무것도 없었다.

루나가 하얀 손을 투명 망토 밖으로 뻗었다. 팔이나 몸에 연결되지 않은 채 공중에 둥둥 떠 있는 그 손은 괴기스러워 보였다. 그녀가 한 차례 문을 두드렸다. 정적 속에서 그 소리는 마치 대포알이 폭발하는 것처럼 들렸다. 그 즉시 독수리의 부리가 열렸다. 하지만 들려온 것은 새의 울음소리가 아니라 음악처럼 부드러운 목소리였다. "무엇이 먼저인가? 불사조인가, 불꽃인가?"

"흠…… 네 생각은 어때, 해리?" 루나가 생각에 잠긴 얼굴로 물었다.

"뭐? 그냥 암호 아냐?"

"아아, 아니야. 질문에 대답해야 해." 루나가 말했다.

"틀리면?"

"음, 다른 사람이 맞힐 때까지 기다려야 해." 루나가 말했다. "그래야 배우지. 안 그래?"

"그래…… 문제는, 사실상 누구든 다른 사람을 기다릴 여유가 없다는 거야, 루나."

"그래, 무슨 말인지 알겠어." 루나가 진지하게 말했다. "음

그럼, 내 생각에 답은 '원에는 시작점이 없다'인 것 같아."

"그럴듯하군." 목소리가 말하자 곧 문이 활짝 열렸다.

텅 빈 래번클로 휴게실은 넓고 둥근 방으로, 해리가 호그와트에서 본 어느 장소보다 현실감이 없는 곳이었다. 파란색과 청동색 비단이 드리워진 벽에는 우아한 아치 창문들이 나 있었다. 래번클로 학생들은 낮이면 주변 산의 멋진 풍경을 감상할 수 있을 것이다. 돔으로 된 천장에는 별들이 새겨져 있었는데, 바닥의 암청색 카펫에도 그 별들이 똑같이 그려져 있었다. 그곳에는 탁자와 의자, 책꽂이 외에도 문 맞은편 벽감에 키가 큰 흰색 대리석상이 서 있었다.

해리는 루나의 집에서 봤던 흉상 덕분에 로위너 래번클로를 알아보았다. 그 조각상은 위층 침실로 이어지는 것으로 짐작되는 문 옆에 서 있었다. 해리는 대리석으로 된 여성을 향해 곧장 다가갔다. 그녀는 알쏭달쏭한 희미한 미소를 짓고 그를 마주 보는 듯했다. 아름다우면서 약간 위압적인 모습이었다. 그녀의 머리에는 섬세한 왕관 모양 머리 장식이 대리석으로 재현되어 있었다. 플뢰르가 결혼식에서 썼던 왕관 머리 장식과 비슷했다. 거기에는 깨알만 한 글씨들이 새겨져 있었다. 해리는 투명 망토 아래에서 나와 래번클로 조각상이 서 있는 받침대 위로 올라가서 그 글자들을 읽었다.

"헤아릴 수 없는 재치는 인간의 가장 위대한 보물이다."

"그런고로 너는 빈털터리나 마찬가지, 멍청아." 누군가가 낄낄거렸다.

해리는 몸을 홱 돌리다가 받침대 위에서 바닥으로 미끄러졌다. 어깨가 구부정한 알렉토 캐로가 그의 눈앞에 서 있었다. 해리가 마법 지팡이를 들어 올리는 순간, 그녀는 뭉툭한 검지로 팔뚝에 찍혀 있는 해골과 뱀 모양 낙인을 꾹 눌렀다.

30장
세베루스 스네이프의 도주

그녀의 손가락이 징표에 닿는 순간 해리의 흉터가 격렬하게 타올랐다. 별이 총총한 방이 시야에서 사라지고, 그는 절벽 아래 우뚝 솟은 바위 위에 서 있었다. 파도가 그의 주위로 밀려들었고 마음속에는 승리감이 차올랐다. 녀석을 잡았군.

'쾅' 하는 요란한 소리에 해리는 그가 서 있는 곳으로 돌아왔다. 그는 방향감각을 잃은 채 마법 지팡이를 들어 올렸지만, 눈앞의 마법사는 이미 앞으로 쓰러지고 있었다. 그녀가 바닥에 너무 세게 부딪치는 바람에 책꽂이들의 유리가 쟁그랑쟁그랑 떨릴 정도였다.

"D.A. 연습 때 말고는 누구한테도 기절 마법을 걸어 본 적이 없는데." 루나가 약간 흥미를 느끼는 목소리로 말했다. "생각했던 것보다 시끄럽네."

아니나 다를까, 천장이 진동하기 시작했다. 남녀 기숙사로 이어지는 문 뒤에서 허둥대는 발소리들이 울려 퍼지며 점점 커지고 있었다. 루나가 건 마법 때문에 위층에서 자고 있던 래번클로 학생들이 깬 것이다.

"루나, 어디 있어? 나 망토 안으로 들어가야 해!"

아무것도 없던 곳에서 난데없이 루나의 발이 나타나자 해리는 서둘러 그녀 곁으로 다가갔다. 루나는 해리와 함께 망토를 다시 뒤집어썼다. 그때 문이 열리고 잠옷을 입은 래번클로 학생들이 휴게실로 쏟아져 나왔다. 정신을 잃고 바닥에 쓰러져 있는 알렉토를 본 학생들이 숨을 헉 들이켜고 놀란 듯 비명을 지르는 소리가 들렸다. 그들은 언제든지 깨어나 공격할지 모르는 사나운 짐승을 대하듯 천천히 그녀 주위를 맴돌았다. 그러다가 용감한 1학년생 하나가 그녀에게 달려가 엄지발가락으로 등을 쿡 찔렀다.

"죽었나 봐!" 그가 크게 기뻐하며 소리쳤다.

"아아, 저것 봐." 래번클로 학생들이 알렉토 주위에 몰려들자 루나가 기분 좋은 듯 속삭였다. "다들 좋아하네!"

"그래…… 잘됐다……."

해리는 눈을 감았다. 흉터가 욱신거렸다. 그는 볼드모트의 머릿속으로 다시 들어가 볼 생각이었다······. 볼드모트는 첫 번째 동굴로 향하는 터널을 따라 이동하고 있었다······. 호그와트로 가기 전에 로켓을 확인하기로 한 것이다······. 하지만 오래 걸리지는 않을 것이었다······.

휴게실 문을 두드리는 소리가 나자 래번클로 학생들은 일제히 얼어붙었다. 문 맞은편 독수리 모양 고리에서 노래하듯 부드러운 목소리가 들렸다. "사라진 물건들은 어디로 갈까?"

"몰라, 알 게 뭐야? 집어치워!" 상스러운 목소리가 으르렁거렸다. 해리가 짐작하기에 알렉토의 오빠인 아미쿠스인 것 같았다. "알렉토? 알렉토? 거기 있어? 그놈을 잡았냐? 어서 문 열어!"

래번클로 학생들은 겁에 질린 채 자기들끼리 속삭거렸다. 곧이어, 아무런 경고도 없이 시끄러운 굉음이 연달아 울렸다. 누군가가 문에 대고 총을 쏘아 대는 것 같았다.

"**알렉토!** 그분이 오셨는데 우리가 포터를 잡지 못했다면······ 너도 말포이 가족이랑 똑같은 꼴을 당하고 싶어? **대답해!**" 아미쿠스가 온 힘을 다해 문을 흔들며 소리쳤지만 문은 여전히 끄떡도 하지 않았다. 래번클로 학생들은 모두 뒤로 물러서고 있었고, 그중 한껏 겁에 질린 몇몇은 침실을 향해 빠르게 계단을 뛰어올라 가기 시작했다. 해리 는 죽음을 먹는 자가 무슨 짓을 저지르기 전에 문을 열고 기절 마법을 걸어야 할지 고민하고 있었는데, 그때 문 뒤에 서 너무도 익숙한 또 다른 목소리가 울렸다.

"뭘 하고 계신 건지 물어봐도 되겠습니까, 캐로 교수 님?"

"이 염병할 문을 지나가려 하고 있소!" 아미쿠스가 소리 쳤다. "가서 플리트윅을 데려오시오! 그자한테 이걸 열라 고 해, 당장!"

"하지만 저 안에는 교수님의 동생분이 있지 않나요?" 맥 고나걸 교수가 물었다. "교수님의 긴급한 요청에 따라 플 리트윅 교수님이 오늘 저녁 일찌감치 그분을 들여보내 주 지 않았습니까? 아마 그분이 문을 열어 줄 수 있을 것 같은 데요? 그러면 교수님이 성안 사람 절반을 깨울 필요도 없 을 겁니다."

"알렉토가 대답하지 않는다고, 이 할망구야! 당신이 열 든가! 젠장! 당장, 열라고!"

"물론입니다. 그러길 바라신다면요." 맥고나걸 교수가 소름 끼칠 만큼 냉랭한 목소리로 말했다. 고리로 문을 부드럽게 두드리는 소리가 들리더니 노래하는 듯한 목소리가 다시 물었다. "사라진 물건들은 어디로 갈까?"

"무(無)로, 즉 모든 것으로 돌아간다." 맥고나걸 교수가 대답했다.

"멋진 표현이군." 독수리 모양 고리가 대답하자 문이 활짝 열렸다.

아미쿠스가 마법 지팡이를 마구 휘두르며 문턱을 넘어 불쑥 들어오자 몇 남아 있지 않던 래번클로 학생들이 전속력으로 계단을 향해 달려갔다. 동생과 마찬가지로 구부정한 어깨를 가진 그는 밀가루 반죽 같은 창백한 얼굴을 하고 있었다. 그의 조그만 눈은 즉시 바닥에 꼼짝없이 널브러져 있는 알렉토에게로 향했다. 그는 분노와 두려움이 뒤섞인 고함을 내질렀다.

"망할 놈의 애새끼들이 대체 무슨 짓을 한 거지?" 그가 소리쳤다. "어떤 놈이 이런 짓을 했는지 말할 때까지 그놈들한테 크루시아투스 저주를 걸 테다. 그나저나 어둠의 왕께서 뭐라고 하실까?" 그는 자신의 여동생을 내려다보며 서서 주먹으로 자기 이마를 탁 치더니 소리를 질렀다. "우린 놈을 잡지 못했어. 게다가 녀석들이 와서 내 동생을 죽였다고!"

"그냥 기절 마법에 걸린 겁니다." 웅크리고 앉아 알렉토를 살펴본 맥고나걸 교수가 짜증스러운 듯 말했다. "아무 문제 없을 겁니다."

"젠장, 아무 문제 없을 리가!" 아미쿠스가 소리쳤다. "알렉토가 어둠의 왕께 붙잡힌 다음에는 아무 문제 없을 리 없어! 알렉토가 그분한테 연락을 했단 말이다. 내 징표가 타오르는 걸 느꼈어. 그분께서는 우리가 포터를 잡았다고 생각하실 텐데!"

"'포터를 잡았다'고요?" 맥고나걸 교수가 날카롭게 내뱉었다. "포터를 잡았다'니, 그게 무슨 말입니까?"

"어둠의 왕께서 우리더러 포터가 래번클로 탑에 들어오려 할지도 모른다면서, 놈을 붙잡으면 연락하라고 하셨단 말이야!"

"해리 포터가 왜 래번클로 탑에 들어오려고 한단 말입니까? 포터는 내 기숙사 소속입니다!"

해리는 그녀의 목소리에 가득한 불신과 분노 아래 어느 정도의 자부심이 깃들어 있는 것을 알아차렸다. 해리의 마음속에서 미네르바 맥고나걸에 대한 애정이 솟구쳤다.

"우린 놈이 여기에 올지도 모른다는 얘기를 들었을 뿐이야!" 아미쿠스 캐로가 말했다. "왜 여기 들어오려고 하는지 내가 어떻게 알아?"

맥고나걸 교수는 자리에서 일어나 초롱초롱한 두 눈으로 방 안을 쓸듯이 둘러보았다. 그녀의 눈길이 해리와 루나가 서 있는 바로 그곳을 두 차례나 스쳐 지나갔다.

"애들 탓으로 돌리면 되겠군." 아미쿠스가 말했다. 그의 더러운 얼굴에 갑자기 교활한 표정이 떠올랐다. "그래, 그럼 되겠어. 알렉토는 애들한테 기습을 당한 거라고 말씀드려야지. 저 위에 있는 애들한테 말이야." 그는 침실들이 있는 별이 총총한 천장을 올려다봤다. "그리고 그 녀석들이 알렉토에게 억지로 징표를 누르게 했다고 하는 거야. 그래서 그분이 허위 경보를 받으신 거라고…⋯⋯. 그분께서 저놈들을 손봐 주시겠지. 저놈들이 두엇 줄어들든 말든 무슨 차이가 있겠어?"

"진실과 거짓, 용기와 비겁함의 차이뿐이겠지요." 맥고나걸 교수가 하얗게 질린 얼굴로 말했다. "간단히 말하면, 당신과 당신 동생은 인지하기 어려운 차이입니다. 하지만 한 가지만은 아주 분명하게 말씀드리죠. 당신의 그 많은 어리석은 행동을 호그와트 학생들에게 떠넘길 수는 없을 겁니다. 그건 내가 용납하지 않을 겁니다."

"뭐라고?"

아미쿠스는 맥고나걸 교수에게 무례할 정도로 가까이 다가갔다. 그의 얼굴은 그녀에게서 겨우 몇 센티미터 떨어져 있을 뿐이었다. 맥고나걸 교수는 뒤로 물러서지 않고, 변기에 묻은 무슨 역겨운 것이라도 되는 양 그를 내려다보았다.

"이건 당신이 용납하고 말고 할 게 아니야, 미네르바 맥고나걸. 당신 시대는 끝났어. 여길 책임지고 있는 건 이제 우리라고. 내 말에 고분고분 따르지 않으면 대가를 치르게 될 거다."

그러더니 그는 맥고나걸 교수의 얼굴에 침을 퉤 뱉었다.

해리가 투명 망토를 벗고 지팡이를 들어 올리며 말했다. "그런 짓은 하지 말았어야지."

아미쿠스가 홱 돌아서는 순간 해리가 소리쳤다. "크루시오!"

죽음을 먹는 자가 공중으로 붕 떠올랐다. 그는 고통으로 울부짖으며 물에 빠진 사람처럼 몸부림을 치고 버둥거리며 날아갔다. 그런 다음 쿵 하는 소리에 이어 와장창 유리 깨지는 소리와 함께 책꽂이에 부딪히더니 정신을 잃고 바닥에 널브러졌다.

"벨라트릭스가 한 말이 무슨 뜻인지 알겠네요." 해리가 말했다. 그의 머릿속으로 피가 솟구치고 있었다. "정말 진심을 담아야 하는군요."

"포터!" 맥고나걸 교수가 가슴을 부여잡으며 속삭였다. "포터…… 네가 여기 있다니! 무슨…… 어떻게……?" 그녀는 마음을 추스르려고 애썼다. "포터, 그건 어리석은 짓이었다!"

"이 자식이 교수님한테 침을 뱉었잖아요." 해리가 말했다.

"포터, 나는…… 그러니까 그건 아주…… 아주 용감한 일이었지만…… 모르는 게냐?"

"아뇨, 알아요." 해리가 그녀에게 단언했다. 어째서인지 그녀의 당황한 모습을 보자 오히려 마음이 침착해졌다. "맥고나걸 교수님, 볼드모트가 오고 있어요."

"아, 이제 그 이름을 말해도 되는 거야?" 루나가 투명 망토를 벗으며 흥미를 담은 목소리로 물었다. 또 다른 무법자의 등장이 맥고나걸 교수를 더더욱 당황하게 만든 모양이었다. 그녀는 뒤로 비틀거리며 물러나더니 가까이 있는 의자에 주저앉아 낡은 격자무늬 가운 목깃을 꽉 움켜쥐었다.

"뭐라고 부르든 별 차이 없을 것 같아." 해리가 루나에게 말했다. "그자는 이미 내가 어디 있는지 알고 있으니까."

해리의 머릿속 저편, 성난 듯 화끈거리는 흉터와 연결된 그곳에서 볼드모트가 희끄무레한 녹색 배를 타고 어두운 호수를 빠르게 가로지르는 모습이 보였다……. 그는 그 돌대야가 서 있는 섬에 거의 다다라 있었다…….

"넌 도망쳐야 해." 맥고나걸 교수가 속삭였다. "지금 가거라, 포터. 최대한 빨리!"

"그럴 수 없어요." 해리가 말했다. "전 해야 할 일이 있어요. 교수님, 혹시 래번클로의 보관이 어디 있는지 아세요?"

"래, 래번클로의 보관? 알 리가 없지. 수백 년 전에 사라지지 않았니?" 그녀가 허리를 좀 더 꼿꼿이 세우고 앉았다. "포터, 이건 미친 짓이다. 완전히 미친 짓이야. 네가 이 성에 들어오다니……."

"어쩔 수 없었어요." 해리가 말했다. "교수님, 제가 찾아야 하는 물건이 여기 숨겨져 있는데 어쩌면 그게 그 보관일 수도 있어요. 플리트윅 교수님하고 얘기할 수만 있으면……."

뭔가가 움직이는 소리와 함께 유리가 쨍그랑하는 소리가 들렸다. 아미쿠스가 정신을 차리고 있었다. 해리나 루나가 행동에 나서기도 전에 맥고나걸 교수가 일어서더니 비틀거리는 죽음을 먹는 자에게 마법 지팡이를 겨누고 말했다. "임페리오."

아미쿠스가 바닥에서 몸을 일으켜 동생에게로 걸어가더
니 그녀의 지팡이를 집어 들고 발을 질질 끌면서 고분고분
맥고나걸 교수에게 걸어와 그 지팡이를 자기 것과 함께 넘
겨주었다. 그런 다음 알렉토 옆에 드러누웠다. 맥고나걸
교수가 다시 지팡이를 휘두르자 허공에서 은빛으로 아른
아른 빛나는 긴 밧줄이 튀어나와 캐로 남매를 뱀처럼 휘감
고 꽉 묶었다.

"포터." 맥고나걸 교수는 캐로 남매가 처한 곤경 따위는
아랑곳없이 해리에게 얼굴을 돌리고 말했다. "이름을 말
해서는 안 되는 그 사람이 정말로 네가 여기 있는 걸 안다
면⋯⋯."

그녀가 그 말을 하는 순간, 육체의 고통과도 같은 분노
가 해리를 휩쓸면서 그의 흉터를 불타오르게 만들었다. 그
는 투명해진 마법약이 담겨 있는 대야를 내려다보고, 그
수면 아래 안전하게 놓여 있는 황금 로켓 따위는 이제 없
다는 것을 알았다.

"포터, 괜찮은 거냐?" 어떤 목소리가 들리자 해리는 다시
정신을 차렸다. 그는 몸을 가누기 위해 루나의 어깨를 붙
잡고 있었다.

"시간이 없어요. 볼드모트가 점점 가까이 오고 있어요.

교수님, 저는 덤블도어 교수님의 명령을 따르고 있는 거예요. 교수님께서 저한테 찾으라고 하신 물건을 찾아야 해요! 하지만 제가 성을 수색하는 동안 학생들을 밖으로 내보내야 해요. 볼드모트가 원하는 건 저예요. 하지만 그자는 몇 사람이 더 죽든 말든 상관하지 않을 거예요. 이제…….' *그자는 제가 호크룩스들을 파괴하고 있다는 걸 아니까요.* 해리는 머릿속에서 문장을 마무리 지었다.

"덤블도어 교수님의 명령을 따르고 있다고?" 그녀가 깜짝 놀란 얼굴로 되풀이했다. 다음 순간 그녀는 할 수 있는 한 몸을 꼿꼿하게 세웠다.

"네가 그…… 그 물건을 찾는 동안 우리가 이름을 말해서는 안 되는 그 사람에 맞서서 학교를 지키마."

"가능한가요?"

"그럴 것 같다." 맥고나걸 교수가 은근히 농담조로 말했다. "우리 선생들의 마법 실력도 제법 쓸 만하니까. 모두가 온 힘을 기울인다면 잠깐 정도는 그자를 막을 수 있을 거다. 물론, 스네이프 교수한테는 뭔가 조치를 취해야겠지만……."

"제가……."

"……그리고 만약 어둠의 왕이 교문 앞에 이르러서 호그와트가 포위당할 것 같다면, 정말이지 가능한 한 많은 수의 무고한 사람들을 밖으로 내보내는 게 좋겠구나. 플루 네트워크가 감시당하고 있고 교내에서는 순간이동이 불가능하니……."

"방법이 있어요." 해리가 재빨리 말했다. 그는 호그스 헤드로 이어지는 통로에 관해 설명했다.

"포터, 우린 지금 수백 명이나 되는 학생들 얘기를 하는……."

"저도 알아요, 교수님. 하지만 볼드모트와 죽음을 먹는 자들이 학교 주변 경계에 집중한다면, 호그스 헤드 바깥으로 순간이동을 하는 사람들한테는 신경 쓰지 않을 거예요."

"일리 있는 말이구나." 그녀가 동의했다. 그녀는 캐로 남매에게 지팡이를 겨눴다. 그들의 묶인 몸 위로 은색 그물이 떨어져 내리더니 그들을 휘감고 공중으로 들어 올렸다. 그들은 파란색과 금색의 천장 아래 두 마리의 커다랗고 흉측한 바다 생물처럼 대롱대롱 매달려 있었다. "가자. 다른 기숙사 담임 교수님들에게 알려야 한다. 너희는 다시 투명 망토를 쓰는 게 좋겠구나."

그녀는 문을 향해 성큼성큼 걸어가며 마법 지팡이를 들어 올렸다. 지팡이 끝에서 눈 주위에 안경 무늬가 있는 은색 고양이 세 마리가 튀어나왔다. 패트로누스들이 매끄럽게 앞으로 달려 나가며 나선형 계단을 은빛으로 가득 채웠다. 그러는 사이 맥고나걸 교수, 해리, 루나는 황급히 계단을 내려갔다.

그들이 복도를 따라 달려가는 동안 패트로누스들은 하나씩 그들을 떠났다. 맥고나걸 교수의 격자무늬 가운이 바닥을 스치면서 부스럭거리는 소리를 냈고, 해리와 루나는 투명 망토를 쓴 채 그녀의 뒤를 종종거리며 따라갔다.

그들이 두 층을 더 내려왔을 때 또 다른 조용한 발소리가 더해졌다. 여전히 흉터에서 욱신거리는 통증을 느끼고 있던 해리가 가장 먼저 그 소리를 들었다. 그는 목에 건 주머니를 뒤적여 도둑 지도를 찾았지만, 지도를 꺼내기도 전에 맥고나걸 교수 또한 누군가가 있다는 것을 눈치챈 듯했다. 그녀는 멈춰 서서 지팡이를 들어 올려 결투할 준비를 하고 물었다. "거기 누굽니까?"

"접니다." 어떤 낮은 목소리가 말했다.

갑옷 뒤에서 세베루스 스네이프가 모습을 드러냈다.

그를 보자 해리의 마음속에서 증오가 끓어올랐다. 해리는 스네이프가 저지른 어마어마한 죄에 정신을 빼앗긴 탓에 그의 자세한 생김새마저 잊고 있었다. 기름 낀 검은 머

리카락이 수척한 얼굴 주위에 커튼처럼 늘어져 있고, 검은
눈에는 무감각하고 차가운 기색이 어려 있는 그 모습을.
스네이프는 잠옷이 아닌 평소에 입는 검은 망토를 걸치고
있었으며, 역시 싸울 태세로 마법 지팡이를 들고 있었다.

"캐로 남매는 어디 있습니까?" 그가 조용히 물었다.

"당신이 있으라고 한 곳에 있겠지요, 세베루스." 맥고나
걸 교수가 말했다.

스네이프가 가까이 다가왔다. 그의 눈길이 맥고나걸 교
수를 지나 그 옆의 허공으로 향했다. 마치 해리가 거기 있
다는 사실을 알고 있기라도 한 것처럼. 해리도 마법 지팡
이를 들고 공격할 준비를 갖췄다.

"저는" 하고, 스네이프가 말을 이었다. "알렉토가 침입자
를 잡았다고 생각했습니다만."

"그런가요?" 맥고나걸 교수가 말했다. "왜 그런 생각을
한 거죠?"

스네이프는 왼팔을 살짝 펴는 동작을 해 보였다. 살갗에
어둠의 징표가 낙인 찍혀 있는 팔이었다.

"아, 그렇군요." 맥고나걸 교수가 말했다. "당신 같은 죽
음을 먹는 자들에게는 당신들만의 비밀스러운 의사소통
수단이 있었지요. 깜빡했습니다."

스네이프는 그녀의 말을 듣지 못한 척했다. 두 눈으로는 여전히 그녀 주위의 허공을 더듬으면서, 그는 어떤 결과가 벌어질지 모르는 듯한 눈치로 점점 가까이 다가오고 있었다.

"당신이 오늘 밤 복도를 순찰할 차례인 줄은 몰랐습니다, 미네르바."

"무슨 문제 있나요?"

"무엇 때문에 이 늦은 시간에 침대에서 나오셨는지 궁금해서 말이죠."

"소란스러운 소리를 들은 것 같아서요." 맥고나걸 교수가 말했다.

"그렇습니까? 모든 게 고요해 보입니다만."

스네이프가 그녀의 눈을 들여다보았다.

"해리 포터를 보셨습니까, 미네르바? 만약 그러셨다면 저는 어쩔 수 없이……."

맥고나걸 교수는 믿을 수 없을 정도로 빠르게 움직였다. 그녀의 마법 지팡이가 허공을 갈랐고, 그 순간 해리는 스네이프가 분명 의식을 잃고 쓰러질 거라고 생각했다. 하지만 그의 방패 마법 역시 아주 빨라서 맥고나걸은 균형을 잃고 말았다. 그녀가 벽에 걸린 횃불을 향해 지팡이를 휘두르자 횃불이 받침대에서 날아갔다. 스네이프에게 저주를 걸려던 해리는 어쩔 수 없이 루나를 불꽃이 떨어지는 자리에서 끌어당겨야 했다. 불길은 불의 고리가 되어 복도를 가득 채우더니 스네이프를 향해 올가미처럼 날아갔다.

다음 순간 그것은 더 이상 불이 아니라 거대한 검은색 뱀이 되었다. 맥고나걸은 그것을 폭파해 연기로 만들어 버렸다. 연기는 순식간에 다시 형태를 갖추고 굳어지더니 수많은 단검으로 변해서 스네이프에게 날아갔다. 스네이프는 자기 앞으로 갑옷을 옮겨 와 겨우 그 단검들을 피했다. 단검들은 쨍그랑 소리를 울리며 차례차례 갑옷의 가슴에 박혀 들었고……

"미네르바!" 새된 목소리가 들려왔다. 날아다니는 주문들에서 루나를 보호하던 해리가 뒤를 돌아보았다. 플리트윅 교수와 스프라우트 교수가 잠옷 바람으로 복도를 전력 질주해 오는 모습이 보였다. 덩치가 큰 슬러그혼 교수는 맨 뒤에서 헐떡이며 쫓아오고 있었다.

"안 돼!" 플리트윅이 지팡이를 들어 올리며 높은 목소리로 외쳤다. "당신은 더 이상 호그와트에서 살인을 저지를 수 없어!"

플리트윅의 주문이 스네이프가 몸을 숨기고 있는 갑옷

을 맞혔다. 철커덩하는 소리가 나더니 갑옷이 살아 움직였다. 스네이프는 그를 으스러뜨리려는 팔에서 벗어나려고 몸부림치며 그의 적들에게 갑옷을 날려 보냈다. 해리와 루나가 옆으로 몸을 날려 피했고, 갑옷은 벽에 부딪혀 산산조각 나 버렸다. 해리가 다시 눈을 들었을 때 스네이프는 죽을힘을 다해 도망치고 있었다. 맥고나걸과 플리트윅, 스프라우트가 일제히 큰 소리를 내며 그를 뒤쫓았다. 스네이프가 어느 교실 문 안쪽으로 돌진하자, 곧 맥고나걸의 고함이 들려왔다. "이 비겁한! 비겁한 인간 같으니라고!"

"무슨 일이야? 어떻게 됐어?" 루나가 물었다.

해리는 그녀를 일으켜 세웠다. 그들은 투명 망토를 질질 끌면서 복도를 달려가 그 빈 교실로 들어갔다. 맥고나걸 교수와 플리트윅 교수, 스프라우트 교수가 부서진 창문 앞에 서 있었다.

"그자가 뛰어내렸다." 해리와 루나가 뛰어들어 오자 맥고나걸 교수가 말했다.

"죽었다는 말씀이세요?" 해리는 그의 갑작스러운 등장에 놀란 플리트윅과 스프라우트의 고함 소리를 무시한 채 창문을 향해 쏜살같이 달려갔다.

"아니, 죽지 않았어." 맥고나걸이 씁쓸하게 말했다. "덤블도어 교수님과는 달리 아직 마법 지팡이를 갖고 있었으니까……. 주인에게서 몇 가지 장난질을 배운 모양이더구나."

해리는 두려움이 밀려드는 것을 느끼며, 박쥐 같은 커다란 형체가 어둠을 가르고 주변의 성벽으로 날아가는 것을 보았다.

등 뒤에서 묵직한 발소리와 거칠게 헉헉대는 소리가 들렸다. 슬러그혼이 이제야 도착한 것이다.

"해리!" 그가 에메랄드색 비단 잠옷을 걸친 널따란 가슴을 문지르며 헐떡거렸다. "우리 해리…… 이런 놀라운 일이…… 미네르바, 설명해 주시오……. 세베루스가…… 무슨……?"

"우리 교장 선생님께서 휴가를 좀 가셔야겠답니다." 맥고나걸 교수가 창문에 스네이프 모양으로 난 구멍을 가리키며 말했다.

"교수님!" 해리가 두 손으로 이마를 감싸 쥐고 외쳤다. 발아래 인페리우스로 가득한 호수가 휙휙 지나가는 것이 보였고, 유령 같은 형상의 녹색 배가 지하 호숫가에 부딪히는 것이 느껴졌다. 볼드모트는 살의로 가득한 채 그 배에서 뛰어내렸다.

"교수님, 학교에 바리케이드를 쳐야 해요. 그자가 지금

오고 있어요!"

"잘 알겠다. 이름을 말해서는 안 되는 그 사람이 오고 있습니다." 그녀가 다른 교수들에게 말했다. 스프라우트와 플리트윅이 헉 숨을 들이켰고, 슬러그혼은 낮은 신음을 내뱉었다. "포터는 덤블도어 교수님의 명령에 따라 성안에서 해야 할 일이 있습니다. 포터가 그 임무를 수행하는 동안 우리는 우리가 할 수 있는 모든 보호 수단을 가동해야 합니다."

"우리가 무슨 짓을 하더라도 '그 사람'을 무한정 막을 수 없다는 건 당연히 알고 계시지요?" 플리트윅이 높은 목소리로 말했다.

"하지만 그자를 붙잡아 둘 수는 있죠." 스프라우트 교수가 말했다.

"고맙습니다, 포모나." 맥고나걸 교수가 말했다. 두 여자 마법사는 서로를 이해하는 듯 비장한 표정을 주고받았다. "이곳 주위에 기본적인 보호 마법을 건 다음, 학생들을 모아 대연회장에서 만나는 게 좋겠습니다. 학생들 대부분은 대피시켜야겠지만, 성년이 된 학생 중 남아서 싸우고 싶은 사람이 있다면 기회를 주는 게 좋겠지요."

"동감이에요." 이미 서둘러 문으로 향하고 있던 스프라우트 교수가 말했다. "우리 기숙사 학생들과 함께 20분 후 대연회장에서 뵐게요."

스프라우트 교수는 빠른 걸음으로 사라졌다. 그녀가 웅얼거리는 소리가 들려왔다. "독손가락, 악마의 덫. 올가미 나무 꼬투리…… 그래, 죽음을 먹는 자들이 그것들과 어떻게 싸울지 보고 싶네."

"저는 여기서부터 시작하면 되겠어요." 플리트윅이 말했다. 키가 작아 창밖을 거의 볼 수 없었는데도 그는 부서진 창문 너머로 마법 지팡이를 겨눈 채 꽤 복잡한 주문을 웅얼거리기 시작했다. 플리트윅이 교정에 강한 바람을 풀어놓기라도 한 듯 뭔가가 휘몰아치는 이상한 소리가 들렸다.

"교수님." 해리가 그 조그만 일반 마법 교수에게 다가가며 말했다. "교수님, 방해해서 죄송하지만 중요한 일이에요. 래번클로의 보관이 어디 있는지 혹시 아세요?"

"……프로테고 호리빌리스. 래번클로의 보관?" 플리트윅이 새된 목소리로 말했다. "지혜가 조금 더 생긴다고 나쁠 건 없지만, 포터, 그게 이 상황에서 별 쓸모가 있을 것 같진 않구나!"

"제 말은 그냥…… 그게 어디 있는지 아세요? 보신 적 있으신가요?"

"봤느냐고? 살아 있는 사람 중에 그걸 본 기억을 갖고 있는 사람은 아무도 없어! 사라진 지 오래됐다, 애야!"

해리는 처절한 실망감과 당혹감이 뒤섞인 감정을 느꼈다. 그럼 대체 어떤 물건이 호크룩스일까?

"래번클로 학생들과 함께 대연회장에서 뵙도록 하죠, 필리우스!" 맥고나걸 교수가 해리와 루나에게 따라오라고 손짓하며 말했다.

그들이 막 문에 다다랐을 때 슬러그혼이 주절주절 입을 열었다.

"아이고." 그가 하얗게 질린 얼굴로 땀을 뻘뻘 흘리며 헐떡이자 팔자 콧수염이 덜덜 떨렸다. "웬 법석인지! 난 이게 현명한 일인지 잘 모르겠소, 미네르바. 그자는 들어올 방법을 반드시 찾아낼 거예요. 그리고 누구든 그자의 앞을 막아선 사람은 굉장히 심각한 위험에 처하게 될……."

"교수님도 슬리데린 학생들과 함께 20분 뒤 대연회장에 오실 거라 생각하겠습니다." 맥고나걸 교수가 말했다. "학생들과 함께 떠나고 싶으시다면 막지 않겠습니다. 하지만 호러스, 어떤 식으로든 우리의 저항을 방해하려 하거나 이 성에서 우리를 상대로 무기를 든다면, 우리는 목숨을 걸고 결투에 임할 겁니다."

"미네르바!" 그가 경악하며 소리쳤다.

"슬리데린 기숙사도 어디에 충성할지 결정할 때가 됐습니다." 맥고나걸 교수가 그의 말을 잘랐다. "가서 학생들을 깨우세요, 호러스."

해리는 그 자리에 머문 채 말을 더듬는 슬러그혼을 보고 있을 생각이 없었다. 그와 루나는 복도 한가운데에서 마법 지팡이를 치켜들고 있는 맥고나걸 교수를 쫓아 달려갔다.

"피에르토툼…… 아, 저런. 필치, 지금은 안 됩니다."

나이 든 건물 관리인이 다리를 절뚝거리며 눈앞에 나타난 것이다. 그는 "학생들이 침대에서 나왔습니다! 학생들이 복도에 있어요!"라고 고함을 지르고 있었다.

"당연히 그래야죠, 이 한심한 얼간이 같으니!" 맥고나걸이 소리쳤다. "이제 가서 뭔가 건설적인 일을 하세요! 피브스를 찾아봐요!"

"피, 피브스를요?" 필치가 말을 더듬었다. 그 이름을 한 번도 들어 본 적이 없다는 투였다.

"그래요, 피브스요, 이 멍청한 양반아. 피브스 말입니다! 25년 동안이나 그 문제로 불평하지 않았습니까? 가서 피브스를 데려오세요, 당장!"

필치는 맥고나걸 교수가 정신 줄을 놓았다고 생각하는

게 분명했지만, 어깨를 구부정하게 수그린 채 뭔가 구시렁거리면서 절뚝절뚝 멀어져 갔다.

"그럼 이제…… *피에르토툼 로코모토르!*" 맥고나걸 교수가 소리쳤다.

복도에 쭉 서 있던 조각상들과 갑옷들이 일제히 받침대에서 훌쩍 뛰어내렸다. 위층과 아래층에서도 굉음이 울리는 것을 들으니, 성 전체에 있는 조각상들과 갑옷들도 마찬가지로 움직이기 시작한 것 같았다.

"호그와트가 위협받고 있다!" 맥고나걸 교수가 소리쳤다. "성벽을 지켜 우리를 보호하고, 학교에 대한 너희의 의무를 다해라!"

움직이는 조각상들의 무리가 철컹거리고 고함을 지르면서 앞다퉈 해리 앞을 지나갔다. 그중에는 실물보다 큰 것도 있고 작은 것도 있었으며, 동물도 있었다. 갑옷들은 철컹거리면서 검과 가시 박힌 철퇴를 휘둘러 댔다.

"자, 포터." 맥고나걸이 말했다. "너와 러브굿 양은 돌아가서 친구들을 대연회장으로 데려오는 게 좋겠다. 나는 다른 그리핀도르 학생들을 깨우마."

그들은 이어지는 계단을 다 오르고 나서 헤어졌다. 해리와 루나는 필요의 방의 감춰진 입구를 향해 다시 달려갔다. 그러는 길에 여러 학생들을 만났는데, 그들은 대부분 잠옷 위에 여행용 망토를 걸친 채 교수들과 반장들을 따라 대연회장으로 몰려가고 있었다.

"포터가 지나갔어!"

"*해리 포터야!*"

"맞아, 확실해. 내가 방금 봤어!"

하지만 해리는 뒤돌아보지 않았다. 마침내 그들은 필요의 방 입구에 다다랐다. 해리가 마법에 걸린 벽 쪽으로 몸을 기울이자 문이 열리며 그들을 들여보내 주었다. 그와 루나는 가파른 계단을 뛰어 내려갔다.

"무슨……?"

방 안의 광경이 눈에 들어오자 해리는 깜짝 놀라서 계단 몇 개를 미끄러졌다. 방 안은 그가 조금 전에 봤을 때보다 훨씬 북적거리고 있었다. 킹슬리와 루핀이 그를 올려다봤고, 올리버 우드, 케이티 벨, 앤젤리나 존슨, 얼리샤 스피넷, 빌과 플뢰르, 위즐리 부부도 마찬가지였다.

"해리, 무슨 일이냐?" 루핀이 계단 아래서 그를 맞이하며 말했다.

"볼드모트가 오고 있어요. 교수님들이 학교에 바리케이드를 치고 있고요. ……스네이프는 달아났어요. 여기서 뭐

하세요? 어떻게 아셨어요?"

"우리가 나머지 덤블도어의 군대에게 메시지를 보냈어." 프레드가 설명했다. "다들 이런 재미를 놓칠 수는 없지, 해리. 그런데 D.A.가 불사조 기사단에 알리는 바람에 일이 눈덩이처럼 커진 거야."

"가장 먼저 뭘 하면 돼, 해리?" 조지가 소리쳤다. "무슨 일이 벌어지고 있는 거야?"

"지금 저학년 학생들을 대피시키고 있어요. 그런 다음 모두 대연회장에 모여서 전열을 가다듬기로 했고요." 해리가 말했다. "전투가 벌어질 거예요."

엄청난 함성이 터져 나왔다. 사람들이 계단 아래로 몰려들었다. 불사조 기사단과 덤블도어의 군대, 해리의 옛 퀴디치 팀 동료 모두가 뒤섞인 채 하나같이 마법 지팡이를 빼 들고 그를 지나쳐 성 한복판으로 달려갔다. 그 바람에 해리는 벽으로 떠밀리고 말았다.

"가자, 루나." 딘이 지나가면서 지팡이를 들지 않은 손을 내밀며 소리치자 루나는 그 손을 잡고 딘을 따라 다시 계단을 올라갔다.

사람들이 점점 줄어들었다. 필요의 방에는 몇 안 되는 사람들만 남아 있었다. 해리는 그들에게 다가갔다. 위즐리 부인이 지니와 옥신각신하고 있었다. 루핀, 프레드와 조지, 빌과 플뢰르가 그런 그들을 둘러싸고 서 있었다.

"넌 미성년자야!" 해리가 가까이 갔을 때 위즐리 부인이 딸에게 소리쳤다. "허락 못 해! 남자애들이야 그렇다 쳐도 너는, 너는 집에 가야지!"

"안 갈 거예요!"

어머니의 손아귀에서 팔을 잡아 빼는 지니의 머리카락이 거칠게 휘날렸다.

"저도 덤블도어의 군대……."

"……10대 패거리겠지!"

"그자에게 맞서려는 10대 패거리죠. 어느 누구도 감히 하려고 하지 않는 일이라고요!" 프레드가 말했다.

"앤 열여섯 살이야!" 위즐리 부인이 소리쳤다. "아직 어리다고! 애를 데리고 오다니, 너희 둘은 생각이 있는 거니?"

프레드와 조지는 조금 부끄러워하는 것 같았다.

"엄마 말씀이 맞아, 지니." 빌이 부드러운 어조로 말했다. "넌 싸울 수 없어. 미성년자는 모두 떠나야 해. 당연한 일이야."

"난 집에 갈 수 없어!" 지니가 고함쳤다. 화가 나서 두 눈에 고인 눈물이 반짝거렸다. "가족 모두가 여기 있는

데, 집에서 혼자 아무것도 모른 채 기다리는 건 견딜 수가 없…….”

그녀의 눈이 처음으로 해리와 마주쳤다. 그녀는 애원하듯 그를 바라봤지만 해리는 고개를 저었고 지니는 분한 듯 고개를 돌렸다.

“좋아.” 지니가 호그스 헤드로 돌아가는 통로의 입구를 바라보며 말했다. “지금은 작별 인사를 할게. 하지만 다음엔…….”

허둥지둥하는 소리와 함께 요란하게 쿵 부딪히는 소리가 들렸다. 누군가가 통로에서 기어 나오다가 살짝 균형을 잃고 넘어진 것이다. 그는 가장 가까이에 있는 의자를 붙들고 몸을 일으키더니 비뚤어진 뿔테 안경 너머로 주위를 둘러보며 말했다. “내가 너무 늦었나? 벌써 시작된 거야? 지금 막 알게 돼서, 나는…… 나는…….”

퍼시는 말을 막 더듬다가 이내 조용해졌다. 가족 대부분과 우연히 마주치게 될 거라고는 예상하지 못한 게 분명했다. 놀라서 어쩔 줄 모르는 순간이 한동안 길게 이어지다가 플뢰르가 루핀에게 말을 거는 바람에 깨졌다. 이 긴장감을 깨뜨리려는 뻔한 시도였다. “그래서…… 우리 꼬마 테디는 잘 지내나요?”

루핀은 깜짝 놀라서 그녀를 보며 멀뚱멀뚱 눈을 깜빡였다. 위즐리 가족 사이에 흐르는 침묵이 얼음처럼 단단해지는 듯했다.

"아…… 아, 네. 아기는 잘 있어요!" 루핀이 큰 소리로 말했다. "그래요. 통스가 아기와 함께 있어요. 어머니 댁에."

퍼시와 나머지 위즐리 가족들은 여전히 굳은 채 서로를 뚫어지게 바라보고 있었다.

"여기, 사진이 있어요!" 루핀이 소리치며 재킷 안에서 사진을 꺼내 플뢰르와 해리에게 보여 주었다. 그들은 밝은 청록색 머리카락을 가진 작디작은 아기가 카메라를 향해 통통한 주먹을 휘두르는 모습을 보았다.

"제가 바보였어요!" 퍼시가 소리쳤다. 그 목소리가 너무 커서 루핀은 하마터면 사진을 떨어뜨릴 뻔했다. "제가 얼간이였어요. 저는 잘난 척하는 멍청이였어요. 저는…… 저는……."

"마법 정부를 사랑하고 가족을 저버린, 권력에 굶주린 머저리였지." 프레드가 말했다.

퍼시가 꿀꺽 침을 삼켰다.

"그래, 맞아!"

"뭐, 그 이상 적합한 말은 없겠는걸." 프레드가 퍼시에게 손을 내밀며 말했다.

위즐리 부인이 울음을 터뜨렸다. 그녀는 앞으로 달려 나가더니 프레드를 밀치고 퍼시를 끌어당겨 숨 막힐 정도로 꼭 껴안았다. 퍼시는 그녀의 등을 토닥여 주면서 아버지를 바라봤다.

"죄송해요, 아빠." 퍼시가 말했다.

위즐리 씨는 빠르게 눈을 깜빡이더니, 마찬가지로 재빨리 다가와 아들을 껴안았다.

"어쩌다 정신을 차리게 된 거야, 퍼스?" 조지가 물었다.

"좀 됐어." 퍼시가 여행용 망토 자락을 안경 밑에 밀어 넣고 눈물을 닦으며 말했다. "빠져나올 방법을 찾아봤지만 쉽지 않았어. 정부에서 배신자들을 계속 잡아 가두고 있거든. 그러다가 간신히 애버포스랑 연락이 닿았지. 10분 전에 애버포스한테서 호그와트가 맞서 싸우기로 했다는 소식을 들었어. 그래서 온 거야."

"뭐, 이런 시기에는 다들 반장들이 앞장서 주기를 기대하지." 조지가 퍼시의 잘난체하는 태도를 아주 그럴싸하게 흉내 내며 말했다. "이제 올라가서 싸우자. 안 그러면 죽음을 먹는 자들이 몽땅 다른 사람들 차지가 되고 말 거야."

"그럼, 이제 형수님이 된 건가요?" 퍼시가 빌, 프레드, 조지와 함께 서둘러 계단으로 향하며 플뢰르와 악수했다.

"지니!" 위즐리 부인이 호통쳤다.

지니가 화해 분위기를 틈타 자기도 위층으로 몰래 올라가려 하고 있었던 것이다.

"몰리, 이렇게 하면 어떨까요?" 루핀이 말했다. "지니를 여기에 머물게 해 주죠. 그럼 지니도 현장에 있으면서 최소한 무슨 일이 벌어지는지 알 수 있잖아요. 하지만 싸움 한복판에는 못 가게 하는 겁니다."

"난······."

"좋은 생각입니다." 위즐리 씨가 단호하게 말했다. "지니, 이 방에 있어라. 알았니?"

지니는 그 생각이 별로 마음에 들지 않는 듯했지만, 평소답지 않은 아버지의 엄한 눈길에 고개를 끄덕였다. 위즐리 부부와 루핀도 계단으로 향했다.

"론은 어디 있어요?" 해리가 물었다. "헤르미온느는요?"

"벌써 대연회장으로 갔을 거다." 위즐리 씨가 어깨 너머로 돌아보며 소리쳤다.

"지나가는 걸 못 봤는데요." 해리가 말했다.

"화장실이 어쩌고 하던데." 지니가 말했다. "네가 이 방을 나가고 나서 얼마 안 됐을 때였어."

"화장실?"

해리는 성큼성큼 방을 가로질러 필요의 방에서 나가는 열린 문 쪽으로 걸어갔다. 그러고는 그 문밖에 있는 화장실을 확인했다. 화장실은 텅 비어 있었다.

"화장실이라고 한 거 확실……?"

하지만 그 순간 흉터를 불로 지지는 듯한 고통이 느껴지면서 필요의 방이 눈앞에서 사라졌다. 그는 양옆의 기둥에 날개 달린 멧돼지가 앉아 있는 높은 무쇠 대문 너머, 어두운 교정 저편 불빛이 환하게 빛나는 성을 바라봤다. 내기니가 그의 어깨에 몸을 늘어뜨리고 있었다. 그는 살인을 저지르기 전의 싸늘하고 잔인한 목표 의식에 사로잡혔다.

31장
호그와트 전투

대연회장의 마법 천장은 어둡고 별이 총총히 뜬 모습이었다. 그 아래 네 개의 기다란 기숙사 식탁에는 부스스한 모습의 학생들이 줄지어 앉아 있었다. 몇몇은 여행용 망토를 입고 있었고, 잠옷 차림으로 앉아 있는 학생들도 있었다. 여기저기서 학교 유령들의 진주처럼 허연 형상이 부옇게 빛났다. 산 자와 죽은 자 모두 대연회장 가장 안쪽의 높은 연단 위에서 말하고 있는 맥고나걸 교수를 주시하고 있었다. 그녀의 뒤에는 팔로미노의 몸을 가진 켄타우로스 피렌지를 포함해, 남아 있는 교수들과 힘을 합쳐 싸우기 위해 도착한 불사조 기사단 단원들이 서 있었다.

"……대피는 필치 씨와 폼프리 선생님이 맡아 주실 겁

니다. 반장들은 내가 지시하면 책임지고 각자 기숙사 학생들을 잘 추슬러서 질서 있게 대피 장소로 데려가도록 하세요."

학생 대다수가 몹시 겁에 질린 표정이었다. 하지만 해리가 론과 헤르미온느를 찾기 위해 그리핀도르 식탁을 살피며 벽을 따라가고 있을 때, 후플푸프 식탁에서 어니 맥밀런이 벌떡 일어나 소리쳤다. "남아서 싸우고 싶은 사람은 어떻게 하면 되나요?"

몇몇이 손뼉을 치며 소리를 질렀다.

"성인이 됐다면 남아 있어도 됩니다." 맥고나걸 교수가 말했다.

"소지품은요?" 래번클로 식탁에서 한 여학생이 소리쳤다. "짐 가방이랑 부엉이는요?"

"소지품을 챙길 시간은 없습니다." 맥고나걸 교수가 말했다. "중요한 건 여러분이 이곳을 안전하게 빠져나가는 겁니다."

"스네이프 교수님은 어디 계세요?" 슬리데린 식탁에서 한 여학생이 외쳤다.

"스네이프 교수님은, 속된 말로 하자면, 튀었습니다." 맥고나걸 교수가 대답하자 그리핀도르, 후플푸프, 래번클로 학생들이 소리 높여 환호성을 질렀다.

해리는 여전히 론과 헤르미온느를 찾으며 그리핀도르 식탁을 따라 대연회장을 걸어갔다. 해리가 지나갈 때마다 사람들이 고개를 돌려 그를 쳐다봤다. 그의 등 뒤에서 수많은 사람들이 쑥덕거리는 소리가 들렸다.

"성 주위에는 이미 보호 마법이 걸려 있습니다." 맥고나걸 교수가 말했다. "하지만 더 강화하지 않는 한 별로 오래 버티지는 못할 겁니다. 그러니 여러분이 빠르고 침착하게 이동하고 반장들의 지시에 따라 주기를 당부하는 수밖에⋯⋯."

하지만 그녀의 마지막 말은 대연회장 안에 울려 퍼지는 또 다른 목소리에 파묻히고 말았다. 높고 차갑고 선명한 목소리였다. 어디에서 들려오는 것인지 알 수 없었다. 마치 벽 자체에서 나오는 것 같았다. 예전에 그 목소리가 조종했던 괴물이 그랬듯, 목소리 또한 수백 년 동안 호그와트 성의 벽 속에 잠들어 있었던 것처럼 느껴졌다.

"너희가 싸움을 준비하고 있다는 걸 안다." 학생들 사이에서 비명이 터져 나왔다. 그중 몇몇은 겁에 질려 서로를 꼭 붙들고 소리가 나는 곳을 찾아 주위를 둘러보았다. "너희의 노력은 부질없다. 너희는 내 상대가 되지 않는다. 나는 너희를 죽이고 싶지 않다. 나는 호그와트의 교수들을 매우 존경하고, 마법사들이 피를 흘리기를 원하지 않는다."

이제 대연회장에는 침묵이 흘렀다. 고막을 짓누르는 듯한 침묵, 벽 안에 가둬 두기에는 너무 거대한 침묵이었다.

"해리 포터를 내게 넘겨라." 볼드모트의 목소리가 말했다. "그러면 아무런 피해도 없을 것이다. 해리 포터만 넘기면 학교는 건드리지 않을 것이다. 해리 포터를 넘기면 너희는 보상을 받게 될 것이다. 자정까지 시간을 주겠다."

또다시 침묵이 그들 모두를 집어삼켰다. 모두의 고개가 돌아갔다. 해리를 찾는 모두의 눈길이 마치 눈에 보이지 않는 수천 가닥의 빛줄기가 되어 그를 꼼짝 못 하게 붙들어 놓는 듯했다. 그때 슬리데린 식탁에서 누군가가 일어났다. 해리는 부들부들 떨리는 팔을 들며 소리를 지르는 팬지 파킨슨을 알아보았다. "저기 있네! 포터가 *저기* 있어! 누가 쟤를 잡아!"

해리가 뭐라고 입을 열기도 전에 엄청난 움직임이 일었다. 해리 앞에 있던 그리핀도르 학생들이 우르르 자리에서 일어나더니 해리가 아닌 슬리데린 학생들을 마주 보았다. 뒤이어 후플푸프 학생들이 자리에서 일어났고, 그와 동시에 래번클로 학생들도 일어섰다. 모두가 해리를 등 뒤에 둔 채 대신 팬지를 쏘아보고 있었다. 해리는 사방에서 망토와 소매 밑으로 마법 지팡이가 불쑥불쑥 나타나는 광경을 놀라고 벅찬 심정으로 바라보았다.

"고맙다, 파킨슨 양." 맥고나걸 교수가 딱 부러지는 목소리로 말했다. "네가 먼저 필치 씨와 함께 떠나거라. 너희 기숙사의 나머지 학생들도 따라가면 될 것 같구나."

의자 끌리는 소리에 이어 슬리데린 학생들이 대연회장 저편으로 몰려가는 소리가 들렸다.

"래번클로, 따라가세요!" 맥고나걸 교수가 소리쳤다.

네 군데 식탁이 천천히 비워졌다. 슬리데린 식탁은 완전히 비었지만, 래번클로의 고학년 학생 여럿은 친구들이 줄지어 나가는 와중에도 앉아 있었다. 후플푸프 학생들은 더 많은 수가 자리에 남았고, 그리핀도르는 절반 정도가 남았다. 맥고나걸 교수는 어쩔 수 없이 연단에서 내려와 미성년 학생들을 내보냈다.

"절대 안 된다, 크리비. 가거라! 너도, 피크스!"

해리는 허겁지겁 위즐리 가족에게 다가갔다. 그들은 모두 그리핀도르 식탁에 함께 앉아 있었다.

"론이랑 헤르미온느는 어디 있어요?"

위즐리 씨가 걱정스러운 표정으로 입을 열었다. "아직

못 찾았……?"

하지만 연단 위에 있던 킹슬리가 남은 사람들에게 설명하기 위해 앞으로 나서자 그는 곧 말을 멈췄다.

"자정까지 겨우 30분 남았습니다. 그러니 빨리빨리 움직여야 합니다! 호그와트 교수님들과 불사조 기사단은 작전 합의를 마쳤습니다. 플리트윅, 스프라우트, 맥고나걸 교수님께서는 싸울 사람들을 데리고 가장 높은 탑 세 곳으로 이동해 주세요. 래번클로 탑, 천문탑, 그리핀도르 탑입니다. 거기서는 전투 상황이 잘 보일 겁니다. 마법을 걸기에 아주 적합한 장소입니다. 그러는 동안 리머스와……." 그가 루핀을 가리켰다. "아서……." 그다음 그리핀도르 식탁에 앉아 있는 위즐리 씨를 가리켰다. "그리고 저는 사람들을 이끌고 교정으로 가겠습니다. 학교로 들어오는 통로들을 지킬 사람들도 있어야 하는데……."

"그건 우리가 하면 되겠는데요." 프레드가 자신과 조지를 가리키며 소리치자 킹슬리가 승낙의 뜻으로 고개를 끄덕였다.

"좋습니다. 지휘 역할을 맡은 분들은 이리 올라와 주십시오. 인원을 나눕시다!"

"포터." 연단으로 몰려든 학생들이 서로 앞다퉈 지시를 받고 있을 때 맥고나걸 교수가 해리에게 서둘러 다가와 말했다. "너는 뭔가 찾고 있어야 하는 거 아니냐?"

"네? 아." 해리가 말했다. "아, 맞아요!"

하마터면 호크룩스를 잊을 뻔했다. 그가 호크룩스를 찾을 수 있도록 이 전투를 벌이는 것이라는 사실조차 거의 잊고 있었다. 론과 헤르미온느가 수수께끼처럼 사라지는 바람에 그의 머릿속에서 그 밖에 모든 일들이 밀려나 버린 것이다.

"그럼 가거라, 포터. 어서 가!"

"네, 알겠습니다……."

그는 대연회장에서 달려 나가 대피 중인 학생들로 가득한 현관홀에 들어섰다. 그를 뒤쫓는 사람들의 눈길이 느껴졌다. 그는 학생들 틈에 휩쓸려 대리석 계단을 올라간 다음 텅 빈 복도를 빠르게 나아갔다. 두려움과 당혹감이 그의 사고를 흐려 놓았다. 그는 마음을 다잡고 호크룩스를 찾는 데 집중하려고 애썼지만, 갖가지 생각들이 유리병에 갇힌 말벌 떼처럼 아무 의미 없이 맹렬하게 윙윙거렸다. 론과 헤르미온느가 옆에서 도와주지 않으니 생각을 정리할 수가 없는 것 같았다. 그는 속도를 늦추고 텅 빈 복도를 반쯤 나아가다가 멈춰 섰다. 그러고는 조각상이 떠나는 바람에 비게 된 받침대에 앉아, 목에 걸고 있던 주머니에서 도둑 지도를 꺼냈다. 론과 헤르미온느의 이름은 어디에서도 보이지 않았다. 어쩌면 필요의 방으로 몰려드는 사람들의 빽빽한 점에 가려져 보이지 않는지도 몰랐다. 그는 지도를 치우고 두 손으로 얼굴을 감싼 채 눈을 감고 집중하려 애썼다…….

'볼드모트는 내가 래번클로 탑으로 갈 거라고 생각했어.'

그랬다. 그것만은 명확한 사실이었다. 거기서부터 시작해야 했다. 볼드모트는 알렉토 캐로를 래번클로 휴게실에 배치해 두었다. 그 이유를 설명할 방법은 단 하나뿐이었다. 볼드모트는 자신의 호크룩스가 래번클로 기숙사와 관련돼 있다는 사실을 해리가 이미 알고 있을까 봐 걱정했던 것이다.

하지만 래번클로와 연관 지을 수 있는 물건은 누가 봐도 사라진 보관밖에 없는 것 같았다……. 어떻게 그 보관이 호크룩스가 될 수 있을까? 슬리데린 소속이었던 볼드모트가 어떻게 래번클로의 후손들조차 몇 세대가 흐르는 동안 찾지 못했던 보관을 찾을 수 있었을까? 살아 있는 사람 중에는 보관을 본 일을 기억하는 사람이 아무도 없는데, 대체 누가 볼드모트에게 어디를 찾아야 하는지 알려 줄 수 있단 말인가?

살아 있는 사람 중에는 아무도…….

해리는 손으로 가리고 있던 눈을 번쩍 떴다. 그는 마지막 희망을 좇아, 받침대에서 뛰어내려 왔던 길을 되짚어 달려갔다. 대리석 계단이 가까워지자 필요의 방으로 몰려드는 수백 명의 소리가 점점 커졌다. 반장들은 밀치고 떠미는 수많은 아이들 사이에서 큰 소리로 지시를 내리며 각자의 기숙사 학생들을 놓치지 않으려 애를 쓰고 있었다. 해리는 재커라이어스 스미스가 맨 앞줄을 차지하기 위해 1학년 학생들을 밀어 넘어뜨리는 모습을 보았다. 여기저기서 저학년 학생들이 울음을 터뜨리고, 고학년 학생들은 친구나 형제의 이름을 애타게 부르고 있었다…….

해리는 계단 아래 현관홀 저편에서 둥둥 떠다니는 부연 형체를 발견하고, 그 시끌벅적한 상황에서도 목소리가 전달되도록 있는 힘껏 외쳤다.

"닉! **닉!** 할 얘기가 있어요!"

그는 학생들의 물결을 거슬러 나아간 끝에 간신히 계단 아래에 다다랐다. 그리핀도르 탑의 유령, 목이 달랑달랑한 닉이 그곳에서 그를 기다리고 있었다.

"해리! 자네로군!"

닉이 두 손으로 해리의 손을 맞잡았다. 해리는 얼음장 같은 물에 손을 담근 것 같은 느낌이 들었다.

"닉, 절 도와주셔야 해요. 래번클로 탑의 유령이 누구예요?"

목이 달랑달랑한 닉은 놀라면서도 약간 기분이 상한 듯한 표정이었다.

"물론 회색 숙녀지. 하지만 유령의 도움을 받고 싶은 거라면 내가……?"

"회색 숙녀여야 해요. 어디 있는지 아세요?"

"어디 보자…….."

닉이 몰려드는 학생들의 머리 너머로 고개를 이리저리 돌리자 옷깃에 얹힌 그의 머리가 불안하게 흔들렸다.

"저기 있네, 해리. 긴 머리카락을 가진 젊은 여성일세."

해리는 닉의 투명한 손가락이 가리키는 방향을 바라봤다. 해리가 보고 있는 것을 알아챈 어느 늘씬한 유령이 눈썹을 치켜올리더니 둥둥 떠서 단단한 벽을 통과해 들어가는 모습이 보였다.

해리는 그녀를 뒤쫓았다. 해리는 그녀가 사라진 복도의 문으로 들어선 순간, 통로 맨 끝에 있는 그녀의 모습을 보았다. 그녀는 여전히 부드럽게 미끄러지듯 해리에게서 멀어지고 있었다.

"저기요…… 잠깐만…… 돌아와요!"

그녀는 잠시 멈추는 것쯤은 해 줄 수 있다는 듯 바닥에서 몇 센티미터 둥둥 떠 있었다. 허리까지 내려오는 머리카락에 바닥에 늘어지는 긴 망토를 걸친 그녀는 아름다운 한편 도도하고 거만해 보이기도 했다. 가까이에서 보고 나서야 해리는 그녀가 복도에서 몇 번 마주친 적은 있지만 말은 한 번도 걸어 본 적 없는 유령이라는 사실을 알아차렸다.

"회색 숙녀이신가요?"

그녀는 말없이 고개만 끄덕였다.

"래번클로 탑의 유령이시죠?"

"그렇다만."

그다지 호의적인 말투는 아니었다.

"부탁드릴게요. 저를 좀 도와주세요. 사라진 보관에 대해서 알고 계신 걸 전부 알려 주세요."

차가운 미소가 그녀의 입술을 비틀었다.

"미안하지만" 하더니 그녀는 몸을 돌려 떠나려고 했다. "그 문제라면 내가 도울 일은 없다."

"잠깐만요!"

고함을 칠 생각은 없었지만, 해리는 지금 분노와 두려움에 압도당할 지경이었다. 해리는 공중에 둥둥 떠 있는 그녀를 앞에 둔 채 손목시계를 힐끔 바라보았다. 자정까지 15분이 남아 있었다.

"아주 급한 일이에요." 그가 격한 목소리로 말했다. "그 보관이 호그와트에 있다면 전 그걸 찾아야 해요. 빨리요."

"보관을 탐낸 학생은 네가 처음이 아니야." 그녀가 경멸을 담아 내뱉었다. "여러 세대에 걸쳐 학생들이 어찌나 나를 괴롭혔는지……."

"성적이나 올리자고 이러는 게 아니에요!" 해리가 그녀에게 소리쳤다. "볼드모트 때문이에요……. 볼드모트를 무찌르기 위해서예요……. 관심 없으세요?"

그녀는 얼굴을 붉힐 수는 없었지만 두 뺨이 조금 뿌옇게 변했고, 대답하는 목소리는 좀 더 격해져 있었다. "그야 당연히…… 네가 어떻게 감히……?"

"그럼, 도와주세요!"

그녀의 평정심이 흐트러지고 있었다.

"그것은…… 그건 상관없는……." 그녀가 말을 더듬었다. "우리 어머니의 보관은……."

"어머니의 보관이라고요?"

그녀는 스스로에게 화가 난 표정이었다.

그녀가 딱딱한 목소리로 입을 열었다. "살아 있을 때, 나는 헬레나 래번클로였다."

"당신이 래번클로의 딸이라고요? 하지만 그럼 보관이 어떻게 됐는지 분명 알고 있겠네요!"

"보관이 지혜를 주는 건 사실이다." 그녀가 말했다. 마음을 가다듬으려고 애쓰는 기색이 역력했다. "하지만 그게 있다고 해서 네가 스스로를 '경'이라고 칭하는 마법사를 물리칠 가능성이 아주 높아질지는 잘 모르겠구나."

"방금 말했잖아요. 전 그걸 머리에 쓰려는 게 아니에요!" 해리가 열띤 목소리로 말했다. "설명할 시간이 없어요. 하지만 호그와트가 걱정되고 볼드모트가 끝장나는 걸 보고 싶다면 보관에 대해 아는 걸 저한테 전부 말해 주셔야 해요!"

그녀는 공중에 뜬 채 그저 미동도 없이 그를 내려다볼 뿐이었다. 절망감이 해리를 사로잡았다. 그녀가 아는 것이 있었다면 당연히 플리트윅이나 덤블도어에게 말해 주었을 것이다. 그 두 사람도 분명 그녀에게 똑같은 질문을 던졌을 테니까. 해리가 고개를 설레설레 저으며 돌아서려는데 그녀가 나직한 목소리로 말했다.

"내가 어머니의 보관을 훔쳤다."

"당신이…… 뭘 어쨌다고요?"

"*내가 그 보관을 훔쳤다.*" 헬레나 래번클로가 속삭이듯 되풀이했다. "나는 어머니보다 더 똑똑하고 더 저명한 사람이 되고 싶었어. 그래서 보관을 가지고 도망쳤다."

해리는 자신이 어쩌다 그녀의 신뢰를 얻게 됐는지 알 수 없었지만 굳이 물어보지 않았다. 그저 그녀가 말을 이어 가는 동안 열심히 귀를 기울일 뿐이었다. "듣자니 어머니는 보관이 사라졌다는 사실을 인정하지 않고 계속 가지고 있는 척했다더구나. 그분은 보관을 잃어버린 일과 내가 그분을 배신했다는 사실을 호그와트의 다른 창립자들에게까지 비밀로 한 거야. 그러다가 어머니는 병에 걸리셨다. 불치병이었지. 내가 배신했는데도 어머니는 간절한 마음으로 나를 한 번이라도 더 보고 싶어 하셨어. 어머니께서는 나에게 퇴짜를 맞고도 오랫동안 나를 사랑해 온 남자를 보내 나를 찾게 했다. 그 남자라면 나를 찾기 전에는 결코 포기하지 않으리라는 걸 알고 계셨던 거지."

해리는 말이 이어지기를 기다렸다. 그녀는 숨을 깊이 들이마시더니 머리를 뒤로 젖혔다.

"그 남자는 내가 숨어 있던 숲까지 나를 추적해 왔다. 내가 그와 함께 돌아가지 않겠다고 하자 그는 포악하게 돌변

했지. 남작은 언제나 다혈질이었어. 그는 내 거절에 격분하고 내 자유를 질투한 나머지 나를 찔렀다."

"남작이라고요? 그렇다면……."

"그래, 피투성이 남작 맞다." 회색 숙녀가 말했다. 그녀는 입고 있던 망토 자락을 들어 올려 하얀 가슴에 난 깊은 상처를 드러냈다. "자신이 무슨 짓을 저질렀는지 깨달은 그는 회한에 사로잡혀서, 내 목숨을 빼앗은 무기로 자기 목숨을 끊었다. 이렇게 수백 년이 흐른 지금까지도 그자는 참회하는 뜻으로 쇠사슬을 감고 다닌다……. 마땅히 그래야지." 그녀가 신랄하게 덧붙였다.

"그럼…… 그럼 보관은요?"

"나는 남작이 나를 찾아 숲을 헤치고 다니는 소리를 듣고 보관을 숨겼다. 보관은 그곳에 계속 남아 있었어. 텅 빈 나무 속에 말이야."

"텅 빈 나무라고요?" 해리가 되풀이했다. "무슨 나무요? 그게 어디 있죠?"

"알바니아의 숲에. 그렇게 외딴 곳이라면 어머니의 손길이 닿지 않을 거라고 생각했어."

"알바니아." 해리가 또다시 반복했다. 혼란스러웠던 부분이 절묘하게 납득이 됐다. 그는 그녀가 왜 덤블도어와 플리트윅에게는 말하지 않은 것을 그에게 말해 주는지 이제야 이해할 수 있었다. "이미 이 얘기를 다른 사람한테 해주신 거죠? 다른 학생한테 말이에요."

그녀는 눈을 감고 고개를 끄덕였다.

"나는…… 전혀 몰랐다……. 그자는…… 입에 발린 소리를 잘했지. 겉으로는…… 이해하는 것 같았다……. 공감하는 것 같았어……."

그래, 해리는 생각했다. 톰 리들이라면 자신이 소유할 권한이 없는 엄청난 물건을 갖고 싶어 하는 헬레나 래번클로의 욕망을 확실히 이해했을 것이다.

"뭐, 리들이 교묘하게 꼬드겨서 뭔가 얻어 낸 게 당신이 처음은 아니에요." 해리가 중얼거렸다. "그자는 마음만 먹으면 누구든 매혹시킬 수 있거든요……."

그러니까 볼드모트는 회색 숙녀를 구슬려 사라진 보관의 위치를 알아낸 것이다. 그는 그 멀고 먼 숲까지 가서 숨겨진 보관을 찾아왔다. 아마도 호그와트를 떠난 직후, 보긴 앤 버크에서 일을 시작하기도 전이었을 것이다.

그리고 한참 뒤, 볼드모트가 10년이라는 긴 세월 동안 사람들의 눈을 피해 바짝 움츠리고 있어야 했을 때는 그 외진 알바니아의 숲이 훌륭한 피난처로 보이지 않았을까?

하지만 그는 소중한 호크룩스로 만든 그 보관을 보잘것 없는 나무 속에 남겨 둘 수 없었다……. 그랬다. 보관은 은 밀하게 진정한 고향으로 돌아온 것이다. 볼드모트는 그것 을 호그와트에 둔 게 틀림없다.

"……일자리를 부탁한 그날 밤에!" 해리가 생각 끝에 말 했다.

"뭐라고?"

"그자가 성에 보관을 숨겼어요, 덤블도어 교수님한테 여 기서 학생들을 가르치게 해 달라고 부탁한 날 밤에 말이에 요!" 해리가 말했다. 소리 내서 말하자 모든 것이 더 분명 하게 이해됐다. "덤블도어 교수님의 연구실로 올라가는 길 이나 거기에서 내려오는 길에 보관을 숨긴 게 틀림없어요! 하긴, 일자리를 얻으려고 시도해 볼 가치도 있었겠죠. 어 쩌면 그리핀도르의 검을 훔칠 기회가 생겼을지도 모르니 까요. 고맙습니다, 고마워요!"

해리는 완전히 어리둥절한 표정을 짓고 둥둥 떠 있는 그 녀를 뒤로한 채 그 자리를 떠났다. 그는 현관홀로 향하는 모퉁이를 돌면서 손목시계를 확인해 보았다. 자정이 되기 까지 5분이 남아 있었고, 이제는 마지막 호크룩스가 무엇 인지 알고 있었다. 하지만 그것이 어디에 있는지는 여전히 알 수 없었다…….

학생들은 여러 세대가 지나도록 보관을 찾는 데 실패했다. 그건 보관이 래번클로 탑에 없다는 뜻일 것이다. 하지만 래번클로 탑에 없다면 대체 어디에 있을까? 톰 리들이 호그와트 성 안에서 영원히 비밀로 남을 만한 은닉처라고 생각한 곳은 어디일까?

해리는 절박한 마음으로 하염없이 추측만 늘어놓으면서 모퉁이를 돌았다. 하지만 또 다른 복도로 겨우 몇 걸음 내디뎠을 때, 귀청이 터질 듯한 굉음과 함께 왼쪽에 있는 창문이 산산조각 났다. 해리가 옆으로 펄쩍 뛴 순간, 어떤 거대한 몸뚱이가 창문을 뚫고 날아와 반대쪽 벽에 부딪쳤다. 새로 나타난 그 존재에게서 크고 북슬북슬한 뭔가가 낑낑거리며 떨어져 나와 해리에게 달려들었다.

"해그리드!" 해리가 사냥개 팽의 관심을 떨쳐 내려고 애쓰며 소리쳤다. 그 순간 턱수염이 난 거대한 몸집이 허둥지둥 일어섰다. "이게 무슨……?"

"해리, 여기 있었구나! 여기 있었어!"

해그리드는 허리를 구부리고 갈비뼈라도 으스러뜨릴 것처럼 해리를 후다닥 껴안더니 부서진 창문으로 다시 달려갔다.

"잘했다, 그로피!" 그가 박살 난 창문 너머로 소리쳤다.

"이따가 보자, 착한 녀석!"

해그리드 뒤쪽으로, 저 멀리 창밖의 어둠 속에서 빛이 수차례 폭발하는 광경이 보였다. 울부짖는 듯 괴상한 비명 소리도 들렸다. 해리는 손목시계를 내려다보았다. 자정이었다. 전투가 시작된 것이다.

"제기랄, 해리." 해그리드가 헐떡였다. "이제 시작된 거냐? 싸울 시간이 된 거야?"

"해그리드, 어디서 오신 거예요?"

"저 위 동굴에 있는데 '그 사람'의 목소리가 들렸어." 해그리드가 험악하게 말했다. "목소리가 쩌렁쩌렁 울리지 않았냐. '자정까지 나한테 포터를 넘겨라.' 네가 분명 여기 있을 줄 알았다. 뭔가 일이 벌어지고 있다는 걸 알았어. *이리 내려와, 팽.* 그래서 함께하려고 왔지, 나랑 그로피랑 팽이랑. 숲으로 된 경계를 뚫고 왔어. 그로피가 팽이랑 나를 들고 왔다. 성에 도착해서 내려 달라고 하니까 그로피가 나를 창문으로 쑤셔 넣지 뭐냐. 착하기도 하지. 정확히 그렇게 해 달라고 한 건 아니었지만⋯⋯. 론이랑 헤르미온느는 어디 있냐?"

"그거⋯⋯." 해리가 말했다. "정말 좋은 질문이네요. 가요."

그들은 함께 서둘러 복도를 나아갔다. 팽은 옆에서 어정 어정 걷고 있었다. 복도를 따라 움직이는 소리가 사방에서 들려왔다. 달려가는 발소리, 고함 소리. 창문 너머 어두운 교정에서 더 많은 빛이 번뜩였다.

"어디 가는 거야?" 마룻바닥을 쿵쿵 울리면서 해리를 따라 달리던 해그리드가 헐떡거리며 물었다.

"저도 정확히는 몰라요." 해리가 아무 모퉁이나 한 번 더 돌면서 말했다. "하지만 론이랑 헤르미온느는 확실히 이 근처 어딘가에 있을 거예요."

저 앞 통로에는 이미 전투의 첫 사상자들이 널브러져 있 었다. 평소 교무실 입구를 지키던 가고일 석상 두 개가 깨 진 창문으로 날아들어 온 저주 마법에 맞아 산산조각 난 것이다. 그 잔해가 바닥에서 힘없이 꿈틀거렸다. 해리가 몸통에서 떨어진 머리 하나를 뛰어넘자 그 머리가 희미하 게 신음했다. "아, 나는 신경 쓰지 마…… 그냥 여기 누워 서 부스러지면 되지……."

그 못생긴 돌 얼굴을 보는 순간 제노필리우스의 집에 있 던, 그 괴상한 머리 장식을 쓴 로위너 래번클로의 대리석 흉상이 해리의 머릿속에 불현듯 떠올랐다. 그리고 하얀 곱 슬머리에 돌로 만든 보관을 얹고 있던 래번클로 탑의 조각상에 이어……

통로 끝에 도달하자 또 다른 조각상에 대한 기억이 떠올랐다. 못생기고 나이 든 마법사의 흉상이었는데, 해리가 직접 그 조각상의 머리 위에 가발과 색 바랜 왕관 머리 장식을 올려놓았던 것이다. 충격이 파이어위스키의 열기와도 같이 해리의 온몸을 휩쓸었다. 그는 하마터면 비틀거릴 뻔했다.

마침내 그는 그 호크룩스가 어디에서 그를 기다리고 있는지 깨달았다…….

누구도 믿지 않고 혼자 움직였던 톰 리들은 오직 그만이 호그와트 성의 가장 깊은 수수께끼를 풀었다고 생각할 만큼 오만했다. 물론 덤블도어와 플리트윅 같은 모범생들은 결코 그 특별한 곳에 발을 들이지 않았지만, 해리는 학교에 다닐 때 정해진 길에서 벗어난 경험이 있었다. 결국 그곳에 그와 볼드모트만 아는 비밀, 덤블도어가 발견하지 못한 비밀이 있었던 것이다.

그는 네빌과 대여섯 명의 학생들을 이끌고 요란한 소리를 내며 지나가던 스프라우트 교수 덕분에 정신을 차렸다. 그들은 모두 귀마개를 쓴 채 화분에 심은 커다란 식물 같은 것들을 들고 있었다.

"맨드레이크야!" 네빌이 달려가면서 어깨 너머로 해리에게 소리쳤다. "이것들을 벽 너머로 던질 거야. 저놈들이 별로 마음에 들어 하지 않을걸!"

이제 해리는 어디로 가야 할지 알았다. 그는 속도를 더욱 높였다. 뒤에서는 해그리드와 팽이 달려오고 있었다. 그들이 초상화들을 연달아 지나치자 그림 속 인물들도 그들 옆에서 따라 뛰었다. 주름 옷깃에 승마용 바지, 갑옷과 망토를 입은 남녀 마법사들이 서로의 캔버스 안으로 비집고 들어가 성 이곳저곳에서 가져온 소식들을 소리 높여 외쳤다. 복도 끝에 다다랐을 때, 성 전체가 흔들렸다. 해리는 폭발의 여파로 받침대 위에 있던 커다란 꽃병이 날아가는 것을 보고, 이 성이 교수들이나 불사조 기사단이 아닌 더 흉악한 손아귀에 들어갔다는 사실을 알아차렸다.

"괜찮아, 팽. 괜찮다고!" 해그리드가 소리쳤지만, 그 거대한 사냥개는 도자기 조각들이 포탄 파편처럼 공중에 흩어지자 꼬리를 말고 달아났다. 해그리드가 겁에 질린 개를 쿵쿵거리며 쫓아가자 해리는 홀로 남겨졌다.

해리는 마법 지팡이를 들어 올린 채 흔들리는 통로를 따라 계속 나아갔다. 복도 하나를 다 지날 때까지 그림 속의 조그만 기사 캐도건 경이 갑옷을 철커덩거리며 이 그림에서 저 그림으로 해리를 따라 질주했다. 그는 달리는 내내 격려의 말을 외쳐 댔고, 뚱뚱하고 작은 조랑말은 뒤에서 느릿느릿 그를 쫓아왔다.

"허풍쟁이들, 깡패들, 똥개들, 악당 놈들을 몰아내게, 해리 포터. 놈들을 쫓아내!"

해리는 모퉁이를 돌아서 돌진하다가 프레드와 몇몇 학생을 발견했다. 그중에는 리 조던과 해너 애벗도 있었다. 그들은 텅 빈 받침대 옆에 서 있었는데, 원래 그 받침대 위에 있던 조각상 뒤에는 비밀 통로가 숨겨져 있었다. 그들은 마법 지팡이를 꺼내 든 채 숨겨진 구멍에 귀를 기울이고 있었다.

"끝내주는 밤이네!" 성이 다시 흔들리자 프레드가 소리쳤다. 해리는 한껏 흥분되는 동시에 몹시 두려운 기분도 느끼면서 전속력으로 그곳을 지나갔다. 그는 또 다른 복도를 질주했다. 그곳은 부엉이들로 가득했고, 노리스 부인이 식식거리며 앞발로 부엉이들을 후려치려 들고 있었다. 부엉이들을 제자리로 돌려보내려는 게 틀림없었다…….

"포터!"

애버포스 덤블도어가 마법 지팡이를 들고 복도를 가로막았다.

"애들 수백 명이 우르르 내 가게를 지나갔다, 포터!"

"저도 알아요. 다들 대피 중이에요." 해리가 말했다. "볼드모트가……."

"……공격하고 있지. 그 애들이 널 넘겨주지 않았기 때문에. 그래……." 애버포스가 말했다. "나도 귀머거리는 아니야. 호그스미드 전체가 그자의 말을 들었다. 그런데 슬리데린 애들 몇 명을 인질로 잡아야겠다는 생각은 아무도 못 한 거냐? 너희가 방금 안전한 곳으로 보낸 애들 중에는 죽음을 먹는 자들의 자식들도 있어. 그 애들을 여기 잡아두는 편이 더 현명하지 않았을까?"

"그런다고 볼드모트가 멈추지는 않을 거예요." 해리가 말했다. "그리고 아저씨의 형이라면 절대 그런 일을 하지 않으셨을 테고요."

애버포스는 툴툴거리더니 반대 방향으로 내달렸다.

아저씨의 형이라면 절대 그런 일을 하지 않으셨을 테고요……. 뭐, 그건 사실이잖아. 해리는 다시 달려가면서 생각했다. 그렇게 오랫동안 스네이프를 변호했던 덤블도어라면 학생들을 인질로 삼는 짓 따위는 절대 하지 않았을 것이다…….

잠시 후 그는 마지막 모퉁이를 돈 다음 미끄러지며 멈췄다. 그들을 본 순간, 해리는 안도감과 분노가 뒤섞인 고함을 내질렀다. 론과 헤르미온느 둘 다 크고 구부러지고 더러운 노란색 뭔가를 한 아름 들고 있었다. 론은 팔 아래에 빗자루를 낀 채였다.

"도대체 어디 있었던 거야?" 해리가 빽 소리쳤다.

"비밀의 방에." 론이 말했다.

"비밀의…… 뭐?" 해리가 그들 앞에서 휘청거리며 멈춰 섰다.

"론이 했어. 다 론이 생각해 낸 거야!" 헤르미온느가 숨넘어갈 듯이 소리쳤다. "엄청 기발하지 않아? 네가 나간 뒤에 내가 론한테 말했거든. 다른 호크룩스를 발견한다 해도 어떻게 없애겠느냐고. 우린 아직 그 잔도 없애지 못했잖아! 바로 그때 론이 그 생각을 해낸 거야! 바실리스크 말이야!"

"그게 무슨……?"

"호크룩스를 없앨 수 있는 것." 론이 간단히 말했다.

해리의 시선이 론과 헤르미온느가 품에 안고 있는 물건들로 향했다. 이제는 그도 그것을 알아보았다. 죽은 바실리스크의 두개골에서 뽑아 낸 커다랗고 구부러진 송곳니들이었다.

"하지만 거긴 어떻게 들어갔어?" 해리가 송곳니에서 론에게로 눈을 돌리며 물었다. "뱀의 말을 해야 하잖아!"

"얘가 했어!" 헤르미온느가 숨 가쁘게 말했다. "보여 줘, 론!"

론은 목이 졸린 듯 식식대는 끔찍한 소리를 냈다.

"네가 그 로켓을 열 때 한 말이야." 그가 미안한 듯 해리에게 말했다. "몇 번 해 보고 나서야 제대로 할 수 있긴 했지만." 그는 겸손하게 어깨를 으쓱했다. "결국은 들어갔지."

"대단했어!" 헤르미온느가 말했다. "정말 굉장했다니까!"

"그러니까……." 해리는 두 사람이 들려주는 얘기를 따라가려 애쓰고 있었다. "그러니까……."

"그러니까 우리가 호크룩스를 한 개 더 없앴다 이 말이야." 론이 말했다. 그는 재킷 속에서 부서진 후플푸프 잔의 잔해를 꺼냈다. "헤르미온느가 찔렀어. 헤르미온느가 해야 한다고 생각했어. 얘는 아직 그 기쁨을 못 누려 봤으니까."

"넌 천재야!" 해리가 소리쳤다.

"별거 아니었어." 론은 그렇게 말하면서도 득의만만한 표정이었다. "그래서, 넌 뭐 새로운 소식 있어?"

그 순간, 머리 위에서 폭발음이 들렸다. 셋 모두가 고개를 들어 올린 순간 천장에서 먼지가 쏟아져 내렸다. 멀리

서 비명 소리가 들렸다.

"보관이 어떻게 생겼는지 알아냈어. 어디 있는지도." 해리가 빠르게 말했다. "그자는 내가 그 마법약 책을 감춰 놓은 곳에 보관을 숨겨 놨어. 모두가 수백 년 동안 물건을 감춰 온 곳에 말이야. 그곳을 찾아낸 건 자기뿐이라고 생각한 거지. 가자."

또다시 벽이 흔들렸다. 그는 나머지 두 사람을 이끌고 숨겨진 출입구로 들어가 필요의 방으로 향하는 계단을 내려갔다. 그 방에는 오직 여자 세 명만 남아 있었다. 지니와 통스, 좀먹은 모자를 쓴 나이 든 여자 마법사였는데, 해리는 그 노인이 네빌의 할머니라는 것을 즉시 알아보았다.

"아, 포터." 그녀가 그를 기다리고 있었다는 듯 힘차게 말했다. "무슨 일이 벌어지고 있는지 말해 다오."

"다들 괜찮아?" 지니와 통스가 동시에 물었다.

"우리가 알기론 괜찮아." 해리가 말했다. "호그스 헤드로 가는 통로에 아직도 사람이 있어?"

그는 필요의 방을 사용하는 사람들이 그 안에 있는 동안에는 방이 변형되지 못한다는 사실을 알고 있었다.

"내가 마지막으로 그곳을 지나왔다." 롱보텀 부인이 말했다. "내가 통로를 막아 놨단다. 애버포스가 술집을 비웠는데 그 통로를 열어 두는 건 어리석은 일인 것 같아서 말이야. 내 손자는 봤느냐?"

"네빌은 싸우고 있어요." 해리가 말했다.

"당연히 그렇겠지." 노부인이 뿌듯한 목소리로 말했다. "이만 실례하마. 가서 그 아이를 도와야겠다."

그녀는 놀라운 속도로 돌계단을 향해 달려갔다.

해리는 통스를 바라보았다.

"어머니 댁에 테디랑 같이 있는 줄 알았는데요?"

"아무것도 모르고 가만히 있으려니 견딜 수가 있어야지……." 통스는 괴로운 표정이었다. "테디는 엄마가 돌봐 주실 거야. 리머스 봤니?"

"루핀 교수님은 같이 싸울 사람들을 데리고 교정으로 나가기로 했어요."

통스는 아무 말 없이 서둘러 그 자리를 떠났다.

"지니." 해리가 말했다. "미안한데 너도 나가 줘야 할 것 같아. 잠깐이면 돼. 그다음엔 다시 들어와도 돼."

지니는 피난처를 떠나게 된 것만으로도 기뻐 보였다.

"다시 들어와도 된다고!" 해리는 통스를 따라 계단을 뛰어 올라 가는 지니의 뒤에 대고 소리쳤다. "다시 들어와야 해!"

"잠깐만 기다려!" 론이 날카롭게 말했다. "걔들을 깜빡했어!"

"누구?" 헤르미온느가 물었다.

"집요정들 말이야. 그 녀석들 전부 저 아래 주방에 있을
거 아냐."

"집요정들을 데려와서 같이 싸우자는 말이야?" 해리가
물었다.

"아니." 론이 진지하게 말했다. "내 말은, 그 녀석들한테
여기서 나가라고 알려 줘야 한다는 거야. 도비 때 같은 비
극이 더 생겨선 안 되잖아? 그 녀석들한테 우리를 위해 죽
어 달라고 명령할 수는 없······."

헤르미온느의 품에서 바실리스크 송곳니들이 우르르 쏟
아졌다. 그녀는 론에게 달려가더니 두 팔을 뻗어 그의 목
을 끌어안고 뜨거운 키스를 퍼부었다. 론도 들고 있던 송
곳니들과 빗자루를 던져 버리고 헤르미온느를 번쩍 들어
올리며 열렬하게 응답했다.

"지금 꼭 그래야겠냐?" 해리가 들릴 듯 말 듯한 목소리로
물었다. 론과 헤르미온느가 서로를 더욱 단단히 껴안으며
그 자리에서 비틀거릴 뿐 아무런 반응도 보이지 않자 그는
목소리를 높였다. "야! 지금 전쟁 중이라고!"

론과 헤르미온느는 그제야 떨어졌지만 여전히 서로에게

팔을 두른 채였다.

"나도 알아, 친구." 론이 방금 블러저로 뒤통수를 얻어맞은 사람처럼 말했다. "그러니까 지금 아니면 영원히 못 할 거 아냐. 안 그래?"

"그건 됐고, 호크룩스는 어쩔 건데?" 해리가 소리쳤다. "보관을 찾을 때까지만 그냥…… 좀 참아 줄 수는 없어?"

"그래…… 맞아…… 미안……." 론이 말했다. 그와 헤르미온느는 둘 다 벌겋게 달아오른 얼굴로 송곳니들을 줍기 시작했다.

세 사람은 다시 위층 복도로 향했다. 필요의 방에서 보낸 몇 분 사이 성안의 상황이 몹시 악화된 게 틀림없었다. 벽과 천장이 조금 전보다 더욱 심하게 흔들렸다. 해리는 가장 가까운 창문 너머로 성 밑에서 터지는 녹색과 붉은색의 섬광을 보고 죽음을 먹는 자들이 들이닥치기 직전이라는 사실을 알았다. 아래를 내려다보니, 거인 그롭이 지붕에서 뜯어낸 가고일 석상처럼 보이는 것을 마구 휘두르면서 불쾌한 듯 고함을 지르며 어슬렁대고 있었다.

"그롭이 놈들을 몇 명 밟아 주기만 바라자고!" 가까운 곳에서 더 많은 비명 소리가 울려 퍼지자 론이 말했다.

"그 몇 명이 우리 편이 아니라면 말이지!" 어느 목소리가 말했다. 해리가 고개를 돌리자 지니와 통스가 보였다. 두 사람은 해리가 내려다보고 있는 창문 옆, 유리가 떨어져 나간 창문 앞에 서서 마법 지팡이를 꺼내 들고 있었다. 해리가 보고 있는 와중에도 지니는 밑에서 싸우는 무리에게 저주를 적중시켰다.

"잘한다!" 먼지 속을 뚫고 달려오던 어떤 사람이 소리쳤다. 해리는 또 한 번 애버포스와 마주쳤다. 그는 잿빛 머리카락을 휘날리며 몇 안 되는 학생들을 이끌고 있었다. "놈들이 북쪽 성벽을 무너뜨릴 것 같다. 놈들이 자기네 편에 선 거인들을 데려왔어!"

"리머스 보셨어요?" 통스가 그의 뒤에 대고 소리쳤다.

"돌로호프랑 결투하고 있었소." 애버포스가 소리쳤다. "그다음에는 못 봤고!"

"통스." 지니가 말했다. "통스, 리머스는 분명 괜찮을……."

하지만 통스는 이미 애버포스를 쫓아 먼지 속으로 달려간 뒤였다.

지니는 별수 없다는 듯 해리, 론, 헤르미온느에게 돌아섰다.

"괜찮을 거야." 해리는 아무 의미 없는 줄 알면서도 그렇게 말했다. "지니, 금방 돌아올게. 그냥 피해 있어. 안전한 곳에……. 가자!" 그가 론과 헤르미온느에게 말했다. 그들은 쭉 뻗은 벽을 향해 다시 달려갔다. 벽 뒤에서는 필요의 방이 다음 사람의 부탁을 들어 주기 위해 기다리고 있었다.

'나는 모든 것을 감춰 놓을 수 있는 곳이 필요해.' 해리가 머릿속으로 그렇게 간청한 다음 그 앞을 세 번째로 지나갈 때 문이 나타났다.

문턱을 넘어 들어가 등 뒤에서 문을 닫는 순간 전투의 열기가 한순간에 사라졌다. 사방이 고요했다. 그들은 대성당만큼 큰 공간에 들어와 있었다. 오래전에 떠난 수천 명의 학생들이 숨겨 놓은 물건들이 잔뜩 쌓여 높은 벽을 이루고 있는 그곳은 마치 하나의 도시처럼 보였다.

"이걸 보고도 그자는 여기에 아무도 들어올 수 없을 거라 생각했다고?" 론이 말했다. 그의 목소리가 정적 속에서 울려 퍼졌다.

"그자는 자기만 여기에 들어올 수 있을 거라고 생각했어." 해리가 말했다. "나 역시 학교에 다닐 때 뭔가를 숨겨야 했었다는 게 그자에게는 안된 일이지. ……이쪽이야." 그가 덧붙였다. "이쪽으로 쭉 가면 있을 거야……."

그는 박제된 트롤과 작년에 드레이코 말포이가 고쳐서

재앙과도 같은 결과를 몰고 온 사라지는 캐비닛을 지난 다음, 온갖 잡동사니로 이루어진 통로 이쪽저쪽을 바라보며 머뭇거렸다. 다음에 어디로 가야 하는지 기억이 나지 않았다…….

"*아씨오 보관*." 절박한 마음에 헤르미온느가 소리쳤지만 허공을 가르고 날아오는 것은 아무것도 없었다. 그린고츠의 금고와 마찬가지로 이 방도 숨겨진 물건들을 쉽게 내주지 않을 모양이었다.

"흩어지자." 해리가 나머지 두 사람에게 말했다. "가발이랑 왕관 머리 장식을 쓰고 있는 나이 든 남자의 흉상을 찾아! 수납장 위에 세워져 있는데, 확실히 이 근처 어딘가에 있어……."

그들은 주위의 통로를 따라 달려 나갔다. 해리는 병과 모자와 나무 상자와 의자와 책과 무기들과 빗자루와 방망이 등으로 이루어진 우뚝 솟은 잡동사니 더미 너머로 쿵쿵 울리는 두 사람의 발소리를 들을 수 있었다…….

"이 근처 어디야." 해리가 혼잣말로 중얼거렸다. "여기 어딘가…… 어딘가에……."

그는 지난번 이 방에 왔을 때 봤던 물건들을 찾으면서 미로 속으로 점점 깊이 들어갔다. 그 자신의 숨소리가 귓가에 울렸다. 그의 영혼마저 부르르 떠는 듯했다. 그가 옛날 마법약 책을 숨겨 놓았던, 표면이 우둘투둘한 수납장이 바로 눈앞에 있었다. 수납장 위에는 얼굴이 얽은 마법사의 석상이 있었는데, 그것은 먼지가 뽀얗게 앉은 낡은 가발과 아주 오래되어 보이는 변색된 머리 장식 같은 것을 쓰고 있었다.

아직 거리가 3미터쯤 남아 있었지만 해리는 벌써부터 손을 쭉 내밀고 있었다. 그때 등 뒤에서 웬 목소리가 들렸다. "기다려, 포터."

그는 미끄러지듯 멈춰 서서 뒤를 돌아보았다. 뒤에는 크래브와 고일이 해리에게 마법 지팡이를 겨눈 채 나란히 서 있었다. 그들의 비웃는 얼굴 사이로 드레이코 말포이의 모습이 보였다.

"네가 들고 있는 건 내 지팡이야, 포터." 말포이가 크래브와 고일 사이로 마법 지팡이를 겨누며 말했다.

"이젠 아니지." 해리가 산사나무 지팡이를 쥔 손에 힘을 주며 숨을 헐떡였다. "이건 사람이 갖는 거야, 말포이. 그건 누구한테 빌렸냐?"

"우리 어머니." 말포이가 말했다.

전혀 우스운 상황이 아니었지만 해리는 소리 내어 웃었

다. 론과 헤르미온느의 소리는 더 이상 들리지 않았다. 보관을 찾아 소리가 들리지 않는 곳까지 멀리 가 버린 것 같았다.

"그래서, 너희 셋은 어째서 볼드모트랑 같이 있지 않은 거야?" 해리가 물었다.

"우리는 보상을 받을 거야." 크래브가 말했다. 그의 목소리는 그토록 커다란 몸집에서 나오는 것치고는 놀랄 정도로 부드러웠다. 해리는 지금까지 그가 말하는 소리를 거의 들어 본 적이 없었다. 크래브는 커다란 사탕 봉지를 약속받은 꼬마처럼 씩 웃었다. "우린 뒤에 남았어, 포터. 가지 않기로 했지. 너를 그분께 데리고 가기로 했거든."

"멋진 계획이네." 해리가 감탄하는 척하며 말했다. 목표가 바로 코앞에 있는데 말포이에다 크래브와 고일에게 가로막힐 줄은 꿈에도 생각 못 했다. 그는 흉상에 비뚜름하게 얹혀 있는 호크룩스 쪽으로 슬금슬금 물러났다. 싸움이 시작되기 전에 호크룩스를 손에 넣을 수만 있다면…….

"그래서, 여긴 어떻게 들어온 거야?" 그가 그들의 주의를 돌리려고 물었다.

"난 작년에 숨겨진 물건들의 방에서 살다시피 했어." 그렇게 말하는 말포이의 목소리가 불안하게 흔들렸다. "들어오는 방법이야 알지."

"우린 복도에 숨어 있었어." 고일이 툴툴거리듯 말했다. "이젠 '보온색' 마법을 걸 줄 알거든!" 그의 얼굴에 바보 같은 미소가 활짝 번졌다. "그런데 그때 네가 우리 눈앞에 나타나더니 '보광'을 찾고 있다고 말했어! 보광이 뭐야?"

"해리?" 별안간 해리의 오른쪽 벽 너머에서 론의 목소리가 들렸다. "너 누구랑 얘기하는 거야?"

크래브가 채찍을 후려치듯 지팡이를 휘둘러 15미터짜리 낡은 가구와 망가진 짐 가방, 오래된 책들과 로브들, 뭔지 모를 잡동사니들로 이루어진 산을 겨누며 소리쳤다. "디센도!"

벽이 흔들거리더니 론이 서 있는 옆 통로로 무너져 내렸다.

"론!" 해리가 소리쳤다. 보이지 않는 곳 어디에선가 헤르미온느가 비명을 질렀고, 해리는 무너진 벽 반대편에서 셀 수 없을 정도로 많은 물건들이 바닥으로 떨어지는 소리를 들었다. 해리가 마법 지팡이로 벽을 가리키며 "피니테!"라고 소리쳤다. 그러자 물건들의 벽은 잠잠해졌다.

"안 돼!" 크래브가 다시 주문을 걸려고 하자 말포이가 그의 팔을 붙잡으며 소리쳤다. "방을 부수면 그 보관이라는 물건이 파묻히게 될지도 몰라!"

"그게 무슨 상관이야?" 크래브가 말포이의 손을 뿌리치며 말했다. "어둠의 왕께서 원하시는 건 포터야, 보광 따위누가 신경이나 쓴대?"

"포터는 그걸 가지러 여기 들어온 거야." 말포이가 친구들의 멍청함을 도저히 참을 수 없다는 기색을 드러내며 말했다. "그러니까 누가 봐도……."

"'누가 봐도'?" 크래브가 사나운 성미를 감추지 않고 말포이를 돌아보았다. "누가 네 생각에 관심 있대? 나는 더이상 네 명령 따위 듣지 않아, 드레이코. 너랑 너희 아빠는끝났어."

"해리?" 론이 잡동사니 벽 너머에서 다시 소리쳤다. "무슨 일이야?"

"해리?" 크래브가 그 목소리를 흉내 냈다. "무슨 일……안 돼, 포터! 크루시오!"

해리가 왕관 머리 장식을 향해 몸을 날렸다. 크래브가날린 저주는 해리를 빗나가 흉상에 명중했다. 흉상이 공중으로 날아갔다. 보관은 위로 붕 떠올랐다가 흉상이 떨어진잡동사니 더미 속 보이지 않는 곳으로 떨어졌다.

"**그만해!**" 말포이가 크래브에게 소리쳤다. 그의 목소리가 거대한 방에 울려 퍼졌다. "어둠의 왕께서는 저놈을 산 채로 잡기를 원하시……."

"그래서? 내가 지금 죽이려는 건 아니잖아?" 크래브는 그를 붙들려는 말포이의 손을 떨쳐 내며 소리쳤다. "하지만 할 수만 있으면 죽일 거야. 어쨌든 어둠의 왕께서도 저 놈이 죽기를 바라시잖아. 무슨 차이가……?"

진홍색 빛줄기가 해리를 아슬아슬하게 비껴갔다. 헤르미온느가 그의 등 뒤에서 모퉁이를 돌아 나와 곧바로 크래브의 머리에 기절 마법을 날려 보낸 것이다. 마법이 빗나간 건 단지 말포이가 크래브를 끌어당겼기 때문이었다.

"그 머드블러드야! *아바다 케다브라!*"

해리는 헤르미온느가 옆으로 몸을 날리는 것을 보았다. 크래브가 그녀를 죽일 작정으로 마법을 날린 것에 대한 분노가 해리의 머릿속에서 다른 생각들을 싹 지워 버렸다. 해리가 크래브에게 기절 마법을 날리자, 크래브는 몸을 날려 피하면서 말포이가 들고 있는 마법 지팡이를 치고 말았다. 지팡이는 부서진 가구와 상자 더미 아래 보이지 않는 곳으로 데굴데굴 굴러갔다.

"죽이지 마! **죽이지 말라고!**" 말포이가 크래브와 고일에게 소리쳤다. 그들은 둘 다 해리를 겨누고 있었다. 해리에게 필요한 건 그들이 머뭇거린 그 짧은 한순간뿐이었다.

"엑스펠리아르무스!"

고일의 손에서 날아간 지팡이가 옆에 쌓인 물건들의 벽 속으로 사라졌다. 고일은 멍청하게 제자리에서 펄쩍 뛰며 지팡이를 다시 잡으려 했다. 말포이는 헤르미온느가 건 기절 마법을 피해 몸을 날렸다. 다음 순간 론이 갑자기 통로 끝에서 나타나 크래브에게 제대로 된 전신 묶기 저주를 날렸지만 아슬아슬하게 빗나갔다.

크래브는 홱 돌아서서 다시 "아바다 케다브라!"라고 소리쳤다. 론은 보이지 않는 곳으로 몸을 날려 녹색 빛줄기를 피했다. 지팡이를 잃어버린 말포이는 다리가 세 개 달린 옷장 뒤에 웅크렸다. 그때 헤르미온느가 그들을 향해 돌진하면서 기절 마법으로 고일을 맞혔다.

"여기 어디에 있어!" 해리가 그녀에게 소리치며, 낡은 왕관 머리 장식이 떨어진 잡동사니 더미를 가리켰다. "내가 가서 론을 도울 테니까 그걸 찾아……."

"**해리!**" 헤르미온느가 소리를 질렀다.

해리는 등 뒤에서 점점 크게 들려오는 소음에 흠칫 고개를 돌렸다. 통로를 따라 전속력으로 달려오는 론과 크래브의 모습이 보였다.

"뜨거우니까 좋지, 이 쓰레기 같은 자식아?" 크래브가 달려오면서 고함을 질렀다.

하지만 그는 자기가 저지른 일을 통제하지 못하는 듯했다. 무시무시할 정도로 치솟은 불꽃이 양옆에 있는 잡동사니 벽을 핥으며 그들을 쫓아왔다. 벽은 불길이 닿자마자 와르르 무너져 내렸다.

"*아구아멘티!*" 해리가 소리쳤지만 그의 지팡이 끝에서 뿜어 나온 물줄기는 공중에서 증발해 버렸다.

"뛰어!"

말포이가 기절한 고일을 질질 끌고 갔다. 크래브는 모두를 앞질러 가고 있었는데, 이제는 겁에 질린 표정이었다. 해리, 론, 헤르미온느가 크래브의 뒤를 따라 달렸고 불길이 그들을 뒤쫓았다. 그것은 평범한 불이 아니었다. 크래브는 해리가 전혀 모르는 저주를 사용했던 것이다. 그들이 모퉁이를 돌자 불은 마치 지각을 가진 살아 있는 존재처럼 그들을 죽이려고 작정이라도 한 듯 추격해 왔다. 불꽃은 이제 모습을 바꿔 불로 이루어진 거대한 짐승들의 무리를 이루고 있었다. 화염으로 이루어진 뱀, 키메라, 용 들이 공중으로 솟아올랐다가 곤두박질치고 다시 솟아올랐다. 수백 년 동안 묵혀 있던 잡동사니들은 그 짐승들의 먹이가 되어 공중으로 내던져져서 그들의 입속으로 들어가거나 발톱 달린 발로 높이 튕겨진 뒤 걷잡을 수 없는 불에 삼켜졌다.

말포이, 크래브와 고일이 시야에서 사라졌다. 해리, 론, 헤르미온느는 멈춰 서서 꼼짝도 할 수 없었다. 불로 이루어진 괴물들이 그들을 둥글게 에워싼 채 발톱과 뿔과 꼬리 등을 휘두르며 점점 가까이 다가오고 있었다. 그들을 둘러싼 열기는 벽처럼 단단했다.

"우리 이제 어떡하지?" 헤르미온느가 귀가 먹을 것 같은 화염의 포효 너머로 소리를 질렀다. "어떡해?"

"자!"

해리는 가장 가까운 곳에 있는 잡동사니 더미에서 묵직해 보이는 빗자루 두 개를 집어 들어 하나를 론에게 던졌다. 론은 헤르미온느를 빗자루 위로 끌어당겨 자기 뒤에 앉혔다. 해리는 또 다른 빗자루에 다리를 걸치고 바닥을 힘껏 박찼다. 그들은 공중으로 날아오르며, 덥석 물 듯이 그들을 향해 달려들던 불꽃 맹금의 가시 돋친 부리를 아슬아슬하게 피했다. 연기와 열기가 점점 사납게 사방을 집어삼키고 있었다. 밑에서는 저주의 불길이, 추적에 쫓기던 학생들이 몇 세대에 걸쳐 숨겨 놓은 밀수품과, 금지된 실

험의 떳떳지 못한 숱한 결과물과, 이 방에서 피난처를 구했던 수많은 사람들의 비밀을 태워 버리고 있었다. 말포이, 크래브, 고일의 흔적은 어디에도 보이지 않았다. 해리는 사냥감을 찾아 돌아다니는 화염 괴물들 위로 최대한 낮게 비행했지만 불길 말고는 아무것도 보이지 않았다. 이 얼마나 끔찍한 죽음인가……. 그는 결코 이런 일을 바라지 않았다…….

"해리, 나가자. 나가자고!" 론이 소리쳤다. 하지만 시커먼 연기 때문에 문이 어디 있는지 볼 수가 없었다.

그리고 잠시 후 게걸스러운 불길이 우레와 같은 굉음을 내뿜는 그 끔찍한 소란 한복판에서 사람이 내는 가느다랗고 애처로운 비명 소리가 들려왔다.

"너무 위험해!" 론이 소리쳤지만 해리는 공중에서 방향을 틀었다. 그의 안경이 조금이나마 연기를 막아 주고 있었다. 그는 살아 있는 사람의 흔적을 찾아, 아직 숯덩이처럼 새카맣게 타 버리지 않은 팔이나 얼굴을 찾아 발밑의 폭풍 같은 불길을 샅샅이 훑었다…….

그때 그들이 보였다. 말포이가 정신을 잃은 고일을 감싸 안고 있었다. 그 둘은 곧 무너질 것처럼 보이는, 까맣게 그을린 책상들의 탑 위에 걸터앉아 있었다. 해리는 급강하했다. 그가 날아오는 것을 본 말포이가 한 팔을 들어 올렸지만, 해리는 그 팔을 잡으면서도 아무 소용이 없으리라는 것을 즉시 알아차렸다. 고일이 너무 무거웠던 것이다. 땀으로 흠뻑 젖은 말포이의 손은 곧바로 해리의 손에서 미끄러졌다.

"그 자식들 때문에 우리가 죽으면 내가 널 죽여 버릴 거야, 해리!" 론이 고래고래 소리를 질렀다. 거대한 불꽃 키메라가 달려드는 순간, 론과 헤르미온느가 고일을 빗자루 위로 끌어 올렸다. 그들은 뒤집어지고 곤두박질치다가 다시 한 번 공중으로 솟아올랐다. 말포이는 해리 뒤로 기어 올랐다.

"문, 문으로 가, 문으로!" 말포이가 해리의 귀에 대고 소리를 질렀다. 해리는 론과 헤르미온느, 고일을 따라 속도를 올리면서 시커멓게 피어오르는 연기를 뚫고 나아갔다. 거의 숨을 쉴 수가 없을 지경이었다. 게걸스러운 불길에도 타지 않고 남아 있는 몇 안 되는 물건들이 주위를 어지럽게 날아다녔다. 마치 저주받은 불로 만들어진 생명체들이 축하라도 하듯 물건들을 높이 던져 올리는 것 같았다. 잔, 방패, 반짝이는 목걸이, 낡고 빛바랜 왕관 머리 장식……

"*너 뭐 하는 거야? 뭐 하는 거냐고? 문은 저쪽이야!*" 말포이가 소리 질렀지만 해리는 급격하게 방향을 틀어 아래로 돌진했다. 반짝거리는 보관이 쩍 벌린 뱀의 입속으로 빙글빙글 돌며 떨어지는 모습이 슬로모션처럼 보였다. 다음 순간 해리는 그것을 손목에 걸어서 낚아챘다.

해리가 다시 방향을 트는 순간 뱀이 그에게 달려들었다. 그는 위로 솟아오른 다음 문이 열려 있기를 간절히 바라며 그쪽으로 곧장 날아갔다. 론과 헤르미온느, 고일의 모습은 보이지 않았다. 말포이는 소리소리 지르며, 아플 정도로 해리를 꽉 끌어안고 있었다. 그때 연기 너머로 벽에 난 직사각형 문이 보였고, 해리는 그쪽으로 빗자루의 방향을 돌렸다. 곧 깨끗한 공기가 그의 폐를 가득 채웠다. 그들은 복도 벽에 부딪쳤다.

빗자루에서 떨어진 말포이가 바닥에 엎어져 숨을 헐떡이고 기침을 하면서 헛구역질을 했다. 해리는 몸을 굴려 발딱 일어나 앉았다. 필요의 방으로 들어가는 문은 사라졌고, 론과 헤르미온느가 헐떡이며 여전히 의식이 없는 고일 옆에 주저앉아 있었다.

"크…… 크래브." 말포이가 말을 할 수 있게 되자마자 목멘 소리를 내뱉었다. "크…… 크래브……."

"걘 죽었어." 론이 매정하게 말했다.

고요한 가운데 들리는 것이라곤 헐떡임과 기침 소리뿐이었다. 그때 여러 차례 큰 폭발음이 성을 뒤흔들었고, 투명한 형상들로 이뤄진 거대한 기마 부대가 말을 타고 질주해 갔다. 팔 아래 끼워진 그들의 머리가 피에 굶주린 듯 고함을 지르고 있었다. 해리는 머리 없는 사냥회가 지나간 뒤 비틀거리며 일어나 주위를 둘러보았다. 주위에서는 여전히 전투가 한창이었다. 후퇴하는 유령들의 소리 말고도 더 많은 고함 소리가 들려왔다. 두려움이 그의 몸속을 헤집었다.

"지니는 어디 있어?" 그가 날카롭게 물었다. "여기 있었는데. 필요의 방으로 돌아가기로 했단 말이야."

"제기랄, 불이 그렇게 났는데 필요의 방이 아직 작동할 것 같냐?" 론은 그렇게 되물으면서도 바닥에서 일어나 가슴을 문지르며 주위를 둘러보았다. "나눠서 찾아봐야 할까?"

"아니." 헤르미온느도 자리에서 일어나면서 말했다. 말포이와 고일은 비참하게 복도 바닥에 쓰러져 있었다. 둘 중 누구도 마법 지팡이를 갖고 있지 않았다. "같이 붙어 있자. 내 생각엔 같이…… 해리, 팔에 그건 뭐야?"

"뭐? 아, 맞다……."

그는 손목에서 보관을 빼내 높이 들어 올렸다. 보관은 여전히 뜨거웠고 그을음으로 시커멓게 변했지만, 자세히 들여다보니 거기에 새겨진 작디작은 글자들을 겨우 알아볼 수 있었다.

헤아릴 수 없는 재치는

인간의 가장 위대한 보물이다!

보관에서 피처럼 진하고 끈적끈적한 물질이 흘러나오는 것 같았다. 해리는 갑자기 보관이 그의 손안에서 격렬하게 진동하다가 쪼개지는 것을 느꼈다. 그 순간 해리는 지극히 희미하고 아득한 고통의 비명 소리가 교정이나 성이 아닌, 방금 그의 손안에서 부서진 물건에서 흘러나오는 것을 들은 듯했다.

"틀림없이 악마의 불이었을 거야!" 헤르미온느가 부러진 조각들을 바라보며 훌쩍이듯 말했다.

"뭐?"

"악마의 불…… 저주받은 불 말이야. 호크룩스를 파괴할 수 있는 물질 중 하나인데, 나라면 감히 그 방법을 쓸 생각을 절대 못 했을 거야. 너무 위험하거든. 크래브가 그걸 사용하는 법을 어떻게 알았는지 모르겠네?"

"캐로 남매한테서 배운 게 분명해." 해리가 험악한 목소리로 말했다.

"그걸 멈추는 방법을 말했을 때 크래브가 집중하지 않았다는 게 유감이지, 사실." 론이 말했다. 그의 머리카락은 헤르미온느와 마찬가지로 온통 그을려 있었고 얼굴은 새카맸다. "우리 모두를 죽이려고 하지 않았다면 그래도 그 자식의 죽음을 안타까워했을 거야."

"근데 모르겠어?" 헤르미온느가 속삭였다. "이 말은, 우리가 그 뱀만 처리하면……."

하지만 고함과 외침, 결투를 벌이는 게 분명한 소음이 복도를 가득 채우는 바람에 그녀는 말을 멈췄다. 뒤를 돌아본 해리는 심장이 멎는 것 같았다. 죽음을 먹는 자들이 호그와트의 방어선을 뚫고 들어온 것이다. 프레드와 퍼시가 뒷걸음질 치면서 지금 막 시야에 들어왔다. 둘 다 가면을 쓰거나 후드를 뒤집어쓴 자들과 싸우고 있었다.

해리, 론, 헤르미온느가 그들을 돕기 위해 달려 나갔다. 빛줄기가 사방으로 날아다녔다. 퍼시와 결투를 벌이던 자가 빠르게 물러났다. 그때, 그자의 후드가 벗겨지면서 툭 튀어나온 이마와 희끗희끗한 머리카락이 드러났다.

"안녕하세요, 총리님!" 퍼시가 시크니스에게 곧장 저주 마법을 날려 보내며 소리쳤다. 시크니스는 마법 지팡이를 떨어뜨리고 몹시 불편한 듯 로브 앞자락을 움켜잡았다. "제가 사표를 낼 거라는 말씀을 드렸던가요?"

"농담을 다 하네, 퍼스!" 프레드가 소리쳤다. 그가 상대하던 죽음을 먹는 자가 각각 날아온 세 방의 기절 마법을 맞고 쓰러졌다. 시크니스는 온몸에서 작디작은 가시들이 돋아난 몰골로 바닥에 쓰러졌다. 마치 성게 비슷하게 변해 가는 것 같았다. 프레드가 즐거운 듯 퍼시를 바라봤다.

"진짜 농담한 거구나, 퍼스……. 형이 농담하는 걸 마지막으로 들은 게……."

허공에서 폭발이 일어났다. 해리, 론, 헤르미온느, 프레드와 퍼시는 한데 모여 있었다. 두 명의 죽음을 먹는 자 중 한 명은 기절 마법에 걸리고 다른 한 명은 성게처럼 모습이 바뀐 채 그들의 발밑에 쓰러져 있었다. 그런데 그 찰나의 순간, 위험이 아주 잠깐 사라진 것처럼 보인 그 순간, 세상이 산산조각 났다. 해리는 자신의 몸이 허공을 가르며 날아가는 것을 느꼈지만, 그가 할 수 있는 일이라고는 유일한 무기인 가느다란 나무 지팡이를 힘껏 움켜잡고 두 팔로 머리를 가리는 것뿐이었다. 친구들의 비명과 고함 소리가 들렸다. 그는 그들에게 무슨 일이 일어났는지 알고 싶지 않았다.

그리고 잠시 뒤 고통과 어스름에 휩싸인 채 세상이 되돌아왔다. 그는 끔찍한 공격을 당하고 폐허로 변해 버린 복도에 반쯤 파묻혀 있었다. 차가운 바람이 불어오는 걸 보니 성 한쪽 면이 날아가 버린 모양이었다. 한 뺨에서 느껴지는 뜨끈한 끈적거림으로 피가 철철 흐르고 있다는 사실도 알 수 있었다. 그때 속이 뒤집힐 만큼 끔찍한 비명 소리가 들렸다. 그 비명에는 어떤 종류의 불꽃이나 저주로도 이끌어 낼 수 없는 고통이 깃들어 있었다. 해리는 비틀거리며 일어섰다. 그는 그날 그 어느 때보다도 겁이 났다. 아마 평생 이보다 더 두려웠던 적은 없을 것이다…….

헤르미온느는 폐허 속에서 일어서려고 발버둥치고 있었고, 세 명의 빨간 머리는 벽이 터져 나간 곳에 모여 있었다. 해리는 헤르미온느의 손을 잡고 비틀거리며 돌과 나무를 넘어갔다.

"안 돼…… 안 돼…… 안 돼!" 누군가가 소리쳤다. "안 돼! 프레드! 안 돼!"

퍼시가 동생을 붙잡고 흔들어 댔다. 론은 그들 옆에 무릎을 꿇고 있었다. 프레드의 두 눈은 초점을 잃은 채 멍하

니 뜨여 있었다. 얼굴에는 마지막 웃음이 여전히 희미하게
새겨진 채로.

32장
딱총나무 지팡이

세상이 끝장났다. 그런데 전투는 왜 그치지 않으며, 성은 왜 두려움 속에서 고요해지지 않고, 싸우던 사람들은 왜 단 한 명도 무기를 내리지 않는 걸까? 해리의 마음속이 걷잡을 수 없이 빙글빙글 돌면서 곤두박질쳤다. 그는 이 있을 수 없는 일을 도저히 받아들일 수가 없었다. 프레드 위즐리가 죽었을 리 없다. 그의 감각이 전달하는 모든 증거가 거짓말을 하고 있는 게 틀림없었다.

바로 그때 벽이 터져 나가 뚫린 구멍을 통해 뭔가가 뛰어들어 왔다. 어둠 속에서 저주들이 날아와 그들 머리 뒤의 벽을 맞혔다.

"엎드려!" 해리가 고함을 치자마자 더 많은 저주가 밤공기를 가르며 날아왔다. 그와 론 둘 다 헤르미온느를 붙잡아 바닥으로 끌어당겼지만, 퍼시는 프레드 위에 엎드려 시신이 더 이상 훼손되지 않도록 막고 있었다. 해리가 "퍼시, 빨리 와, 가야 돼!"라고 소리치자 그는 고개를 저었다.

"퍼시!" 형의 어깨를 잡아당기는 론의 꾀죄죄한 얼굴에 눈물 흐른 자국이 남아 있었다. 하지만 퍼시는 꼼짝도 하지 않았다. "퍼시, 할 수 있는 건 아무것도 없어! 우린……."

헤르미온느가 소리를 질렀다. 돌아선 해리가 그 이유를 물을 필요도 없었다. 작은 자동차만 한 괴물 거미가 벽에 커다랗게 난 구멍을 기어 넘어오려 하고 있었다. 아라고그의 후손 중 하나가 싸움에 끼어든 것이다.

론과 해리는 고함을 치듯 동시에 주문을 외쳤다. 그들의 마법이 충돌하자 괴물 거미는 수많은 다리들을 소름 끼치게 꿈틀거리며 뒤로 날아가 어둠 속으로 사라졌다.

"친구들을 데려왔어!" 해리는 저주에 맞아 뚫린 벽의 구멍 너머로 성 가장자리를 힐끗 내려다보고는 다른 사람들에게 소리쳤다. 더 많은 수의 대왕 거미들이 금지된 숲에서 풀려 나와 건물 벽을 기어오르고 있었다. 죽음을 먹는 자들이 금지된 숲에까지 침입한 게 틀림없었다. 해리는 거미들을 향해 기절 마법을 발사해, 무리를 이끌고 있던 괴물을 동료들 쪽으로 쓰러뜨렸다. 그 바람에 거미들은 벽에서 굴러떨어져 보이지 않게 되었다. 그때 더 많은 저주 마법이 해리의 머리 위로 지나갔다. 어찌나 아슬아슬하게 스쳤는지, 주문의 힘에 머리카락이 휘날리는 게 느껴질 정도였다.

"가자, **지금이야!**"

해리는 론과 함께 헤르미온느를 앞으로 민 다음 허리를 숙여서 프레드의 시신을 옆구리에 꼈다. 해리가 뭘 하려는지 깨달은 퍼시가 시신에 매달리는 것을 멈추고 그를 도왔다. 그들은 교정에서 날아오는 저주를 피하기 위해 몸을 바짝 숙인 채 프레드를 끌고 갔다.

"여기에 두자." 해리가 말했다. 그들은 프레드를 갑옷이 서 있던 벽감 안에 넣어 두었다. 꼭 그래야만 하는 순간이 아니라면, 단 1초라도 프레드를 보기가 힘들었다. 해리는 시신이 잘 숨겨져 있는 것을 확인한 뒤 론과 헤르미온느를 따라갔다. 말포이와 고일의 모습은 보이지 않았다. 하지만 먼지와 떨어지는 돌 부스러기로 가득하고 창문 유리가 사라져 버린 지 오래인 복도 저 끝에서 수많은 사람이 이리저리 뛰어다니는 모습이 보였다. 아군인지 적인지는 알 수 없었다. 퍼시가 모퉁이를 돌며 황소처럼 고함을 질렀다.

"룩우드!" 그러더니 그는 학생 두어 명을 쫓고 있던 키 큰 남자 쪽으로 전력 질주했다.

"해리, 여기로 들어와!" 헤르미온느가 소리쳤다.

그녀는 론을 끌고 태피스트리 뒤에 가 있었다. 그녀와 론은 꼭 씨름을 하는 것처럼 보였는데, 짧은 순간 해리는 그들이 다시 껴안고 있는 거라고 생각했다. 다음 순간, 론이 퍼시를 따라 달려가지 못하도록 헤르미온느가 막으려 애쓰는 모습이 보였다.

"내 말 들어. **들어 봐, 론!**"

"나도 갈 거야…… 죽음을 먹는 자들을 죽이고 싶다 고……."

먼지와 연기로 잔뜩 더럽혀진 론의 얼굴이 일그러져 있었다. 그는 분노와 슬픔으로 부들부들 떨었다.

"론, 이 일을 끝낼 수 있는 사람은 우리뿐이야! 제발, 론…… 우린 그 뱀이 필요해. 그 뱀을 죽여야 해!" 헤르미온느가 말했다.

하지만 해리는 론이 어떤 기분인지 헤아릴 수 있었다. 또 다른 호크룩스를 추격한다고 해서 복수심을 충족할 수는 없을 것이다. 해리도 싸우고 싶었다. 프레드를 죽인 자들에게 벌을 주고 싶었다. 그런 다음 다른 위즐리 가족을 찾아서, 무엇보다도 한 가지 사실을 확인하고 싶었다. 혹시 지니가……. 하지만 그는 아무리 머릿속에서라도 그런 생각이 떠오르는 것을 허용할 수 없었다.

"싸울 거야!" 헤르미온느가 말했다. "어차피 우린 싸워야 해, 그 뱀한테 가려면! 하지만 지금 우리가 뭐, 뭘 해야 하는지 잊어선 안 돼! 이 일을 끝낼 수 있는 건 우리뿐이야!"

그녀도 울고 있었다. 그녀는 그렇게 말하는 동안 찢어지고 그슬린 소매로 눈물을 훔쳤지만, 다음 순간에는 마음을 가다듬기 위해 숨을 크게 들이쉬었다. 그러면서 여전히 론을 꽉 붙잡은 채 해리를 돌아보았다.

"넌 볼드모트가 어디 있는지 찾아봐. 그자가 뱀을 데리고 있을 테니까. 그걸 해 봐, 해리. 그자의 머릿속을 들여다봐!"

그 일이 왜 그렇게 쉬웠을까? 흉터가 몇 시간째 불타오르듯 화끈거리면서 그에게 볼드모트의 생각을 보여 주고 싶어 안달했기 때문일까? 헤르미온느가 시키는 대로 눈을 감자마자 비명과 굉음, 전투가 만들어 내는 온갖 불협화음이 잦아들다가 멀어졌다. 그런 것들에서 아주 멀리 떨어진 곳에 서 있는 것 같았다…….

그는 황량하지만 이상하게 익숙한 방 한가운데에 서 있

었다. 벽지는 벗겨져 있고 창문은 단 한 곳만 빼놓고 온통 널빤지로 막혀 있었다. 저 멀리서 성을 공격하는 소리가 아득하게 들려왔다. 막아 놓지 않은 단 하나의 창문 밖으로 멀찍이서 터지는 불빛들이 보였지만, 방 안은 기름등잔이 하나 있을 뿐 어둡기만 했다.

그는 마법 지팡이를 바라보며 손가락 사이에서 그것을 빙빙 돌리고 있었다. 그는 성안의 그 방에 대해 생각하고 있었다. 오직 그만이 찾아낸 비밀스러운 공간. '비밀의 방'처럼, 그것을 찾으려면 영리하고 교활하며 호기심이 많아야만 하는……. 그는 그 소년이 보관을 찾지 못할 거라고 자신했다……. 덤블도어의 꼭두각시가 그가 예상한 것보다 훨씬 멀리, 너무 멀리까지 오기는 했지만…….

"주인님." 잔뜩 갈라진 어떤 절박한 목소리가 말했다. 그는 눈을 돌렸다. 가장 어두운 한쪽 구석에 루시우스 말포이가 앉아 있었다. 지난번 그 소년을 놓친 이후로 받았던 징벌의 흔적이 아직까지도 남아 너덜너덜한 모습이었다. 그의 한쪽 눈은 퉁퉁 부은 채 감겨 있었다. "주인님…… 제발…… 제 아들은……."

"루시우스, 네 아들이 죽는다면 그건 내 탓이 아니다. 그 아이는 다른 슬리데린 학생들처럼 여기 와서 나에게 가담하지 않았다. 아마도 해리 포터의 친구가 되기로 결심한 모양이지?"

"아닙니다…… 절대 아닙니다." 말포이가 나직한 목소리로 말했다.

"아니기를 바라야 할 거다."

"거, 걱정되지 않으십니까, 주인님? 포터는 주인님이 아닌 다른 사람의 손에 죽을 수도 있습니다." 루시우스가 떨리는 목소리로 물었다. "이런 말씀을 드려도 될지…… 용서해 주십시오……. 이 전투를 멈추고 성에 들어가셔서 지, 직접 녀석을 찾아보시는 게 더 신중한 처사가 아닐까요?"

"가식 떨지 마라, 루시우스. 넌 네 아들에게 무슨 일이 일어났는지 알아보기 위해 이 전투가 멈추길 바라는 것 아니냐. 게다가 나는 포터를 찾아나설 필요가 없다. 이 밤이 끝나기 전에 포터가 나를 찾아올 것이다."

볼드모트는 다시 한 번 손에 쥔 지팡이로 시선을 떨어뜨렸다. 이것 때문에 골치가 아팠다……. 볼드모트 경을 골치 아프게 하는 것들은 반드시 손봐야 했다…….

"가서 스네이프를 데려와라."

"스네이프 말씀이십니까, 주, 주인님?"

"그래, 스네이프 말이다. 당장 데려와. 그가 필요하다.

스네이프에게 시킬 일이 있다. 가라."

루시우스는 겁에 질린 채 어둠 속에서 조금씩 비틀거리며 방을 나갔다. 볼드모트는 그 자리에 서서 손가락 사이로 지팡이를 빙빙 돌리며 그것을 뚫어지게 바라보았다.

"이 방법밖에 없다, 내기니." 그가 속삭이더니 주위를 돌아보았다. 굵직하고 거대한 뱀이 공중에 둥둥 뜬 채, 그가 만들어 낸 마법의 보호 공간 속에서 우아하게 몸을 꼬고 있었다. 그것은 반짝이는 동물 우리와 수조를 섞어 놓은 것처럼 보이는, 별처럼 빛나는 투명한 구체였다.

해리는 헉하고 숨을 들이켜면서 뒤로 물러나 눈을 떴다. 동시에 날카로운 비명 소리와 고함 소리, 부딪히고 깨지는 전투의 굉음이 그의 귓속을 파고들었다.

"그자는 악쓰는 오두막에 있어. 뱀도 같이 있는데, 무슨 마법 보호막 같은 것에 둘러싸여 있어. 방금 그자가 루시우스 말포이한테 스네이프를 찾아서 데려오라고 했어."

"볼드모트가 악쓰는 오두막에 있다고?" 헤르미온느가 버럭 화를 내며 말했다. "심지어…… 심지어 *싸우고 있지도* 않단 말이야?"

"그자는 자기가 직접 싸울 필요가 없다고 생각해." 해리가 말했다. "내가 자기를 찾아올 거라고 생각하거든."

"하지만 왜?"

"볼드모트는 내가 호크룩스를 쫓고 있다는 걸 알고 있어. 내기니를 계속 곁에 가까이 두고 있잖아. 그 뱀에게 접근하려면 확실히 내가 그자를 찾아가야 하는 거지."

"좋아." 론이 어깨를 쫙 펴며 말했다. "그럼 넌 가면 안돼. 그게 놈이 원하는 거니까. 놈이 기대하는 게 그거야. 넌 여기 남아서 헤르미온느를 지켜. 그럼 내가 가서 그걸 가져올……."

해리가 론의 말을 잘랐다.

"너희 둘이 여기 있어. 내가 투명 망토를 쓰고 갔다가 최대한 빨리 돌아올……."

"안 돼." 헤르미온느가 말했다. "내가 망토를 쓰고 다녀오는 게 훨씬 말이 되는……."

"그딴 건 꿈도 꾸지 마." 론이 그녀에게 윽박질렀다.

"론, 나도 너희랑 똑같이 할 수 있……." 헤르미온느가말을 마치기도 전에, 그들이 서 있던 계단 맨 꼭대기의 태피스트리가 찢겨 나갔다.

"포터!"

가면을 쓴 죽음을 먹는 자 두 명이 그곳에 서 있었다. 하지만 그들이 마법 지팡이를 똑바로 들기도 전에 헤르미온느가 소리쳤다. "글리세오!"

발아래 있던 계단이 미끄럼틀처럼 평평해졌다. 그녀와 해리, 론은 속도를 조절하지도 못한 채 미끄럼틀을 따라 쭉 내려갔고, 죽음을 먹는 자들이 날린 기절 마법은 그들의 머리 위로 한참 빗나갔다. 세 사람은 계단 밑에서 뭔가를 가리고 있던 태피스트리를 뚫고 바닥을 데굴데굴 구르다 맞은편 벽에 부딪혔다.

"듀로!" 헤르미온느가 마법 지팡이로 태피스트리를 겨누며 소리치자 태피스트리가 돌로 변하면서 으적하는 기분 나쁜 충돌음이 두 차례 들렸다. 그들을 뒤쫓던 죽음을 먹는 자들이 돌에 부딪혀 뭉개진 것이다.

"물러서!" 론이 소리쳤다. 그와 해리, 헤르미온느는 문에 몸을 바짝 붙였다. 맥고나걸 교수가 움직이는 책상 한 무리를 이끌고 천둥 같은 소리를 내며 전속력으로 달려가고 있었다. 맥고나걸 교수는 그들을 발견하지 못한 듯했다. 그녀의 머리카락은 잔뜩 흘러내려 있었고, 뺨에는 베인 상처가 있었다. 그녀가 모퉁이를 돌면서 외치는 소리가 들렸다. "돌격!"

"해리, 투명 망토를 걸쳐." 헤르미온느가 말했다. "우린 신경 쓰지 말고."

하지만 그는 셋 모두의 머리 위로 투명 망토를 뒤집어씌웠다. 훌쩍 자란 세 사람의 몸을 투명 망토로 다 가리기는 어려웠지만, 먼지가 가득하고 돌멩이가 떨어지고 주문이 번쩍거리는 상황에서 누군가가 그들의 발을 볼 것 같지는 않았다.

그다음 계단을 달려 내려가 보니 복도는 결투를 벌이는 사람들로 가득 차 있었다. 그들의 양옆에 쭉 걸려 있는 초상화 인물들이 조언과 응원의 말을 소리 높여 외치며 법석을 떨었다. 한편 죽음을 먹는 자들은 가면을 쓴 자나 안 쓴 자나 할 것 없이 학생 또는 선생 들과 결투를 벌이고 있었다. 돌로호프와 정면으로 대결하는 딘을 보니, 누군가와의 싸움에서 이겨 마법 지팡이 하나를 차지한 모양이었다. 파르바티는 트래버스와 맞서 싸우고 있었다. 해리, 론, 헤르미온느는 공격할 태세로 즉시 지팡이를 들어 올렸지만, 사람들이 이리저리 뛰어다니면서 뒤엉켜 싸우고 있었기 때문에 저주 마법을 날렸다가는 같은 편을 다치게 할 가능성이 높았다. 그들이 준비를 갖추고 서서 행동에 나설 기회를 노리던 그 순간, "휘이이이이이이이이!" 하는 큰 소리가 들렸다. 고개를 들어 올리자, 머리 위로 붕 날아와 죽음을 먹는 자들에게 올가미나무 꼬투리를 떨어뜨리는 피브스가 보였다. 통통한 벌레처럼 생긴 꿈틀거리는 녹색 덩이줄기들이 돌연 죽음을 먹는 자들의 머리를 꿀꺽 삼켜 버렸다.

"으악!"

한 줌의 덩이줄기가 투명 망토를 쓴 론의 머리 위로 날아와 떨어졌다. 론이 떨쳐 내려고 애썼지만, 다른 사람들의 눈에 그 끈적거리는 녹색 덩어리들은 희한하게 공중에 둥둥 떠 있는 것처럼 보였다.

"저기 누가 모습을 감추고 있다!" 가면을 쓴 죽음을 먹는 자 한 명이 손가락으로 가리키며 외쳤다.

딘은 그 죽음을 먹는 자가 잠깐 한눈을 판 순간을 놓치지 않고 기절 마법으로 그를 맞혔다. 돌로호프가 반격을 시도하자 파르바티가 그자에게 전신 묶기 저주를 날렸다.

"가자!" 해리가 외쳤다. 그와 론, 헤르미온느는 망토를 단단히 여미고 머리를 숙인 채 올가미나무 즙이 고인 웅덩이에서 살짝 미끄러지기도 하면서, 싸움을 벌이는 사람들 사이를 뚫고 현관홀로 이어지는 대리석 계단 꼭대기를 향해 달려갔다.

"난 드레이코 말포이예요, 드레이코라고요. 당신들 편이에요!"

드레이코가 위쪽 층계참에서 가면을 쓴 죽음을 먹는 자

에게 애원하고 있었다. 해리는 지나가면서 그 죽음을 먹는
자에게 기절 마법을 날렸다. 말포이가 환하게 웃으며 자신
을 구해 준 사람을 돌아보자, 론이 투명 망토를 뒤집어쓴
채 그를 후려쳤다. 말포이는 완전히 얼이 빠져서는 입에서
피를 줄줄 흘리며, 뒤에 쓰러져 있는 죽음을 먹는 자 위로
넘어졌다.

"이걸로 오늘 밤에만 네 목숨을 두 번이나 구해 준 거야,
이 박쥐 같은 자식아!" 론이 소리쳤다.

현관홀과 계단 곳곳에서 더 많은 결투가 벌어지고 있었
다. 사방에 죽음을 먹는 자들이 보였다. 정문 가까운 곳에
서는 약슬리가 플리트윅과 싸우고 있고, 가면을 쓴 죽음
을 먹는 자 한 명이 그들 바로 옆에서 킹슬리와 결투를 벌
이고 있었다. 학생들은 사방으로 뛰어다니고 있었는데, 몇
명은 다친 친구들을 들어서 옮기거나 끌고 가고 있었다.
해리는 가면을 쓴 죽음을 먹는 자에게 기절 마법을 날렸
다. 마법이 빗나가면서 하마터면 난데없이 독손가락을 한
아름 들고 나타나 마구 휘두르는 네빌을 맞힐 뻔했다. 독
손가락은 신이 난 듯 가장 가까이에 있던 죽음을 먹는 자
를 옭아매더니 꽁꽁 휘감기 시작했다.

해리, 론, 헤르미온느는 대리석 계단을 빠르게 내려갔

다. 그들의 왼쪽에서 유리가 박살 나는가 싶더니, 기숙사 점수를 기록하는 슬리데린 모래시계의 에메랄드가 사방으로 흩어졌다. 그 바람에, 달려가던 사람들이 미끄러지거나 비틀거렸다. 셋이 교정에 다다랐을 때 머리 위 발코니에서 두 사람이 떨어졌다. 해리가 네발 달린 동물이라고 생각한 웬 회색빛 형체가 현관홀을 빠르게 가로지르더니 떨어진 사람 중 한 명에게 이빨을 박아 넣었다.

"안 돼!" 헤르미온느가 소리를 질렀다. 그녀의 마법 지팡이에서 귀가 먹을 듯한 폭발이 일어났다. 펜리르 그레이백이 힘없이 떨고 있는 라벤더 브라운의 몸에서 뒤로 나가떨어졌다. 그자는 대리석 난간에 거세게 부딪힌 뒤 다시 일어서려고 버둥거렸다. 그때, 눈부신 흰빛이 번뜩이며 딱 소리가 나더니 그레이백의 머리 위로 수정구슬 하나가 떨어졌다. 그레이백은 바닥에 널브러진 채 움직이지 않았다.

"그게 전부가 아니야!" 난간 너머에서 트릴로니 교수가 소리쳤다. "원한다면 얼마든지 더 던져 주마! 자……."

그녀는 가방에서 거대한 수정구슬 하나를 꺼내더니, 테니스에서 서브를 하는 듯한 동작으로 허공에 대고 지팡이를 휘둘렀다. 수정구슬은 현관홀을 가로질러 빠르게 날아가 창문을 박살 냈다. 그 순간, 육중한 오크나무 문이 벌컥 열리며 더 많은 수의 대왕 거미들이 현관홀 안으로 비집고 들어왔다.

공포의 비명이 허공을 갈랐다. 죽음을 먹는 자들이고 호그와트 사람들이고 할 것 없이 싸우던 사람들이 순식간에 흩어졌다. 점점 다가오는 괴물 거미들 사이로 빨간색과 녹색 빛줄기가 날아들자, 거미들은 부르르 떨면서 앞다리를 든 채 뒷다리로 몸을 일으켜 세웠다. 어느 때보다도 소름 끼치는 광경이었다.

"어떻게 나가지?" 론이 그 모든 비명 소리를 누르며 소리쳤지만 해리나 헤르미온느가 뭐라고 대답하기도 전에 세 사람은 옆으로 쓰러지고 말았다. 해그리드가 꽃무늬 분홍색 우산을 휘두르면서 쿵쿵거리며 계단을 내려온 것이다.

"거미들을 해치지 마! 해치지 말라고!" 그가 소리쳤다.

"해그리드, 안 돼요!"

해리는 다른 건 모두 잊어버렸다. 그는 투명 망토 아래에서 뛰쳐나가, 현관홀 전체를 환하게 밝히는 저주들을 피하기 위해 몸을 푹 수그린 채 쏜살같이 달려갔다.

"해그리드! 돌아와요!"

하지만 절반도 채 따라잡지 못했을 때, 해리의 눈앞에서 해그리드가 거미들 속으로 사라졌다. 마법 주문들이 쏟아지는 가운데, 거미들은 그저 허둥거리면서 징그럽게 떼를 지어 물러났다. 해그리드는 그 한가운데에 파묻혀 있었다.

"해그리드!"

해리는 누군가가 자신의 이름을 부르는 소리를 들었다. 그가 친구인지 적인지는 상관없었다. 해리는 현관 계단을 전속력으로 달려 내려가 어둠이 내린 교정으로 향했다. 거미들은 먹잇감을 들고 우글거리며 멀어져 가고 있었다. 해그리드의 모습은 전혀 보이지 않았다.

"해그리드!"

거미 떼 한가운데서 손짓하는 거대한 팔이 보인 듯했다. 해리가 거미들을 따라가려는데, 어둠 속에서 거대한 발이 불쑥 나타나 해리의 앞을 가로막았다. 해리가 딛고 있는 땅이 쿵 울렸다. 해리는 위를 올려다보았다. 거인 하나가 그의 눈앞에 서 있었다. 6미터나 되는 키 때문에 머리는 어둠 속에 감춰져 있었고, 나무 굵기만 한 털 난 정강이만이 성문에서 흘러나오는 빛으로 밝혀져 있었다. 거인은 단 한 번의 무자비하고 유연한 동작으로 위층 창문을 부수고 커다란 주먹을 집어넣었다. 해리의 머리 위로 유리가 비처럼 쏟아졌다. 그는 할 수 없이 유리 조각을 피해 문으로 돌아가야 했다.

"아, 세상에……!" 헤르미온느가 비명을 질렀다. 그녀와 론이 해리를 따라잡았다. 둘은 위층 창문으로 손을 집어넣어 사람들을 붙잡으려 드는 거인을 올려다보았다.

"**안 돼!**" 론이 마법 지팡이를 들어 올리는 헤르미온느의 손을 잡아채며 외쳤다. "기절 마법을 걸면 저놈이 성을 반은 뭉개 버릴 거야."

"**해거?**"

그롭이 성 모퉁이를 돌아 비틀거리며 다가왔다. 해리는 그롭이 거인치고는 정말 작다는 사실을 이제야 깨달았다. 위층 사람들을 뭉개 버리려던 어마어마한 괴물이 고개를 돌리더니 포효했다. 그 거인이 자기보다 작은 동족을 향해 발을 쿵쿵 구르며 걸어가자 돌계단이 진동했다. 그롭이 비뚤어진 입을 쩍 벌리자 벽돌 절반만 한 노란 이빨들이 드러났다. 이어서 두 거인은 사자처럼 사납게 서로를 향해 달려들었다.

"**뛰어!**" 해리가 소리쳤다. 거인들이 맞붙어 싸우면서 내는 끔찍한 고함 소리와 주먹질하는 소리가 밤하늘을 가득 채웠다. 해리는 헤르미온느의 손을 잡고 다시 교정을 향해 계단을 달려 내려갔다. 론이 그 뒤를 따랐다. 해리는 해그리드를 찾아내서 구하겠다는 희망을 아직 버리지 않았다.

그가 어찌나 빠르게 달렸는지, 문득 걸음을 멈췄을 때쯤에
는 이미 금지된 숲에 절반쯤 이르러 있었다.

주변 공기가 얼어붙었다. 해리는 숨이 막히고 가슴이 답
답해지는 것을 느꼈다. 어둠 속에서 어떤 형상들이 움직였
다. 밀도 높은 암흑으로 이루어진 그 소용돌이치는 형상들
이 거대한 물결을 이루며 성을 향해 나아가고 있었다. 얼굴
들은 후드로 가려진 채 그르렁거리는 숨소리를 내며…….

오직 디멘터만이 가져다주는 침묵이 밤하늘 아래 묵직
하게 내려앉자 뒤에서 들려오던 전투 소리가 갑자기 사라
졌다. 론과 헤르미온느가 해리 옆으로 바짝 붙었다…….

"어서, 해리!" 무척 아득한 곳에서 들려오는 듯한 헤르미
온느의 목소리가 말했다. "패트로누스를 불러, 해리. 빨리!"

해리는 마법 지팡이를 들어 올렸지만, 그의 온몸으로 희
미한 절망감이 퍼져 나가고 있었다. 프레드는 죽었고, 해
그리드는 죽어 가고 있거나 어쩌면 이미 죽었을 것이다.
아직은 알 수 없지만, 얼마나 더 많은 사람이 죽었을까. 그
는 영혼이 이미 몸을 반쯤 떠난 듯한 기분이었다…….

"**해리, 빨리!**" 헤르미온느가 소리쳤다.

백 명쯤 될 듯한 디멘터들이 공기를 빨아들이며 미끄러
지듯 다가왔다. 해리의 절망이 그들에게는 배 터지게 먹을

기회라도 되는 듯했다.

해리는 론의 은빛 테리어가 공중으로 솟구치며 희미하게 깜빡이다가 사라지는 모습을 보았다. 헤르미온느의 수달도 공중에서 몸을 비틀다가 흐릿해졌다. 해리의 마법 지팡이는 그의 손안에서 떨고만 있었다. 해리는 점점 다가오는 망각의 순간이, 그 허무함과 무감각이 반가울 지경이었다…….

그때 은빛 산토끼와 멧돼지와 여우가 해리, 론, 헤르미온느의 머리를 스치고 뛰어올랐다. 그 생물들이 다가가자 디멘터들은 뒤로 물러났다. 어둠 속에서 세 사람이 나타나 그들 옆에 서서 마법 지팡이를 치켜들었다. 그 지팡이들에서 끊임없이 패트로누스들이 튀어나왔다. 루나와 어니, 셰이머스였다.

"바로 그거야." 루나는 다들 필요의 방으로 되돌아가서 그저 D.A. 주문 연습이라도 하고 있는 것처럼 격려하듯 말했다. "그거야, 해리…… 어서, 뭔가 행복한 걸 생각해……."

"행복한 거?" 그가 갈라진 목소리로 말했다.

"우리 모두 아직 여기 있잖아." 그녀가 속삭였다. "우린 아직 싸우고 있어. 어서, 지금이야……."

은색 불꽃이 튀더니 빛이 어른거렸다. 어느 때보다도 힘겨운 노력을 쏟아부은 끝에 해리의 마법 지팡이 끝에서 수사슴이 솟구쳐 나왔다. 수사슴이 앞으로 달려 나가자, 이제야말로 디멘터들이 흩어지기 시작했다. 밤은 곧바로 포근함을 되찾았지만, 주위에서 싸우는 소리는 계속 시끄럽게 그의 귓전을 때렸다.

"어떻게 고맙다는 말을 해야 할지 모르겠다." 론이 루나, 어니, 셰이머스를 돌아보며 떨리는 목소리로 말했다. "너희가 방금 우리를 구해 줬⋯⋯."

금지된 숲이 있는 방향에서, 또 다른 거인 하나가 포효하면서 땅을 뒤흔들며 달려 나왔다. 그놈은 그들의 키보다 더 큰 곤봉을 마구 휘둘렀다.

"**뛰어!**" 해리가 다시 소리쳤다. 하지만 굳이 말해 줄 필요도 없이, 그들은 곧바로 흩어졌다. 그리고 그 순간 거인의 거대한 발이 방금 그들이 서 있던 곳을 짓밟았다. 해리는 주위를 둘러봤다. 론과 헤르미온느는 그를 따라오고 있었지만 다른 세 사람은 다시 싸움터로 돌아가고 없었다.

"놈의 공격 범위에서 벗어나야 돼!" 거인이 다시 곤봉을 휘두르자 론이 소리쳤다. 거인의 고함 소리가 밤하늘을 가르고 교정 전체에 울려 퍼졌다. 빨간색과 녹색 빛줄기가 끊임없이 폭발하면서 교정을 밝혔다.

해리가 말했다. "후려치는 버드나무로 가자!"

해리는 정확한 이유를 모르면서도 이 모든 것을 지금은 들여다볼 수 없는 머릿속 작은 공간에 욱여넣고 벽을 둘러 막아 버렸다. 프레드와 해그리드에 대한 생각도, 성 안팎에 흩어져 있는 그가 사랑하는 사람들에 대한 걱정도 잠시 전부 미뤄 두어야 했다. 그들은 달려야 했으니까. 그 뱀과 볼드모트에게 가야만 했으니까. 헤르미온느가 말한 것처럼, 그것만이 이 일을 끝낼 유일한 길이니까…….

그는 전속력으로 달렸다. 죽음조차 앞지를 수 있을 거라고 반쯤 믿으면서, 사방을 둘러싼 어둠 속에서 휙휙 날아다니는 빛줄기들을 무시한 채, 호수가 마치 바다라도 된양 철썩거리는 소리나 바람이 불지 않는 밤인데도 삐걱거리는 금지된 숲의 소리마저 못 들은 척했다. 그는 그 자체로 반란을 일으킨 것처럼 보이는 교정을 가로질러 평생 그어느 때보다도 빠르게 내달렸다. 가지를 채찍처럼 마구 휘둘러 뿌리 속에 감춰진 비밀을 굳게 지키고 있는 그 커다란 버드나무를 가장 먼저 본 사람도 그였다.

해리는 헐떡거리고 숨을 몰아쉬면서 발걸음을 늦추고는 마구 후려치는 버드나무 가지들을 아슬아슬하게 피하며 지나갔다. 그는 어둠 속 굵직한 나무 몸통을 살피고 있었다. 그 오래된 나무의 움직임을 멈추게 만들 수 있는 단 하나의 옹이를 찾기 위해서였다. 론과 헤르미온느가 뒤늦게 도착했다. 헤르미온느는 너무 숨이 차서 말도 하지 못했다.

"어떻게…… 어떻게 들어가지?" 론이 헐떡였다. "그…… 그 자리는 보이는데…… 크룩섕스만 있었어도……."

"크룩섕스?" 헤르미온느가 허리를 구부린 채 가슴을 부여잡고 쌕쌕거렸다. "네가 마법사 아니면 뭔데?"

"아…… 맞다…… 그래……."

론은 주위를 둘러보더니 마법 지팡이로 땅바닥에 놓인 나뭇가지 하나를 겨누며 말했다. "윙가르디움 레비오사!" 나뭇가지가 땅바닥에서 날아올라 돌풍에 휩쓸린 듯 공중에서 빙글빙글 돌았다. 그러더니 그것은 매섭게 휘둘러지는 버드나무 가지들을 지나 나무줄기를 향해 빠르게 날아갔다. 나뭇가지가 뿌리 근처의 한 곳을 쿡 찌르자, 몸부림치던 나무는 순식간에 고요해졌다.

"완벽해!" 헤르미온느가 헐떡거리면서 외쳤다.

"잠깐만."

전투가 만들어 내는 충돌음과 폭발음이 주위에 가득 울

려 퍼지는 동안, 해리는 한순간 망설였다. 볼드모트는 해리가 이렇게 행동하기를, 해리가 찾아오기를 바랐다…….
그렇다면 그가 론과 헤르미온느를 함정으로 이끌고 있는 것은 아닐까?

하지만 그때, 잔혹하고도 명백한 현실이 그에게 바짝 다가오는 듯했다. 앞으로 나아갈 유일한 길은 뱀을 죽이는 것이었고, 뱀은 볼드모트가 있는 곳에 있었다. 그리고 볼드모트는 이 통로 끝에 있었다…….

"해리, 우리도 같이 갈 거야. 빨리 들어가기나 해!" 론이 그를 앞으로 떠밀며 말했다.

해리는 나무뿌리에 감춰진 흙투성이 통로로 몸을 욱여넣었다. 통로는 지난번 들어갔을 때보다 훨씬 비좁게 느껴졌다. 통로 천장이 낮았기 때문에 4년 전에도 몸을 완전히 숙이고 지나가야 했는데 이제는 아예 기어가는 수밖에 없었다. 해리가 마법 지팡이에 불을 밝히고 앞장섰다. 그는 언제라도 장애물이 나타날 거라 예상했지만 그런 일은 일어나지 않았다. 그들은 조용히 나아갔다. 해리의 시선은 손에 들린 마법 지팡이가 내뿜는 흔들리는 빛에 고정되어 있었다.

마침내 오르막길이 시작됐다. 저 앞에 가느다란 빛줄기

가 보였다. 헤르미온느가 그의 발목을 잡아당겼다.

"투명 망토!" 그녀가 속삭였다. "망토를 걸쳐!"

그는 손으로 뒤쪽을 더듬었다. 헤르미온느가 매끄러운 천 뭉치를 그의 빈손에 쥐여 주었다. 그는 힘겹게 망토를 머리 위로 끌어 올리고 "녹스"라고 중얼거려서 지팡이 불을 끈 다음, 되도록 소리를 내지 않고 엎드려서 계속 기어 갔다. 언제든 발각되어, 싸늘하고 또렷한 목소리가 들리고 번뜩이는 녹색 빛줄기가 보일지 모른다고 생각하자 온몸의 감각이 팽팽하게 곤두서는 것만 같았다.

그때 저 앞에 있는 방에서 어떤 목소리들이 들렸다. 통로 끝의 출입구가 낡은 나무 상자 같은 것으로 막혀 있어 소리는 조금 먹먹하게 들렸다. 해리는 감히 숨도 제대로 쉬지 못한 채 출입구 바로 앞까지 조심스레 다가가 나무 상자와 벽 사이의 아주 가느다란 틈새를 들여다보았다.

흐릿한 불빛이 방 안을 비추고 있었지만 해리는 내기니를 볼 수 있었다. 뱀은 공중에 둥둥 떠서 별처럼 빛나는 마법의 구체 속에 안전하게 들어앉아 물뱀처럼 소용돌이를 그리며 똬리를 틀고 있었다. 탁자 가장자리와, 마법 지팡이를 만지작거리는 길고 하얀 손가락이 보였다. 잠시 후 스네이프가 입을 열자 해리는 가슴이 철렁 내려앉았다. 해리가 웅크리고 숨어 있는 곳에서 손이 닿을락 말락 한 거리에 스네이프가 있었다.

"……주인님, 놈들의 저항이 무너지고 있습니다."

"네가 돕지 않는데도 말이지." 볼드모트가 높고 또렷한 목소리로 말했다. "세베루스, 너는 능력 있는 마법사지만 이젠 네가 나선다고 상황이 크게 달라질 것 같진 않다. 거의 다 왔다……. 거의 다 왔어."

"제가 그 아이를 찾게 해 주십시오. 제가 포터를 주인님께 데려올 수 있도록 해 주십시오. 저는 확실히 그 녀석을 찾아낼 수 있습니다, 주인님. 부탁드립니다."

스네이프는 성큼성큼 걸어가 해리가 엿보고 있는 틈새 앞을 지나쳤다. 해리는 내기니에게 시선을 고정한 채 뒤로 약간 물러났다. 내기니를 둘러싼 보호막을 꿰뚫을 수 있는 주문이 뭐가 있을지 생각해 봤지만 아무것도 떠오르지 않았다. 한 번이라도 시도했다가 실패하면 그의 위치가 드러나고 만다…….

볼드모트가 자리에서 일어섰다. 이제는 그자가 보였다. 그자의 빨간 눈과 뱀처럼 납작한 얼굴, 희미한 빛 속에서 살짝 빛나는 창백한 얼굴이 보였다.

"문제가 하나 있다, 세베루스." 볼드모트가 나직이 말했다.

"무슨 말씀이십니까, 주인님?" 스네이프가 물었다.

볼드모트는 딱총나무 지팡이를 들어 올렸다. 그는 지휘자가 지휘봉을 잡듯 그것을 섬세하고 정확하게 쥐고 있었다.

"이 지팡이가 왜 나를 위해서 일하지 않는 것이냐, 세베루스?"

정적이 흐르는 가운데, 해리는 뱀이 똬리를 틀었다가 풀며 식식대는 소리를 들은 것 같았다. 아니, 볼드모트의 한숨이 공기 중에 맴도는 소리였을까?

"주…… 주인님?" 스네이프가 멍하니 입을 열었다. "저는 이해가 가지 않습니다. 주인님께서는…… 주인님께서는 그 지팡이로 비범한 마법들을 선보이지 않으셨습니까."

"아니다." 볼드모트가 말했다. "나는 평소에 쓰던 마법을 부렸을 뿐이다. 나는 비범하지만, 이 지팡이는…… 그렇지 않았다. 내가 기대했던 경이로움을 드러내지 않았어. 나는 이 지팡이와 오래전 올리밴더에게서 얻은 지팡이의 차이를 전혀 느낄 수가 없다."

볼드모트의 말투는 사색에 잠긴 듯 차분했지만, 해리의 흉터는 욱신거리며 날뛰기 시작했다. 이마에서 통증이 시작됐고, 볼드모트 안에서 억누른 분노가 점점 쌓여 가는 것이 느껴졌다.

"아무런 차이도 말이다." 볼드모트가 다시 말했다.

스네이프는 입을 열지 않았다. 해리가 있는 곳에서는 그의 얼굴이 보이지 않았다. 해리는 스네이프가 위험을 감지하고 주인을 안심시킬 적당한 말을 찾기 위해 애를 쓰고 있는 건지 궁금했다.

볼드모트가 방 안을 서성거리기 시작했다. 그자가 여전히 침착한 목소리로 말하면서 돌아다닐 때, 해리는 잠깐 동안 그의 모습을 놓치고 말았다. 그사이 통증과 분노가 해리의 내면에 점점 쌓여 갔다.

"나는 오랫동안 골똘히 생각해 봤다, 세베루스……. 왜 내가 널 전투에서 불러들였는지 아느냐?"

해리는 잠시 스네이프의 옆얼굴을 바라봤다. 스네이프의 눈은 마법 우리 안에 똬리를 틀고 있는 뱀에게 고정되어 있었다.

"모릅니다, 주인님. 하지만 절 돌려보내 주시기를 간청드립니다. 제가 포터를 찾게 해 주십시오."

"루시우스처럼 말하는구나. 너희 둘 중 누구도 나만큼 포터를 이해하지 못한다. 그놈은 굳이 찾을 필요가 없다. 포터가 나를 찾아올 것이다. 나는 그놈의 약점을 알고 있다. 놈이 가진 하나의 커다란 결점이지. 그놈은 주변에서 다른 사람들이 쓰러지는 모습을 가만 두고 보지 못한다. 자기 때문에 그런 일이 벌어졌다는 걸 잘 알고 있으니까. 놈은 어떤 대가를 치르더라도 그런 일을 막고 싶어 할 것이다. 놈은 틀림없이 제 발로 온다."

"하지만 주인님, 포터가 주인님이 아닌 다른 자에게 살해당하기라도 하면……."

"나는 죽음을 먹는 자들에게 아주 분명한 지시를 내렸다. 포터를 잡아라. 놈의 친구들을 죽여라. 많이 죽일수록 좋다. 하지만 포터를 죽여서는 안 된다. 내가 이야기하고 싶었던 건 해리 포터가 아니라 너에 대해서다, 세베루스. 너는 내게 아주 가치 있는 존재였다. 매우 가치 있었지."

"주인님께서는 제가 원하는 것이 오직 주인님께 봉사하는 것뿐이란 사실을 알고 계십니다. 하지만…… 제가 가서 그 아이를 찾게 해 주십시오, 주인님. 제가 그놈을 주인님께 데려올 수 있도록 해 주십시오. 저는 분명히 할 수 있……."

"안 된다고 말하지 않았느냐!" 볼드모트가 버럭 소리쳤다. 해리는 볼드모트가 다시 고개를 돌렸을 때 그의 두 눈에서 붉은빛이 번뜩이는 것을 보았다. 휘날리는 망토 자락이 마치 스르르 움직이는 뱀 같았다. 해리는 화끈거리는 흉터의 통증을 통해 볼드모트의 조바심을 느낄 수 있었다.
"세베루스, 지금 내가 신경 쓰는 건 포터를 다시 만나게 됐
을 때 무슨 일이 벌어지느냐는 것이다!"

"주인님, 그건 의문의 여지가 없습니다. 당연히……."

"……아니, 의문의 여지가 있다, 세베루스. 있고말고."

볼드모트가 걸음을 멈췄다. 해리의 눈에 그의 모습이 다
시 똑똑히 보였다. 그는 하얀 손가락 사이로 딱총나무 지팡
이를 미끄러뜨리며 스네이프를 뚫어지게 바라보고 있었다.

"왜 내가 사용한 지팡이가 두 자루 모두 해리 포터를 겨눴
을 때 실패한 것이냐?"

"그건…… 그건 제가 답을 드릴 수 없는 문제입니다, 주
인님."

"답을 줄 수 없다?"

찌르는 듯한 분노가 해리의 머리를 창처럼 꿰뚫었다. 그
는 고통에 못 이겨 터져 나오려는 비명을 막기 위해 주먹
으로 입을 틀어막았다. 눈을 감자 그는 갑자기 볼드모트가
되어 스네이프의 창백한 얼굴을 들여다보고 있었다.

"내 주목나무 지팡이는 내가 요구한 모든 일을 해냈다,
세베루스. 해리 포터를 죽이는 일을 제외하면 말이다. 해
리 포터를 죽이는 일은 두 번이나 실패했지. 올리밴더는

고문을 당한 끝에 내게 쌍을 이루는 심지에 대해 말해 주면서 다른 사람의 지팡이를 쓰라고 했다. 나는 그렇게 했지만, 루시우스의 지팡이는 포터의 지팡이와 맞닥뜨리자 부서지고 말았다."

"저는…… 저는 설명하지 못하겠습니다, 주인님."

스네이프는 이제 볼드모트를 바라보지 않았다. 그의 검은 두 눈은 여전히 보호막 안에서 똬리를 틀고 있는 뱀에게 고정되어 있었다.

"나는 세 번째 지팡이를 구했다, 세베루스. 딱총나무 지팡이, 운명의 지팡이, 죽음의 막대기 말이다. 예전 주인에게서 빼앗아 왔지. 난 알버스 덤블도어의 무덤에서 이 지팡이를 가져왔다."

그제야 볼드모트를 바라보는 스네이프의 얼굴은 마치 데스마스크 같았다. 그 얼굴이 어찌나 대리석처럼 하얗고 딱딱하게 굳어 있었던지, 그가 입을 열자 그 텅 빈 눈 뒤에 살아 있는 사람이 있다는 사실이 충격으로 다가올 정도였다.

"주인님, 제가 가서 그 아이를……."

"승리를 눈앞에 둔 이 기나긴 밤 내내 나는 이곳에 앉아 있었다." 볼드모트가 말했다. 거의 속삭이는 듯한 목소리였다. "궁금해하면서. 계속 궁금해하면서. 어째서 딱총나무 지팡이는 본래의 힘을 발휘하지 못하는 걸까. 어째서 전설이 전하는 대로 합당한 주인을 위해 작동하지 않는 걸까⋯⋯. 그리고 마침내 그 답을 찾은 것 같다."

스네이프는 아무 말도 하지 않았다.

"아마 너는 이미 답을 알고 있겠지? 어쨌든 너는 영리하니까 말이다, 세베루스. 너는 훌륭하고 충실한 부하였다. 이렇게 될 수밖에 없어 유감스럽구나."

"주인님⋯⋯."

"딱총나무 지팡이가 나를 제대로 섬기지 못하는 이유는 말이지, 세베루스, 내가 진정한 주인이 아니기 때문이다. 딱총나무 지팡이는 이전 주인을 죽인 마법사의 것이 된다. 네가 알버스 덤블도어를 죽였지. 세베루스, 네가 살아 있는 한 딱총나무 지팡이는 진정으로 내 것이 될 수 없다."

"주인님!" 스네이프가 반발하며 지팡이를 들어 올렸다.

"다른 방법은 없다." 볼드모트가 말했다. "나는 이 지팡이의 주인이 되어야 한다, 세베루스. 이 지팡이의 주인이 되어야 마침내 포터를 굴복시킬 수 있다."

그러더니 볼드모트는 딱총나무 지팡이를 허공에 대고 휘둘렀다. 그 지팡이는 스네이프에게 아무런 일도 하지 않았다. 스네이프는 아주 잠깐 자신이 벌을 받지 않게 됐다고 생각하는 듯했다. 하지만 다음 순간 볼드모트의 의도가 분명하게 드러났다. 뱀이 들어 있는 우리가 빙글빙글 돌면서 허공을 가르고 오더니 스네이프의 머리와 어깨를 우리 안에 가둬 버렸다. 스네이프는 외마디 비명을 지르는 것 말고는 그 무엇도 할 겨를이 없었다. 볼드모트가 뱀의 언어로 내뱉었다.

"*죽여라.*"

끔찍한 비명이 터져 나왔다. 스네이프는 마법 우리를 떨쳐 내지 못했고, 그 순간 뱀의 송곳니가 그의 목을 꿰뚫었다. 해리는 스네이프의 얼굴에서 그나마 남아 있던 핏기마저 사라지는 것을 보았다. 스네이프는 검은 눈을 휘둥그렇게 뜬 채 하얗게 질린 얼굴로 무릎이 꺾여 바닥에 주저앉았다.

"안타깝군." 볼드모트가 싸늘하게 말했다.

그러고는 돌아섰다. 그의 모습에서 슬픔이나 회한 따위는 전혀 보이지 않았다. 이제는 그의 지시를 절대적으로 따를 지팡이를 들고 이 오두막을 떠나 싸움을 지휘해야 할 시간이었다. 그가 별처럼 반짝거리는 우리를 지팡이로 가리키자 그것은 스네이프에게서 떨어져 둥둥 떠올랐다. 스네이프는 옆으로 쓰러졌다. 목에 난 상처에서 피가 솟구쳤다. 볼드모트는 뒤도 돌아보지 않고 방을 나갔다. 거대한 뱀이 그 거대한 보호막 안에서 그를 따라 공중을 둥둥 떠 갔다.

다시 정신을 차리고 통로로 돌아온 해리는 눈을 떴다. 소리를 지르지 않으려고 손마디를 물어뜯은 탓에 피가 나고 있었다. 이제 그는 나무 상자와 벽 사이의 작은 틈새로 안을 들여다보았다. 검은 부츠를 신은 한쪽 발이 바닥 위에서 부르르 떨고 있었다.

"해리!" 헤르미온느가 등 뒤에서 불렀지만 그는 이미 시야를 가린 나무 상자에 지팡이를 겨누고 있었다. 나무 상자는 공중에 살짝 떠올라 소리 없이 옆으로 이동했다. 그는 되도록 조용히 몸을 일으켜 방 안으로 들어갔다.

해리는 자신이 왜 그런 행동을 하는지, 왜 죽어 가는 사람에게 다가가고 있는지 알 수 없었다. 스네이프의 허연 얼굴과, 피가 철철 흐르는 목의 상처를 막으려고 애쓰는 그 손가락들을 보면서 어떤 감정이 드는지도 알지 못했다. 해리는 투명 망토를 벗고 그토록 증오하는 남자를 내려다보았다. 스네이프는 해리를 보고 검은 눈을 크게 뜨면서 뭔가를 말하려 애썼다. 해리는 스네이프를 향해 몸을 숙였다. 스네이프는 해리의 로브 앞자락을 움켜쥐고 그를 가까이 끌어당겼다.

스네이프의 목구멍에서 컥컥대고 그르렁거리는 끔찍한 소리가 흘러나왔다.

"가져……가라……. 가져……가…….."

피가 아닌 다른 뭔가가 스네이프에게서 흘러나오고 있었다. 그의 입과 귀와 눈에서 기체도 액체도 아닌 어떤 은청색 물질이 쏟아져 나왔다. 해리는 그게 뭔지 알고 있었지만 뭘 어떻게 해야 할지 알 수 없었다.

헤르미온느가 허공에서 만들어 낸 플라스크가 덜덜 떨리는 해리의 손으로 날아들었다. 해리는 마법 지팡이를 이용해 그 은빛 물질을 플라스크 안에 담았다. 플라스크가 가득 차자 스네이프는 피가 한 방울도 남지 않은 것처럼 보였다. 해리의 로브를 쥐고 있던 그의 손아귀에서 힘이 빠졌다.

"나를…… 봐라." 그가 속삭였다.

초록색 눈동자와 검은 눈동자가 마주쳤다. 하지만 잠시 뒤 검은 눈동자 깊숙한 곳에 있던 뭔가가 사라지는 것 같았다. 움직이지 않고 멍하니 텅 빈 눈알만 남긴 채. 해리를 붙잡고 있던 손이 바닥으로 툭 떨어졌다. 스네이프는 더 이상 움직이지 않았다.

33장
왕자의 이야기

해리는 스네이프 옆에 무릎을 꿇은 채 그저 그를 내려다보고 있었다. 그때 돌연 높고 차가운 목소리가 아주 가까운 곳에서 말을 걸어 왔다. 해리는 두 손으로 플라스크를 꽉 움켜쥔 채 볼드모트가 다시 방에 들어온 줄 알고 벌떡 일어났다.

볼드모트의 목소리가 벽과 바닥에서 울려 나왔다. 해리는 그가 호그와트와 근처 모든 지역을 향해 이야기하고 있다는 것을 깨달았다. 그 소리는 호그스미드 주민들과 지금껏 성안에서 싸우고 있는 모두에게 볼드모트가 치명상을 입힐 수 있을 만큼 가까운 곳에서, 목덜미에 숨결이 느껴질 만큼 가까운 곳에 서서 이야기하는 것처럼 또렷하게 들릴 게 분명했다.

"너희들은 잘 싸웠다." 그 높고 차가운 목소리가 말했다. "용맹했다. 볼드모트 경은 용기를 가치 있게 여길 줄 안다. 그러나 너희는 심각한 피해를 입었다. 계속해서 나에게 저항한다면 너희 모두 하나씩 하나씩 죽음을 맞을 것이다. 나는 그런 일을 바라지 않는다. 마법사가 흘리는 모든 피는 손실이고 낭비다. 볼드모트 경은 자비롭다. 나는 나의 군대에게 즉시 퇴각할 것을 명한다. 한 시간을 주겠다. 죽은 자들에게 예의를 다하고 상처 입은 자들을 치료하라. 이제는 해리 포터, 너에게 말한다. 너는 나와 직접 맞서지 않고 친구들이 너 대신 죽어 가도록 내버려 두었다. 금지된 숲에서 한 시간 동안 기다리겠다. 한 시간이 지났는데도 네가 나를 찾아와 항복하지 않는다면 전투는 다시 시작될 것이다. 이번에는 내가 직접 싸움에 가담할 것이다, 해리 포터. 그리고 너를 찾을 것이다. 너를 숨기려 들었던 자는 남자와 여자, 어린아이를 가리지 않고 모두 벌할 것이다. 한 시간이다."

론과 헤르미온느 둘 다 해리를 보며 미친 듯이 고개를 저었다.

"듣지 마." 론이 말했다.

"괜찮을 거야." 헤르미온느가 정신없이 마구 내뱉었다. "성으로…… 성으로 돌아가자. 볼드모트가 금지된 숲으로 갔다면 작전을 새로 짜야 해."

헤르미온느는 스네이프의 시신을 힐끔 바라보더니 서둘러 다시 통로 입구로 향했다. 론이 그녀를 따랐다. 해리는 투명 망토를 챙긴 다음 스네이프를 내려다보았다. 그는 어떤 기분을 느껴야 할지 알 수 없었다. 스네이프가 살해당한 방식과 그렇게 죽어야만 했던 이유가 충격적이었을 뿐…….

그들은 통로를 도로 기어갔다. 아무도 입을 열지 않았다. 해리는 자신과 마찬가지로 론과 헤르미온느의 머릿속에도 볼드모트의 목소리가 계속 울리고 있을지 궁금했다.

너는 나와 직접 맞서지 않고 친구들이 너 대신 죽어 가도록 내버려 두었다. 금지된 숲에서 한 시간 동안 기다리겠다……. 한 시간이다…….

성 앞 잔디밭에는 작은 꾸러미들이 군데군데 흩어져 있는 것처럼 보였다. 새벽까지 한 시간도 채 남지 않았는데 사방은 칠흑같이 어두웠다. 세 사람은 황급히 돌계단으로 향했다. 작은 배만 한 나막신 한 짝이 눈앞에 버려져 있을 뿐 그롭이나 그를 공격한 거인의 흔적은 전혀 없었다.

성은 이상하리만큼 고요했다. 이젠 번쩍이는 불빛도 보이지 않았고, 폭발음이나 비명, 고함 같은 것도 들리지 않았다. 휑뎅그렁한 현관홀의 돌 깔린 바닥은 피로 얼룩져 있었다. 에메랄드는 대리석 조각이나 쪼개진 나뭇조각과 함께 여전히 바닥에 온통 흩어져 있고, 난간 일부는 날아가고 없었다.

"다들 어디 있지?" 헤르미온느가 속삭였다.

론이 앞장서서 대연회장으로 들어갔다. 해리는 문 앞에 멈춰 섰다.

기숙사 식탁들이 사라진 대연회장은 사람들로 가득했다. 살아남은 이들이 삼삼오오 모여 서서 서로의 어깨를 감싸 안고 있었다. 부상자들은 연단 위에서 폼프리 선생과 조수들에게 치료를 받는 중이었다. 부상자 중에는 피렌지도 있었다. 그는 옆구리에서 피를 쏟으며 몸을 가누지 못한 채 자리에 누워 부들부들 떨고 있었다.

죽은 이들은 대연회장 한가운데 나란히 누워 있었다. 프레드의 시신은 가족들에게 둘러싸여 보이지 않았다. 조지가 그의 머리맡에 무릎을 꿇고 있었다. 위즐리 부인은 프레드 위에 엎드려서 온몸을 떨고 있었다. 위즐리 씨가 뺨 위로 눈물을 주르르 흘리며 그녀의 머리카락을 쓰다듬었다.

론과 헤르미온느는 해리에게는 아무 말도 하지 않고 그쪽으로 걸어갔다. 해리는 헤르미온느가 지니에게 다가가 그녀를 껴안는 모습을 지켜보았다. 지니의 얼굴은 퉁퉁 붓고 눈물로 얼룩져 있었다. 론은 빌과 플뢰르, 퍼시에게 다가갔다. 퍼시가 론의 어깨를 한 팔로 감쌌다. 지니와 헤르미온느가 나머지 가족들에게 좀 더 가까이 다가가자, 해리의 눈에 프레드 옆에 누워 있는 시신들이 똑똑히 보였다. 창백하면서도 고요하고 평화로워 보이는 루핀과 통스가 어두운 마법 천장 아래 잠든 것처럼 누워 있었다.

대연회장의 광경이 저 멀리 날아가 점점 작아지다가 쪼그라드는 것처럼 보였다. 해리는 비틀비틀 문에서 물러났다. 숨을 쉴 수가 없었다. 또 누가 그를 위해 목숨을 내놓았는지 도저히 볼 수가 없었다. 위즐리 가족에게 갈 수도 없었고, 그들의 눈을 쳐다볼 수도 없었다. 애초에 그가 볼드모트에게 항복했더라면 프레드는 결코 죽지 않았을 것이다…….

해리는 휙 돌아서서 대리석 계단을 달려 올라갔다. 루핀, 통스……. 그는 차라리 아무것도 느껴지지 않으면 좋을 것 같았다……. 심장, 내장, 몸속에서 비명을 질러 대는 것들을 모조리 뜯어 내 버리고 싶었다…….

성은 완전히 비어 있었다. 유령들조차 대연회장에서 사람들과 함께 애도하고 있는 듯했다. 해리는 스네이프의 마지막 생각들이 담긴 수정 플라스크를 손에 쥔 채 멈추지 않고 달렸다. 그리고 교장의 연구실을 지키고 있는 가고일 석상에 이르러서야 속도를 늦췄다.

"암호는?"

"덤블도어!" 해리가 다짜고짜 외쳤다. 너무나 보고 싶은 사람이 바로 그였기 때문이었다. 놀랍게도 가고일은 옆으로 스르르 물러나며 뒤쪽의 나선형 계단을 드러냈다.

하지만 둥근 연구실에 불쑥 들어가 보니 달라진 점이 눈에 들어왔다. 벽 전체에 걸린 초상화들이 텅 비어 있었던 것이다. 제자리에 남아서 그를 맞이해 주는 교장은 단 한 명도 없었다. 무슨 일이 벌어지는지 똑똑히 보려는 마음에 모두 성에 줄줄이 걸려 있는 그림들을 통과해서 나가 버린 모양이었다.

해리는 절망 어린 마음으로 교장 의자 바로 뒤에 걸려 있는 덤블도어의 텅 빈 액자를 힐끗 바라봤다. 곧 액자를 등지고 돌아서자, 돌로 만든 펜시브가 늘 있던 대로 캐비닛 안에 놓여 있는 것이 보였다. 해리는 펜시브를 책상 위에 올려놓고 테두리에 룬문자가 새겨져 있는 그 널찍한 대야에 스네이프의 기억을 부어 넣었다. 다른 사람의 머릿속으로 달아날 수 있다면 엄청난 위안이 될 것이다……. 아무리 스네이프가 남겨 준 기억이라 해도 해리 자신이 지금 하고 있는 생각들보다 끔찍할 수는 없었다. 기억들이 은백색으로 기이하게 소용돌이쳤다. 해리는 체념하는 기분으로 무모하게, 이렇게 하면 고문처럼 느껴지는 슬픔이 달래지기라도 할 듯 망설임 없이 그 안으로 뛰어들었다.

그는 머리부터 햇빛 속으로 떨어져 내렸다. 곧 두 발이 따뜻한 땅바닥에 닿았다. 허리를 펴고 보니 그는 한적한 놀이터에 와 있었다. 저 멀리 지평선 위로 커다란 굴뚝 하나가 우뚝 솟아 있었다. 소녀 두 명이 그네를 타고 있고, 깡마른 소년 하나가 덤불 뒤에서 그런 그들을 지켜보고 있었다. 소년의 검은 머리카락은 지나치게 길었고 입고 있는 옷들은 어찌나 서로 어울리지 않는지 꼭 일부러 그렇게 입은 것처럼 보였다. 너무 짧은 청바지와 어른 옷을 빌려 입은 것처럼 지나치게 크고 초라한 외투, 원피스처럼 긴 이상한 셔츠.

해리는 그 소년에게 다가갔다. 스네이프는 기껏해야 아홉 살이나 열 살 정도로 보였는데, 얼굴이 누르께했으며 체격은 왜소하고 머리카락은 지저분했다. 그네를 타는 두 소

녀 중 언니보다 더 높게 그네를 타는 동생을 지켜보는 소년
의 홀쭉한 얼굴에는 숨길 수 없는 욕망이 드러나 있었다.

"릴리, 그러지 마!" 언니 쪽이 날카롭게 소리쳤다.

하지만 소녀는 그네가 곡선을 그리며 가장 높은 곳에 다
다랐을 때 손을 놓아 버리고 공중으로 훌쩍 날아갔다. 말
그대로 공중을 날아가 큰 소리로 웃음을 터뜨리며 하늘로
솟구치더니, 놀이터 아스팔트 바닥에 떨어지는 대신 마치
공중곡예사처럼 하늘을 가로지른 것이다. 소녀는 꽤 오랫
동안 공중에 머물러 있다가 너무나도 가볍게 바닥에 내려
섰다.

"엄마가 그러지 말랬잖아!"

피튜니아가 샌들 굽을 바닥에 질질 끌어서 으드득 소리
를 내며 그네를 멈추더니 벌떡 일어나 양손을 허리춤에 얹
었다.

"엄마가 그러면 안 된댔어, 릴리!"

"하지만 난 괜찮단 말이야." 릴리가 여전히 킥킥 웃으면
서 말했다. "튜니, 이것 좀 봐. 내가 뭘 할 수 있는지 좀 보
라니까."

피튜니아는 주위를 힐끔 둘러보았다. 놀이터에는 두 소
녀와, 그들은 모르고 있었지만 스네이프를 제외하면 아무

도 없었다. 릴리는 스네이프가 숨어 있는 덤불에서 떨어진 꽃 한 송이를 집어 들었다. 피튜니아는 호기심과 못마땅한 마음 사이에서 갈팡질팡하는 듯한 기색으로 다가왔다. 릴리는 피튜니아가 잘 볼 수 있을 만큼 가까이 오기를 기다렸다가 손바닥을 내밀었다. 손바닥 위에 놓인 꽃은 마치 주름이 잔뜩 있는 굴처럼 꽃잎을 오므렸다 펼쳤다를 반복하고 있었다.

"하지 마!" 피튜니아가 꽥 소리 질렀다.

"이게 언니를 해치는 것도 아닌데 뭘." 릴리는 그렇게 말하면서도 손바닥을 오므리더니 꽃을 땅바닥에 도로 던졌다.

"그건 옳지 못한 짓이야." 피튜니아가 말했다. 그러면서도 그녀는 바닥으로 떨어져 내리는 꽃에서 눈을 떼지 못했다. "어떻게 한 거야?" 그녀가 덧붙였다. 목소리에는 분명 부러움이 깃들어 있었다.

"뻔하잖아?" 스네이프는 더 이상 참지 못하고 덤불 뒤에서 뛰쳐나왔다. 피튜니아가 비명을 지르며 그네 쪽으로 달려갔지만, 릴리는 분명 깜짝 놀랐을 텐데도 제자리에 그대로 서 있었다. 스네이프는 모습을 드러낸 걸 후회하는 것 같았다. 릴리를 바라보는 그의 누르께한 뺨이 희미하게 달아올랐다.

"뭐가 뻔하다는 거야?" 릴리가 물었다.

스네이프는 초조하면서도 들뜬 것 같았다. 그는 멀리 떨어져서 그네 근처를 맴돌고 있는 피튜니아를 힐끗 바라보더니 목소리를 낮췄다. "난 네 정체를 알아."

"무슨 뜻이야?"

"너는…… 너는 마녀야." 스네이프가 속삭였다.

그녀는 모욕을 당한 표정이었다.

"무슨 말을 그렇게 하니!"

그녀는 고개를 치켜들고 돌아서더니 언니에게로 성큼성큼 가 버렸다.

"아니야!" 스네이프가 말했다. 이제 그의 얼굴은 새빨개져 있었다. 해리는 스네이프가 그 터무니없을 정도로 큰 코트를 왜 벗지 않는지 의아했다. 그 안에 입은 셔츠를 보여 주기 싫어서 입고 있는 거라면 모르겠지만……. 스네이프는 외투를 펄럭거리며 소녀들을 쫓아갔다. 우스꽝스러울 만큼 박쥐같은 그 모습은 나이가 들었을 때의 그와 비슷했다.

자매는 술래잡기에서 그네 기둥을 잡고 있으면 술래가 쫓을 수 없다는 듯이 기둥을 꼭 붙든 채 못마땅한 얼굴로 그를 바라보았다.

"*진짜야*." 스네이프가 릴리에게 말했다. "너는 *진짜* 마법사야. 나는 한동안 너를 지켜봤어. 하지만 그건 전혀 잘못된 게 아니야. 우리 엄마도 마법사야. 나도 마법사고."

피튜니아가 마치 찬물을 끼얹듯 웃음을 터뜨렸다.

"마법사라고?" 그녀가 높은 소리로 내뱉었다. 스네이프의 예상치 못한 등장에 놀랐던 마음이 조금 가라앉으면서 용기를 되찾은 듯했다. "나는 알아, 네가 누군지. 너, 그 스네이프네 아들이잖아! 저 아래 강 근처 스피너스가에 사는 가족 말이야." 그녀가 릴리에게 말해 주었다. 말투로 보아 피튜니아는 그곳을 보잘것없는 동네로 여기고 있는 게 틀림없었다. "왜 우릴 엿본 거야?"

"엿본 게 아니야." 스네이프가 말했다. 화가 나고 불쾌해 보였다. 밝은 햇볕 아래 그의 지저분한 머리카락이 고스란히 드러났다. "아무튼 널 엿본 건 아니야." 그가 심술궂게 덧붙였다. "너는 머글이니까."

피튜니아는 그 말을 못 알아들은 게 분명했지만, 그 말투까지 못 알아들은 건 아니었다.

"릴리, 얼른. 가자!" 그녀가 날카롭게 말했다. 릴리는 즉시 언니의 말에 따라 그곳을 떠나면서 스네이프를 노려보았다. 스네이프는 그들이 놀이터 문을 지나 걸어가는 모습을 가만히 지켜보며 서 있었다. 오직 해리만이 그 자리에 남아 스네이프를 바라보았다. 해리는 스네이프가 씁쓸한 실망감에 젖어 있다는 사실을 알아차렸다. 스네이프는 이 순간을 꽤 오랫동안 계획해 왔지만 모든 게 잘못돼 버린 것이다…….

그 장면이 서서히 사라지더니 해리가 알아차릴 새도 없이 또 다른 장면이 나타났다. 그는 이제 작은 숲에 있었다. 나무들 사이로 햇빛에 비쳐 반짝반짝 빛나는 강이 보였다. 나무들이 드리운 그림자가 서늘한 초록색 그늘을 만들어 놓았다. 두 아이가 책상다리를 하고 앉아 서로를 마주 보고 있었다. 지금의 스네이프는 외투를 입고 있지 않았는데, 그의 이상한 셔츠도 빛이 반쯤 가려진 곳에서는 덜 해괴해 보였다.

"……네가 학교 바깥에서 마법을 쓰면 정부에서 벌을 줄 수도 있어. 너한테 편지가 올 거야."

"하지만 난 이미 학교 바깥에서 마법을 썼는데!"

"우린 괜찮아. 우린 아직 지팡이가 없잖아. 아직 어리거나 어쩔 수 없는 상황이면 그냥 봐줘. 하지만 열한 살이 되면…….” 그가 의미심장하게 고개를 끄덕였다. "교육을 받게 될 거야. 그땐 조심해야 해.”

잠시 침묵이 흘렀다. 릴리는 떨어진 나뭇가지를 집어 들어 공중에 대고 휘둘렀다. 해리는 그녀가 그 나뭇가지에서 불꽃이 나오는 장면을 상상하고 있다는 것을 알았다. 그러더니 그녀는 나뭇가지를 내려놓고 소년 쪽으로 몸을 기울이며 말했다. "*진짜 사실이지? 장난 아니지? 피튜니아는 네가 나한테 거짓말을 하는 거랬어. 호그와트 같은 건 없다고. 하지만 진짜지?*"

"우리한테는 진짜야." 스네이프가 말했다. "피튜니아한테는 아니고. 하지만 우린 편지를 받게 될 거야. 너랑 나는."

"정말?" 릴리가 속삭였다.

"확실해." 스네이프가 말했다. 엉망으로 자른 머리카락에다 옷차림도 이상했지만, 자신의 운명에 대한 자신감으로 가득한 채 릴리 앞에서 팔다리를 쭉 펴고 앉아 있는 그의 모습은 묘하게 인상적이었다.

"정말 부엉이가 갖다줘?" 릴리가 속삭였다.

"보통은 그래." 스네이프가 말했다. "하지만 너는 머글 태생이니까 학교에서 누군가가 와서 너희 부모님한테 설명을 해 줘야 할 거야."

"머글 태생이면, 무슨 차이가 있어?"

스네이프는 머뭇거렸다. 녹색으로 물든 그늘 속에서 빛

나는 그의 검은 눈동자가 릴리의 새하얀 얼굴과 짙은 빨간색 머리카락을 훑어보았다.

"아니." 그가 말했다. "아무 차이도 없어."

"잘됐다." 릴리가 안심하며 말했다. 그동안 걱정하고 있었던 게 틀림없었다.

"넌 아주 강한 마법의 힘을 갖고 있더라." 스네이프가 말했다. "내가 봤어. 너를 쭉 지켜봤는데……."

그의 목소리가 작아졌다. 릴리는 귀를 기울이지 않고, 나뭇잎이 흐트러져 있는 땅바닥에 몸을 쭉 뻗고 누운 채 머리 위로 덮개처럼 드리운 잎사귀들을 올려다보고 있었다. 스네이프는 놀이터에서 그랬던 때처럼 갈망이 담긴 눈으로 그녀를 바라보았다.

"너희 집은 요즘 어때?" 릴리가 물었다.

스네이프의 두 눈 사이에 작은 주름이 잡혔다.

"괜찮아." 그가 말했다.

"이제 안 싸우셔?"

"아, 물론 싸우지." 스네이프가 말했다. 그는 나뭇잎을 한 줌 집어서 갈기갈기 찢기 시작했다. 자기가 뭘 하고 있는지도 의식하지 못하는 듯했다. "하지만 난 조금만 있으면 떠날 테니까."

"너희 아빠는 마법을 안 좋아하셔?"

"아빠는 아무것도 안 좋아해." 스네이프가 말했다.

"세베루스?"

그녀가 그의 이름을 부르자 스네이프의 입가에 작은 미소가 떠올랐다.

"응?"

"디멘터 얘기 또 해 주라."

"디멘터에 대해선 뭐 하러 알려고 해?"

"내가 학교 밖에서 마법을 쓰면……."

"그런다고 널 디멘터들한테 넘기진 않아! 디멘터들은 진짜 나쁜 일을 한 사람들한테만 보내. 디멘터들은 마법사 감옥인 아즈카반을 지키거든. 네가 아즈카반에 가는 일은 없을 거야. 너는 너무……."

그는 다시 얼굴을 붉히며 더 많은 나뭇잎을 잘게 찢었다. 그때 해리 뒤에서 조그맣게 부스럭거리는 소리가 들렸다. 해리는 뒤를 돌아보았다. 나무 뒤에 숨어 있던 피튜니아가 발을 헛디딘 것이었다.

"튜니!" 릴리가 반가운 기색이 담긴 목소리로 말했지만 스네이프는 벌떡 일어났다.

"누가 누구보고 엿본대?" 그가 소리쳤다. "바라는 게 뭐야?"

피튜니아는 갑자기 들켜서 놀랐는지 숨이 막힌 듯했다. 해리는 그녀가 상처 주는 말을 생각해 내려고 애쓰고 있다는 것을 알 수 있었다.

"근데 넌 뭘 입고 있는 거야?" 그녀가 스네이프의 가슴을 가리키며 말했다. "너희 엄마 블라우스니?"

'딱' 소리가 나더니 피튜니아의 머리 위에 있는 나뭇가지가 뚝 떨어졌다. 릴리가 소리를 질렀다. 나뭇가지가 피튜니아의 어깨를 쳤고 그녀는 비틀거리며 뒤로 물러나다가 울음을 터뜨렸다.

"튜니!"

하지만 피튜니아는 저만치 달아나고 있었다. 릴리가 고개를 돌려 스네이프를 바라봤다.

"네가 그런 거야?"

"아니." 스네이프는 반발하면서도 겁먹은 것처럼 보였다.

"네가 그랬잖아!" 그녀는 그에게서 물러서고 있었다. "네가 그랬어! 네가 언니를 다치게 했어!"

"아냐…… 아냐, 안 그랬어!"

하지만 그 거짓말은 릴리를 설득하지 못했다. 그녀는 마지막으로 한 번 매서운 눈으로 그를 쏘아보더니 언니를 뒤

쫓아 작은 숲에서 달려 나갔다. 스네이프는 비참하면서도 혼란스러운 표정이었다…….

또 다른 장면이 펼쳐졌다. 해리는 주위를 둘러보았다. 그는 9와 4분의 3번 승강장에 있었고, 그의 옆에는 스네이프가 구부정한 자세로 서 있었다. 스네이프 옆에는 야위고 누르께한 얼굴에 뚱한 표정을 짓고 있는, 그와 아주 많이 닮은 여자가 서 있었다. 스네이프는 조금 떨어진 곳에 있는 가족 네 사람을 바라보고 있었다. 두 소녀는 부모와 조금 떨어진 곳에 서 있었다. 릴리가 언니에게 뭔가 애원하고 있는 듯했다. 해리는 가까이 다가가 귀를 기울였다.

"……미안해, 튜니. 미안해! 내 말 좀 들어 봐……." 피튜니아는 손을 빼내려고 했지만, 릴리는 언니의 손을 꼭 잡고 놔주지 않았다. "어쩌면, 학교에 들어가면…… 아냐, 잘 들어 봐, 튜니! 어쩌면 일단 학교에 가면 덤블도어 교수님한테 가서 마음을 바꾸시도록 설득할 수 있을지도 몰라!"

"나는…… 가기…… 싫어!" 피튜니아가 말했다. 그녀는 동생의 손아귀에서 손을 빼내려고 했다. "너는 내가 웬 멍청한 성에 가서 공부하고 싶어 하는 줄 아나 본데, 내가 그런…… 그런……."

그녀의 엷은 빛깔 눈동자가 승강장, 주인의 품에서 가냘

프게 우는 고양이들과 새장 안에서 날개를 퍼덕이며 서로에게 부엉부엉 우는 부엉이들, 벌써부터 긴 검은색 로브를 입고서 진홍색 증기기관차에 짐 가방을 싣거나 여름방학이 끝나고 다시 만난 기쁨에 서로 반갑게 소리치는 학생들을 훑었다.

"……내가 그런…… 그런 괴물이 되고 싶은 줄 알아?"

마침내 피튜니아가 손을 완전히 빼내자 릴리의 두 눈에 눈물이 가득 고였다.

"난 괴물이 아니야." 릴리가 말했다. "어떻게 그런 끔찍한 말을 할 수 있어?"

"네가 가려는 데가 거기잖아." 피튜니아가 고소하다는 듯 말했다. "괴물들을 위한 특수학교. 너랑 그 스네이프네 남자애랑……. 괴물들, 너희 둘 다 괴물이야. 너희를 정상적인 사람들한테서 떼어 놓는다니 잘됐네. 우리의 안전을 위해서 말이야."

릴리는 부모를 힐끗 쳐다봤지만 그들은 진심으로 즐거워하면서 주위를 둘러보느라 정신이 팔려 있었다. 릴리는 다시 언니를 바라보았다. 그녀의 목소리는 낮고 사나워져 있었다.

"교장 선생님한테 편지를 써서 언니를 받아 달라고 빌

때는 호그와트를 괴물 학교라고 생각하지 않았잖아."

피튜니아의 얼굴이 빨개졌다.

"빌다니? 안 빌었어!"

"내가 교장 선생님이 보낸 답장을 봤어. 아주 친절하던데."

"네가 왜 내 편지를 읽어?" 피튜니아가 속삭였다. "그건 내 개인적인…… 어떻게 그럴 수가 있……?"

릴리는 스네이프가 서 있는 곳을 힐끗 곁눈질했는데 그것은 자백이나 다름없는 행동이었다. 피튜니아가 헉하고 숨을 들이켰다.

"쟤가 찾아냈구나! 너랑 쟤가 내 방에 몰래 들어온 거야!"

"아냐, 몰래 들어간 건 아니고……." 이제는 릴리가 궁지에 몰렸다. "세베루스가 봉투를 본 것뿐이야. 그 앤 머글이 호그와트에 연락할 수 있다는 걸 믿지 못했어. 그게 다야! 세베루스는 분명 우체국에 잠복근무하는 마법사들이 있을 거라고 했어. 그래서 그 사람들이……."

"마법사들은 아주 온갖 곳에 머리를 들이미는 모양이네!" 피튜니아가 소리쳤다. 새빨갛던 얼굴이 이제는 하얗게 질려 있었다. "넌 *괴물이야!*" 그녀는 동생에게 그렇게 내뱉고는, 부모님이 서 있는 곳으로 휙 가 버렸다…….

장면이 다시 사라졌다. 스네이프는 덜컹거리며 시골길을 지나는 호그와트 급행열차의 통로를 다급히 걸어가고 있었다. 이미 학교 로브를 입고 있었는데, 아마도 그 끔찍한 머글 옷을 벗을 기회가 생기자마자 갈아입은 듯했다. 마침내 그는 소란스러운 남자아이들 한 무리가 떠들고 있는 객실 앞에 멈추었다. 창가 구석 자리에 웅크리고 앉아 얼굴을 유리창에 바짝 대고 있는 사람은 릴리였다.

스네이프는 객실 문을 열고 릴리 맞은편에 앉았다. 그녀는 스네이프를 쓱 보더니 다시 창밖을 내다보았다. 릴리는 울고 있었다.

"너랑 말하고 싶지 않아." 그녀가 목멘 소리로 말했다.

"왜?"

"튜니가 나, 나를 미워해. 너랑 내가 덤블도어 교수님이 보낸 그 편지를 봤다고."

"그래서 뭐?"

그녀는 몹시 혐오스럽다는 표정으로 그를 쏘아보았다.

"튜니는 내 언니야!"

"걘 고작……." 그는 서둘러 입을 다물었다. 남몰래 눈물을 훔치느라 바빴던 릴리는 그의 말을 듣지 못했다.

"하지만 우린 지금 떠나고 있어!" 그는 목소리에 담긴 흥분을 억누르지 못하고 말했다. "중요한 건 이거야! 우린 호그와트로 가고 있다고!"

그녀는 눈물을 훔치며 고개를 끄덕이더니 자기도 모르게 살짝 미소 지었다.

"기숙사는 슬리데린이 되는 게 좋을 거야." 그녀의 표정이 조금 밝아진 것을 보고 용기를 얻은 스네이프가 그렇게 말했다.

"슬리데린?"

그 말에, 릴리나 스네이프에게 아무런 관심을 보이지 않던 같은 객실의 소년들 중 한 명이 주위를 돌아보았다. 창가에 앉은 두 사람에게만 집중하고 있던 해리는 그제야 아버지를 발견했다. 그는 스네이프처럼 호리호리했고 머리카락도 똑같은 검은색이었지만, 누군가가 잘 보살펴 주었을 뿐만 아니라 덮어놓고 사랑해 준 듯한 아이 특유의 뭐라고 설명하기 힘든 분위기를 갖고 있었다. 그것이야말로 스네이프에게는 눈에 띄게 부족한 부분이었다.

"슬리데린이 되고 싶은 사람도 있어? 나 같으면 학교 그만두겠다. 안 그래?" 제임스가 맞은편 의자에 느긋하게 앉아 있던 소년에게 물었다. 해리는 그 소년이 시리우스라는 것을 알아보고 깜짝 놀랐다. 시리우스는 웃지 않았다.

"우리 가족은 전부 슬리데린이었어." 그가 말했다.

"젠장." 제임스가 말했다. "난 네가 괜찮은 앤 줄 알았는데!"

시리우스가 씩 웃었다.

"어쩌면 내가 전통을 깰지도 모르지. 마음대로 고를 수 있다면 넌 어디로 갈 건데?"

제임스는 검을 들어 올리는 시늉을 했다.

"'그리핀도르, 진정으로 용감한 이들이 있는 곳!' 우리 아빠처럼."

스네이프가 나지막이 이죽거렸다. 제임스가 그를 돌아봤다.

"무슨 문제 있냐?"

"아니." 스네이프는 그렇게 말했지만, 그의 얼굴에 슬쩍 떠오른 비웃음은 전혀 다른 대답을 하고 있었다. "네가 머리 쓰는 것보다 몸 쓰는 걸 좋아한다면야……."

"그럼 넌 어디 가고 싶은데? 보아하니 넌 둘 다 못 쓸 것 같아서 말이야." 시리우스가 끼어들었다.

제임스가 웃음을 터뜨렸다. 릴리는 약간 상기된 얼굴로 허리를 펴고 앉더니, 경멸감을 담은 시선을 제임스에서 시리우스에게로 돌렸다.

"가자, 세베루스. 다른 객실을 찾아보자."

"오오오오……."

제임스와 시리우스가 그녀의 도도한 말투를 흉내 냈다. 제임스는 지나가는 스네이프의 다리를 걸려고 했다.

"나중에 보자, 콧물루스!" 그렇게 소리치는 목소리가 들리면서 객실 문이 쾅 닫혔다…….

장면이 다시 한 번 사라졌다…….

해리는 스네이프 뒤에 서 있었다. 정면으로 보이는 기숙사 식탁들에는 촛불이 밝혀져 있고, 식탁 양옆으로 넋 나간 얼굴을 한 사람들이 앉아 있었다. 잠시 후 맥고나걸 교수가 말했다. "에번스, 릴리!"

그는 어머니가 다리를 후들거리며 걸어 나가 부서질 듯 낡은 의자에 앉는 모습을 지켜보았다. 맥고나걸 교수가 기숙사 배정 모자를 그녀의 머리에 얹어 놓자 모자는 그 짙은 빨간 머리에 닿자마자 외쳤다. "그리핀도르!"

해리는 스네이프가 나지막이 신음하는 소리를 들었다. 릴리는 모자를 벗어서 맥고나걸 교수에게 돌려준 뒤, 환호성을 지르는 그리핀도르 학생들에게 뛰어가면서 스네이프를 힐끔 돌아보았다. 그녀의 얼굴에는 희미하게 서글픈 미소가 어려 있었다. 해리는 긴 의자에 앉아 있던 시리우스가 그녀에게 자리를 비켜 주는 모습을 보았다. 그녀는 시리우스를 한 번 쳐다보더니, 기차에서 만났던 일이 기억났는지 팔짱을 끼며 단호하게 그에게서 등을 돌리고 앉았다.

이름들이 계속 불렸다. 해리는 루핀과 페티그루와 아버지가 그리핀도르 식탁에 있는 릴리와 시리우스에게 합류하는 모습을 지켜보았다. 마침내 배정받을 학생이 열두 명 남짓 남았을 때 맥고나걸 교수가 스네이프의 이름을 불렀다.

해리는 스네이프와 함께 의자까지 걸어가 그가 모자를 쓰는 모습을 지켜보았다. "슬리데린!" 기숙사 배정 모자가 외쳤다.

세베루스 스네이프는 릴리에게서 멀리 떨어진 대연회장 맞은편 슬리데린 학생들이 환호하는 곳으로 다가갔다. 반짝이는 반장 배지를 가슴에 달고 있던 루시우스 말포이가 자기 옆에 앉는 스네이프의 등을 두드려 주었다…….

그리고 장면이 바뀌었다…….

릴리와 스네이프는 성의 교정을 가로질러 걸어가고 있었다. 말다툼을 하고 있는 것이 분명했다. 해리는 대화를 엿듣기 위해 서둘러 그들을 따라잡았다. 가까이 가서 보니 두 사람 모두 키가 훌쩍 자라 있었다. 기숙사 배정 이후로 몇 년이 지난 듯했다.

"……난 우리가 친구라고 생각했어." 스네이프가 말하고 있었다. "가장 친한 친구 말이야."

"친구 맞아, 세브. 하지만 난 너랑 어울리는 몇몇 애들이 마음에 안 들어! 미안하지만, 나는 에이버리랑 뭘키베르가 너무 싫어! 뭘키베르라니! 도대체 그 애의 어떤 점을 보고 어울리는 거야, 세브? 난 걔가 소름 끼쳐! 전에 걔가 메리 맥도널드한테 무슨 짓을 하려고 했는지 알아?"

릴리는 기둥에 기대서 그 야위고 누르께한 얼굴을 올려다보았다.

"그건 아무것도 아니었어." 스네이프가 말했다. "그냥 웃자고 한 일이지. 그것뿐이야……."

"그건 어둠의 마법이었어. 그게 웃기다고 생각한다면……."

"포터랑 그 패거리가 저지르는 짓은 어떻고?" 스네이프가 물었다. 화를 참기 힘든 듯 그의 얼굴이 붉게 달아올라 있었다.

"이 일이 포터랑 무슨 상관인데?" 릴리가 말했다.

"걔들은 밤에 몰래 싸돌아다니잖아. 그 루핀이라는 애도 뭔가 이상하고. 어딜 계속 나가는 거지?"

"그 앤 아파." 릴리가 말했다. "아프다고 그랬어."

"매달 보름달이 뜰 때마다?" 스네이프가 말했다.

"네가 무슨 생각을 하는지 알아." 릴리가 싸늘한 목소리로 말했다. "어쨌거나 걔들한테 왜 그렇게 집착해? 그 애들이 밤에 뭘 하든 네가 무슨 상관이야?"

"난 그냥 걔들이 다들 생각하는 것만큼 멋진 애들은 아니라는 사실을 알려 주려는 거야."

그의 강렬한 시선에 그녀는 얼굴을 붉혔다.

"그래도 걔들은 어둠의 마법은 안 쓰잖아." 그녀가 목소리를 낮췄다. "그리고 넌 정말 고마워할 줄도 모르는구나. 지난밤에 무슨 일이 있었는지 나도 들었어. 네가 그 후려치는 버드나무에 난 구멍으로 몰래 내려갔는데, 제임스 포터가 그 아래 있는 무언가한테서 널 구해 줬……."

스네이프는 얼굴을 온통 일그러뜨리며 식식거렸다. "구해 줘? 구해 줬다고? 넌 걔가 영웅 노릇이라도 한 줄 알고 있구나? 걔가 그런 행동을 한 이유는 자기랑 자기 친구들이 책임져야 할 상황을 만들지 않기 위해서였어! 네가 그럴 순…… 내가 허락 못 해……."

"허락? 지금 허락이라고 했어?"

릴리의 밝은 초록색 두 눈이 가늘어졌다. 스네이프가 곧

바로 물러났다.

"내 말은 그게 아니라…… 난 그냥 네가 속아 넘어가는 게 싫을 뿐이야……. 그 자식은 너한테 반했어. 제임스 포터는 너한테 푹 빠져 있다고!" 그 말은 스네이프의 의지와는 상관없이 나온 것인 듯했다. "그리고 걔는 사실…… 사람들이야 다들 그 자식이 대단한 퀴디치 영웅이라고 생각하지만……." 스네이프는 비통하고 증오하는 마음에 말도 제대로 하지 못했다. 릴리의 눈썹은 점점 이마 위로 치켜 올라 갔다.

"나도 제임스 포터가 오만하고 치졸한 녀석이라는 건 알아." 그녀가 스네이프의 말을 자르며 말했다. "네가 굳이 말해 줄 필요도 없어. 하지만 물키베르랑 에이버리는 웃긴 게 아니라 그냥 사악한 거야. *사악하다고, 세브*. 난 네가 어떻게 걔들이랑 친구로 지낼 수 있는지 이해가 안 가."

해리는 스네이프의 귀에 물키베르와 에이버리에 대한 릴리의 비난이 들리기는 했는지 의심스러웠다. 그녀가 제임스 포터를 욕하자마자 스네이프의 온몸을 팽팽하게 사로잡고 있던 긴장이 풀린 것이다. 발을 옮기는 스네이프의 발걸음에는 다시 활기가 넘쳤다…….

그리고 장면이 사라졌다…….

해리는 어둠의 마법 방어법 O.W.L. 시험을 치르고 대연회장을 떠나는 스네이프를 다시 보게 되었다. 성 밖으로 나간 스네이프는 제임스, 시리우스, 루핀, 페티그루가 함께 앉아 있는 너도밤나무 아래쪽으로 무심코 걸어가고 있었다. 하지만 이번에 해리는 멀찍이 떨어져 있었다. 제임스가 스네이프를 공중에 들어 올려서 괴롭힌 뒤에 무슨 일이 일어났는지 알고 있었기 때문이다. 해리가 아는 대로라면 앞으로 벌어질 일과 앞으로 나올 말들을 다시 보고 듣는 건 전혀 즐겁지 않을 터였다. 그는 릴리가 스네이프를 보호하러 가는 모습을 지켜보았다. 멀찍이서 수치심과 분노에 사로잡힌 스네이프가 릴리에게 외치는 소리, 용서받을 수 없는 그 한 마디가 들렸다. "머드블러드."

장면이 바뀌었다…….

"미안해."

"그러든지."

"미안하다고!"

"쓸데없는 짓 하지 마."

밤이었다. 가운 차림의 릴리가 팔짱을 낀 채 그리핀도르 탑 입구의 뚱뚱한 귀부인 초상화 앞에 서 있었다.

"메리가 네가 여기서 자겠다고 협박했다길래 나왔을 뿐

이야."

"그래. 진짜로 그랬을 거야. 너를 머드블러드라고 부를 생각은 전혀 없었어. 그냥……."

"실수로 튀어나온 거라고?" 릴리의 목소리에 동정하는 기색이라고는 전혀 담겨 있지 않았다. "너무 늦었어. 난 몇 년 동안이나 널 감싸 줬어. 내 친구들은 내가 왜 너랑 말하고 지내는지 모르겠대. 너랑 네 그 소중한 죽음을 먹는 친구들…… 봐, 넌 아니란 말도 못 하잖아! 죽음을 먹는 자가 되고 싶은 게 아니라는 말도 못 한다고! 너 '그 사람'한테 가담하고 싶어서 못 견디는 거지?"

그는 입을 열었지만 아무 말도 하지 않고 도로 다물었다.

"더는 모르는 척할 수 없어. 넌 네 길을 선택했고, 난 내 길을 선택한 거야."

"아냐, 들어 봐. 내 진심은 그게 아니……."

"……날 머드블러드라고 부른 것 말이야? 하지만 넌 나처럼 태어난 사람들을 모두 머드블러드라고 부르잖아, 세베루스. 왜 나라고 달라야 하는데?"

그는 뭔가 말하려 애썼지만, 그녀는 경멸스러운 눈으로 그를 한 번 쳐다보더니 몸을 돌려 다시 초상화 구멍으로 들어가 버렸다…….

복도가 사라졌다. 이번에는 장면이 다시 만들어지기까지 조금 더 시간이 걸렸다. 해리는 변화하는 형태와 색깔들을 뚫고 날아가는 것 같았다. 이윽고 주변이 다시 선명해졌고, 그는 어둠에 휩싸인 채 황량하고 싸늘한 언덕 꼭대기에 서 있었다. 잎이 떨어진 나뭇가지 사이로 바람이 휘잉 날카로운 소리를 내며 지나갔다. 성인이 된 스네이프가 헐떡이면서 제자리를 맴돌았다. 그는 마법 지팡이를 단단히 움켜쥔 채 무언가 혹은 누군가를 기다리고 있었다……. 스네이프의 두려움이 해리에게까지 전해졌지만, 물론 그는 자신이 다칠 일은 없다는 것을 알고 있었다. 그는 스네이프가 기다리는 게 무엇인지 궁금해하면서 어깨너머를 돌아보았다.

그때 날카롭고 눈이 멀 듯한 하얀 빛줄기가 허공을 가르며 날아왔다. 해리의 눈에는 마치 번개처럼 보였다. 스네이프가 털썩 무릎을 꿇었다. 그의 손에서 마법 지팡이가 날아갔다.

"살려 주십시오!"

"죽일 생각 없네."

덤블도어가 순간이동으로 나타나는 소리가 나뭇가지에 부는 바람 소리에 묻혀 버렸다. 그는 로브를 휘날리며 스네이프 앞에 서 있었고, 그의 지팡이 불빛이 밑에서부터 그의 얼굴을 비추고 있었다.

"자, 세베루스? 볼드모트 경이 내게 보내는 메시지는 뭔가?"

"아무…… 아무 메시지도 없습니다. 제가 스스로 온 겁니다!"

스네이프는 초조한 마음에 맞잡은 두 손을 비틀고 있었다. 제멋대로 자란 검은 머리카락이 이리저리 휘날려서 그는 약간 미친 사람처럼 보였다.

"저는…… 저는 경고를 하려고…… 아니, 부탁을 드리려고 왔습니다. 부탁드립니다…….."

덤블도어가 지팡이를 살짝 흔들었다. 밤바람에 나뭇잎과 나뭇가지가 여전히 흩날렸지만, 그와 스네이프가 서로를 마주 보고 있는 그 자리에는 침묵이 내려앉았다.

"죽음을 먹는 자가 나에게 대체 무슨 부탁을 한다는 건가?"

"그…… 그 예언이…… 그 예지…… 트릴로니가 한…….."

"아, 그래." 덤블도어가 말했다. "볼드모트 경에게는 어디까지 이야기를 전했나?"

"모든…… 제가 들은 모든 것을 전했습니다!" 스네이프가 말했다. "그 때문에…… 바로 그런 이유에서…… 그분은 그

예언이 뜻하는 게 릴리 에번스라고 생각하고 있습니다!"

"예언이 언급한 건 여자가 아니네." 덤블도어가 말했다. "7월 말에 태어난 남자아이를 이야기한……."

"제 말이 무슨 뜻인지 아시잖습니까! 그분은 예언이 뜻하는 게 릴리의 아들이라고 생각합니다. 릴리를 붙잡으려고 한다고요……. 그들 모두를 죽이려고……."

"릴리가 자네에게 그렇게 큰 의미를 갖는다면……." 덤블도어가 말했다. "당연히 볼드모트 경이 그녀를 살려 주지 않겠나? 아들을 넘기는 대신 어머니에게는 자비를 베풀어 달라고 청할 수 없는가?"

"이미 그렇게 했습니다……. 부탁해 봤습니다……."

"자네 정말 역겹군." 덤블도어가 말했다. 해리는 그토록 경멸에 찬 덤블도어의 목소리는 여태껏 한 번도 들어 본 적이 없었다. 스네이프는 약간 움츠러드는 것 같았다. "그러면 릴리의 남편과 아이는 죽든 말든 상관없다는 건가? 자네가 원하는 걸 얻을 수만 있으면 그들은 죽어도 된다는 말인가?"

스네이프는 아무 말 없이 그저 덤블도어를 올려다볼 뿐이었다.

"그럼 그들 모두를 숨겨 주십시오." 그가 목메는 소리로 말했다. "릴리를…… 그들을…… 안전하게 지켜 주세요. 제발."

"그러면 그 대가로 내게 무엇을 줄 텐가, 세베루스?"

"대…… 대가요?" 스네이프는 입을 쩍 벌린 채 덤블도어를 바라보았다. 해리는 그가 반발할 거라고 생각했지만, 한참 뒤 그는 이렇게 말했다. "뭐든지 하겠습니다."

언덕 꼭대기가 흐릿해졌다. 이번에 해리는 덤블도어의 연구실에 서 있었는데, 어디서 뭔가가 다친 동물처럼 끔찍한 소리를 내고 있었다. 스네이프가 앞으로 몸을 숙인 채 의자에 주저앉아 있고, 덤블도어는 암울한 표정으로 그를 내려다보고 있었다. 잠시 후, 스네이프가 얼굴을 들었다. 그는 그 황량한 언덕을 떠난 뒤로 고통스러운 삶을 100년쯤 이어 온 사람처럼 보였다.

"저는…… 당신이…… 그녀를…… 안전하게 지켜 줄 거라…… 생각했습니다……."

"릴리와 제임스는 엉뚱한 사람을 믿었네." 덤블도어가 말했다. "자네처럼 말이지, 세베루스. 자네는 볼드모트 경이 그녀를 살려 줄 거라고 기대하지 않았나?"

스네이프는 가쁜 숨을 쉬었다.

"릴리의 아들은 살아남았네." 덤블도어가 말했다.

스네이프는 귀찮은 날벌레라도 쫓듯 머리를 약간 움찔했다.

"릴리의 아들은 살아 있다고 했네. 그 애는 릴리와 똑같은 눈을 갖고 있어. 물론 자네도 릴리 에번스의 눈매와 눈 색깔을 기억하겠지?"

"**그만하십시오!**" 스네이프가 소리쳤다. "다 끝났습니다…… 죽었다고요……."

"후회하는 건가, 세베루스?"

"저는…… 차라리 *제가* 죽었더라면……."

"그런들 무슨 소용이겠는가?" 덤블도어가 차갑게 말했다. "자네가 릴리 에번스를 진정으로 사랑했다면 나아갈 길은 분명하네."

스네이프는 고통의 안개 속에 갇힌 채 간신히 바깥을 내다보는 것 같았다. 그래서 덤블도어의 말이 그에게 가닿기까지 오랜 시간이 걸리는 듯했다.

"무슨…… 무슨 말씀이십니까?"

"자네는 그녀가 어떻게, 그리고 왜 죽었는지 알고 있네. 그 죽음이 절대 헛된 일이 되지 않도록 하게. 날 도와서 릴리의 아들을 보호해 주는 걸세."

"그 애를 보호할 필요는 없습니다. 어둠의 왕은 사라

졌……."

"……어둠의 왕은 돌아올 것이고, 그가 돌아오면 해리 포터는 끔찍한 위험에 처하게 될 걸세."

긴 침묵이 이어졌다. 스네이프는 천천히 자제력을 되찾으며 호흡을 가다듬었다. 마침내 그가 말했다. "잘 알겠습니다. 아주 잘 알겠습니다. 하지만 절대…… 절대로 말하지 마십시오, 덤블도어! 이건 우리 둘만의 일이어야 합니다! 맹세하십시오! 저는 견딜 수 없습니다…… 그것도 포터의 아들이라니…… 약속해 주십시오!"

"자네의 가장 훌륭한 모습을 절대 드러내지 않겠다는 약속을 하라는 건가, 세베루스?" 덤블도어는 몹시 괴로워하는 스네이프의 얼굴을 내려다보며 한숨을 쉬었다. "굳이 그래야겠다면……."

연구실은 사라졌다가 곧바로 다시 형태를 갖췄다. 스네이프가 덤블도어 앞에서 서성거리고 있었다.

"……보잘것없는 녀석이 제 아비처럼 오만합니다. 구제할 길 없는 교칙 위반자에 유명세를 즐기고, 관심받기를 좋아하는 건방진……."

"사람은 자기가 생각한 걸 보기 마련이지, 세베루스." 덤블도어가 《오늘날의 변환 마법》에서 시선을 떼지 않고 말을 이었다. "다른 교수들은 그 아이가 겸손하고 호감 가는데다 상당한 재능을 갖고 있다고 보고했다네. 개인적으로 나도 그 아이가 매력적이라 생각하고."

덤블도어는 페이지를 넘기며 눈도 들지 않은 채 말했다. "퀴럴을 지켜봐 주겠나?"

색채의 소용돌이가 일더니 이제는 모든 것이 어두워졌다. 스네이프와 덤블도어가 약간의 거리를 두고 현관홀에 서 있었다. 크리스마스 무도회에 마지막까지 남아 있던 학생들이 그들을 지나쳐 잠자리로 향했다.

"그래서?" 덤블도어가 중얼거렸다.

"카르카로프의 징표도 더 짙어지고 있습니다. 그자는 보복을 당할까 봐 두려워하며 어찌할 바를 모르고 있습니다. 어둠의 왕이 몰락한 후 그자가 정부에 얼마나 많은 도움을 주었는지는 알고 계시지요." 스네이프는 코가 구부러진 덤블도어의 옆얼굴을 곁눈질했다. "카르카로프는 징표가 뜨겁게 달아오르면 도망칠 생각입니다."

"그런가?" 덤블도어가 조용히 말했다. 플뢰르 들라쿠르와 로저 데이비스가 교정에 함께 있다가 키득거리며 들어왔다. "자네도 카르카로프처럼 도망치고 싶은가?"

"아뇨." 스네이프가 말했다. 그의 검은색 눈은 멀어져 가는 플뢰르와 로저의 모습을 좇고 있었다. "전 그런 겁쟁이가 아닙니다."

"그렇지." 덤블도어가 동의했다. "자네는 이고르 카르카로프보다 훨씬 용감한 사람일세. 그게 말이지, 나는 가끔 우리가 너무 이른 때에 기숙사 배정을 하는 게 아닌가 하는 생각이 든다네……."

덤블도어는 충격받은 듯한 표정을 짓고 있는 스네이프를 남겨 두고 그 자리를 떠났다…….

이제 해리는 다시 한 번 교장의 연구실에 서 있었다. 밤이었고, 덤블도어는 책상 뒤에 있는 커다란 의자에 앉아 옆으로 축 늘어져 있었다. 의식을 반쯤 잃은 듯했다. 불에 탄 듯 검게 변한 그의 오른손이 옆에서 달랑거렸다. 스네이프가 그 손에 지팡이를 겨누고 주문을 웅얼거리며, 왼손으로는 잔에 가득한 걸쭉한 황금색 마법약을 덤블도어의 입에 흘려 넣고 있었다. 잠시 후 덤블도어의 눈꺼풀이 부르르 떨리더니 번쩍 뜨였다.

"어째서……." 스네이프가 거두절미하고 말했다. "어째서 그 반지를 끼신 겁니까? 그 반지에는 저주가 걸려 있습니다. 당연히 아셨을 텐데요. 그걸 왜 만지신 겁니까?"

마볼로 곤트의 반지가 금이 간 채 덤블도어의 책상에 놓여 있었다. 그 옆에는 그리핀도르의 검이 있었다.

덤블도어가 얼굴을 찌푸렸다.

"내가…… 바보였네. 심한 유혹을 느꼈어……."

"무엇에 유혹을 느꼈다는 말씀입니까?"

덤블도어는 대답하지 않았다.

"교수님이 돌아오실 수 있었던 게 기적입니다!" 스네이프의 목소리는 격렬한 분노를 담고 있었다. "저 반지에는 비상할 정도로 강력한 저주가 걸려 있습니다. 우리가 할 수 있는 건 그 힘을 가둬 두는 것밖에 없습니다. 제가 당분간 그 저주가 한쪽 손에만 머물도록 가둬 두긴 했지만……."

덤블도어는 쓸모없게 변해 버린 시커먼 손을 들어, 흥미로운 골동품이라도 되는 것처럼 유심히 살펴보았다.

"아주 잘했네, 세베루스. 내게 시간이 얼마나 남은 것 같은가?"

덤블도어의 말투는 태평했다. 일기예보라도 물어보는 듯했다. 스네이프는 잠시 머뭇거리다가 입을 열었다. "모르겠습니다. 아마 1년 정도일 겁니다. 그런 주문을 영원히 멈출 방법은 없습니다. 결국은 몸 전체로 퍼져 나갈 겁니다. 시간이 흐를수록 강력해지는 저주니까요."

덤블도어가 미소 지었다. 살날이 1년도 남지 않았다는

소식은 그에게 거의, 혹은 전혀 걱정거리가 아닌 듯했다.

"나는 운이 좋네. 굉장히 운이 좋아. 자네가 있으니 말이야, 세베루스."

"조금만 더 일찍 저를 부르셨어도 이보다 많은 조치를 해 드릴 수 있었을 겁니다. 더 많은 시간을 벌 수 있었을 거란 말입니다!" 스네이프가 사납게 말했다. 그는 부서진 반지와 검을 내려다보았다. "반지를 부수면 저주가 깨질 거라고 생각하신 겁니까?"

"비슷하지…… 내가 제정신이 아니었던 건 틀림없네……." 덤블도어가 말했다. 그는 힘겹게 의자에서 몸을 일으켜 앉았다. "음, 정말이지 이렇게 되니 여러 가지 문제가 훨씬 간단해지는군."

스네이프는 무슨 말인지 전혀 감을 잡지 못하는 표정이었다. 덤블도어가 미소를 머금었다.

"볼드모트 경이 나와 관련해서 계획한 것 말일세. 가엾은 말포이 군을 시켜서 나를 죽이도록 하려는 계획 말이야."

스네이프는 해리가 그토록 자주 앉았던, 덤블도어의 책상 맞은편 의자에 앉았다. 해리가 보기에 그는 덤블도어의 저주받은 손에 대해 더 이야기하고 싶어 하는 기색이었다. 그러나 덤블도어는 다른 쪽 손을 들어, 그 문제에 대해서는 더 이야기하지 않겠다는 뜻을 정중하게 내비쳤다. 스네이프가 못마땅하다는 표정을 짓고 말했다. "어둠의 왕은 드레이코가 성공할 거라고 기대하지 않습니다. 이건 그저 루시우스가 최근에 저지른 실패들에 대한 벌일 뿐입니다. 드레이코가 결국 실패하고 대가를 치르는 모습을 지켜보게 하면서 그 아이의 부모를 천천히 고문하는 거죠."

"간단히 말하면, 그 아이도 나처럼 사형선고를 받은 셈이로군." 덤블도어가 말했다. "자, 드레이코가 실패하면 그 일을 이어받을 사람은 당연히 자네가 되겠지?"

잠깐 침묵이 흘렀다.

"저는 그게 어둠의 왕이 세운 계획일 거라고 생각합니다."

"볼드모트 경은 머잖아 호그와트에 더 이상 첩자를 둘 필요가 없게 될 거라고 생각하는 건가?"

"네, 그자는 학교가 곧 자기 손에 들어올 거라고 생각하고 있습니다."

"만약에 학교가 그자의 손아귀에 들어간다면……." 덤블도어가 거의 혼잣말을 하듯이 말했다. "자네의 힘이 닿는 데까지 호그와트의 학생들을 지켜 주겠다고 약속하겠나?"

스네이프는 뻣뻣하게 고개를 끄덕였다.

"좋네. 자, 그럼. 자네가 가장 먼저 해야 할 일은 드레이코가 뭘 하려는 건지 알아보는 것이네. 겁먹은 10대 소년은 자기 자신뿐 아니라 다른 사람들에게도 위험한 존재니까. 자네가 드레이코에게 도움을 주고 이끌어 주겠다고 제안하게. 드레이코는 당연히 받아들일 걸세. 자네를 좋아하니까 말이야."

"그 아이의 아버지가 총애를 잃은 뒤로는 딱히 그렇지도 않습니다. 드레이코는 저를 탓하고 있습니다. 제가 루시우스의 자리를 빼앗았다고 생각해요."

"그렇더라도 시도는 해 보게. 그 아이가 무슨 음모를 꾸미는지는 모르겠지만 나보다는 애꿎은 사람들이 희생당할까 봐 더 걱정되는군. 물론, 볼드모트 경의 분노에서 그 아이를 구할 방법은 하나뿐이지."

스네이프는 눈썹을 치켜올렸다. 질문을 던지는 그의 목소리는 냉소적이었다. "말포이가 교수님을 죽이도록 내버려 두실 생각입니까?"

"물론 아닐세. *자네가* 나를 죽여야 하니까 말이야."

긴 침묵이 이어졌다. 딱딱거리는 이상한 소리가 그 침묵을 깨뜨렸다. 불사조 폭스가 오징어 뼈를 물어뜯는 소리였다.

"지금 할까요?" 스네이프가 빈정거리는 기색을 가득 담은 목소리로 말했다. "아니면 묘비명 지을 시간이 좀 필요하신가요?"

"아아, 아직은 아니네." 덤블도어가 싱긋 웃으며 말했다. "내 생각이네만, 그 순간은 때가 되면 저절로 찾아올 걸세. 오늘 밤 벌어진 일을 생각하면……." 그는 말라비틀어진 손을 가리켰다. "그 순간은 분명 1년 안에 찾아오겠지."

"죽어도 상관없으시다면……." 스네이프의 말투가 거칠어졌다. "왜 드레이코가 그 일을 하도록 놔두지 않으시는 겁니까?"

"그 아이의 영혼은 아직 그렇게까지 망가지지 않았네." 덤블도어가 말했다. "나 때문에 그 영혼이 찢겨 나가게 만들지는 않을 걸세."

"그럼 제 영혼은요, 덤블도어? 제 영혼은 어찌 되든 상관없습니까?"

"한 늙은이가 고통과 치욕을 피하도록 도와주는 것이 자네의 영혼에 해가 될지 어떨지는 자네 자신만이 알겠지." 덤블도어가 말했다. "세베루스, 내가 자네에게 이런 엄청난 부탁을 하는 까닭은, 나에게 처들리 캐넌스가 올해 리그에서 꼴찌를 하는 것만큼이나 확실하게 죽음이 다가오고 있기 때문이네. 고백하는데 나는, 가령 그레이백이 관련될 경우에 벌어질 그런 질질 끄는 지저분한 죽음보다는 빠르고 고통 없는 죽음을 선호한다네. 볼드모트가 그레이백을 영입했다는 얘기가 들리던데? 아니면 친애하는 벨라트릭스라든가. 그 애는 먹기 전에 음식 가지고 장난치기를 좋아하니까 말이야."

말투는 가벼웠지만, 그의 푸른 눈은 해리에게 자주 그랬던 것처럼 스네이프를 꿰뚫어 보고 있었다. 마치 지금 그와 이야기를 나누고 있는 스네이프의 영혼이 눈에 보이기라도 하는 것처럼. 결국 스네이프는 또 한 번 짧게 고개를 끄덕였다.

덤블도어는 만족한 듯했다.

"고맙네, 세베루스……."

연구실의 광경이 사라지고, 이제는 스네이프와 덤블도어가 해 질 녘의 텅 빈 호그와트 교정을 함께 거닐고 있었다.

"포터와는 뭘 하시는 겁니까? 저녁때마다 여러 번 함께 틀어박혀 계시던데요." 스네이프가 불쑥 물었다.

덤블도어는 지쳐 보였다.

"그건 왜 묻나? 그 아이에게 방과 후 징계를 더 주려는 건 아니겠지, 세베루스? 이대로 가다간 해리가 바깥에서 보내는 시간보다 징계를 받는 시간이 더 길어질 지경이네."

"제 아비가 되살아난 것 같은 녀석입니다……."

"겉모습은 그럴지 모르지만, 해리의 가장 깊은 천성은 어머니 쪽을 훨씬 닮았다네. 내가 해리와 시간을 보내는 것은 그 애와 의논할 일이 있어서일세. 너무 늦기 전에 해리에게 줘야 할 정보가 있어서야."

"정보라고요." 스네이프가 되풀이했다. "그 아이를 믿으시는군요. ……저는 믿지 않으시지만."

"이건 믿음의 문제가 아닐세. 우리 둘 다 알다시피 나에겐 시간이 얼마 없네. 그 애가 해야만 하는 일을 하도록 충분한 정보를 주는 건 매우 중요한 일일세."

"제가 그 정보를 알아서는 안 되는 이유는 무엇입니까?"

"나는 바구니 하나에 내 모든 비밀을 담아 놓고 싶지 않네. 특히 그 바구니가 볼드모트 경의 팔에 매달려 아주 많은 시간을 보내고 있을 때는 말이지."

"그건 교수님의 명령에 따라서 하고 있는 일입니다!"

"자네는 기가 막히게 잘해 주고 있네. 자네가 언제나 자발적으로 무릅쓰는 위험을 내가 과소평가한다고는 생각하지 말게나, 세베루스. 볼드모트에게 가치 있어 보이는 정보를 주면서도 핵심은 내주지 않는 건 오직 자네한테만 믿고 맡길 수 있는 일이라네."

"하지만 오클루먼시를 할 줄 모르는 소년에게 훨씬 많은 것을 털어놓으시는군요. 마법 실력도 그저 그렇고, 어둠의 왕의 생각과 직접 연결된 아이에게 말입니다!"

"볼드모트는 그 연결을 두려워한다네." 덤블도어가 말했다. "얼마 전 그자는 해리의 생각을 공유한다는 것이 자신에게 진정 어떤 의미인지 가볍게 맛보게 됐지. 그것은 그자가 한 번도 경험해 보지 못한 고통이었을 거야. 그자는 다시는 해리의 정신을 지배하려 들지 않을 걸세. 그건 확실해. 그런 방식으로는 아닐 거야."

"이해가 안 갑니다."

"볼드모트 경의 망가진 영혼은 해리 같은 영혼과 가까이 접촉하는 것을 견디지 못한다네. 마치 얼어붙은 쇠에 혀를 댄 것처럼, 살갗이 불길에 닿은 것처럼……."

"영혼이라고요? 지금 영혼이 아니라 정신에 대해 말하고 있잖습니까!"

"해리와 볼드모트 경의 경우에는 정신이나 영혼이나 어느 쪽을 말하든 마찬가지일세."

덤블도어는 아무도 없는지 확인하려고 주위를 힐끗 둘러보았다. 그들은 이제 금지된 숲 가까이에 와 있었다. 하지만 근처에 누군가가 있는 낌새는 찾아볼 수 없었다.

"날 죽이고 나면, 세베루스……."

"저에게는 아무것도 말해 주지 않으시면서 그런 일을 잘
도 부탁하시는군요." 스네이프가 버럭 화를 냈다. 그의 야
윈 얼굴에서 진정한 분노가 타오르고 있었다. "교수님은
너무나 많은 걸 당연하게 받아들이고 계십니다! 어쩌면 제
가 마음을 바꿔야 할지도 모르겠군요!"

"자넨 이미 그 일을 하기로 약속했네, 세베루스. 그리
고 내가 자네에게 한 부탁 얘기가 나와서 말인데, 난 자네
가 우리의 어린 슬리데린 친구를 지켜보기로 한 줄 알았는
데?"

스네이프는 화가 치밀어 반발할 듯한 표정이었다. 덤블
도어가 한숨을 쉬었다.

"오늘 밤 내 연구실로 오게, 세베루스. 11시일세. 내가
자네를 믿지 않는다는 불평은 하지 말게나……."

그들은 다시 덤블도어의 연구실에 돌아와 있었다. 창밖
은 어두웠고 스네이프는 가만히 앉아 있었다. 폭스도 조용
했다. 덤블도어만이 불사조 주위를 걸어 다니면서 이야기
하고 있었다.

"해리는 마지막 순간까지 모르고 있어야 하네. 꼭 필요

한 순간까지 말이야. 그렇지 않고서야 그 아이가 어떻게 자신이 해야만 하는 일을 할 힘을 끌어내겠나?"

"그런데 그 아이가 해야 할 일이란 게 무엇입니까?"

"그건 해리와 나 사이의 일일세. 자아, 잘 듣게나, 세베루스. 때가 올 걸세. 내가 죽은 다음에 말이야. 반박하지도 말고, 내 말을 끊지도 말게! 언젠가 볼드모트 경이 뱀의 목숨을 걱정하는 것처럼 보일 때가 올 걸세."

"내기니 말입니까?" 스네이프는 깜짝 놀란 얼굴이었다.

"바로 그렇다네. 볼드모트 경이 더 이상 그 뱀을 내보내 자신의 명령을 수행하도록 하지 않고, 마법적인 보호를 걸어 자기 옆에 안전하게 두려고 하는 때가 오면, 그땐 해리에게 말해 줘도 안전할 걸세."

"뭘 말해 줍니까?"

덤블도어는 깊은 숨을 들이쉬며 눈을 감았다.

"볼드모트 경이 해리를 죽이려 한 날 밤 릴리가 둘 사이에 뛰어들어 자기 목숨을 방패 삼아 내던졌을 때 튕겨 나간 살해 저주가 볼드모트 경에게로 향했고, 볼드모트 경의 영혼 일부가 떨어져 나와 그 무너져 내리는 건물 안에 살아 있는 유일한 영혼에게 달라붙었다는 사실 말일세. 볼드모트 경의 일부가 해리 안에 살고 있네. 그래서 해리가 뱀과 대화하는 능력을 갖게 된 것이고, 해리 자신은 이해하지 못하지만 그 아이가 볼드모트 경의 정신에 연결될 수 있는 거야. 그리고 볼드모트 경이 놓친 그 영혼의 파편이 해리에게 달라붙어 보호를 받는 한 볼드모트 경은 죽을 수 없다네."

해리는 긴 굴의 한쪽 끝에서 두 남자를 지켜보고 있는 것처럼 아주 멀리 떨어져 있는 기분이었다. 그들의 목소리가 귓가에서 이상하게 메아리쳤다.

"그럼 그 아이가…… 그 아이가 죽어야 한다는 겁니까?" 스네이프가 아주 침착하게 물었다.

"그리고 볼드모트 자신이 그 일을 해야만 하네, 세베루스. 그게 핵심일세."

다시 긴 침묵이 흘렀다. 뒤이어 스네이프가 입을 열었다. "저는…… 그 오랜 세월 동안…… 우리가 그녀를 위해 그 아이를 보호하고 있다고 생각했습니다. 릴리를 위해서요."

"우리가 해리를 보호한 것은 그 아이를 가르치고 기르고, 그 아이가 자기 힘을 시험해 보도록 하는 일이 매우 중요했기 때문일세." 덤블도어가 말했다. 그의 두 눈은 여전히 질끈 감겨 있었다. "그러는 동안 둘의 연결은 점점 강해지는 거지. 서로에게 기생하며 성장한달까? 가끔은 해리도 그렇게 추측하고 있을 거란 생각이 드는군. 내가 아는 해리라면, 죽음을 맞이하러 떠나면서 그 죽음이 진정으로 볼드모트의 종말을 가져오도록 잘 준비할 걸세."

덤블도어는 눈을 떴다. 스네이프는 충격을 받은 표정이었다.

"그 아이가 적당한 순간에 죽을 수 있도록 지금껏 살려 두셨다는 겁니까?"

"놀라지 말게, 세베루스. 그렇게 많은 사람의 죽음을 지켜봐 놓고 왜 그러나?"

"최근에는 제가 구하지 못한 사람들의 죽음만 보았을 뿐입니다." 스네이프가 말했다. 그는 자리에서 일어섰다. "저를 이용하셨군요."

"그게 무슨 뜻인가?"

"저는 당신을 위해 첩자 노릇을 했고, 당신을 위해 거짓말을 했고, 당신을 위해 치명적인 위험을 무릅썼습니다. 그 모든 건 릴리 포터의 아들을 안전하게 지키기 위해서였습니다. 이제 와서 저에게 그 아이를 도축할 돼지처럼 키우고 있었다고 말씀하시다니……."

"한데 감동적이군, 세베루스." 덤블도어가 진지하게 말했다. "결국 그 아이를 아끼게 된 것인가?"

"그 녀석을요?" 스네이프가 소리쳤다. "엑스펙토 패트로눔!"

그의 마법 지팡이 끝에서 은빛 암사슴이 뛰쳐나왔다. 암사슴은 연구실 바닥에 내려서서 방 맞은편으로 뛰어가더니 창밖으로 날아갔다. 덤블도어는 암사슴이 날아가는 모습을 지켜보았다. 그가 다시 스네이프에게 고개를 돌렸을 때 암사슴의 은빛은 희미해져 있었다. 스네이프의 두 눈에는 눈물이 가득 고여 있었다.

"아직도?"

"언제나." 스네이프가 말했다.

그리고 장면이 바뀌었다. 이제는 스네이프가 책상 뒤에 걸린 덤블도어의 초상화와 이야기 나누는 모습이 보였다.

"자네는 볼드모트에게 해리가 이모와 이모부의 집에서 떠나는 날짜를 정확히 알려 주어야 하네." 덤블도어가 말했다. "그러지 않으면 의심을 사게 될 거야. 볼드모트는 자네가 많은 정보를 알고 있다고 생각하고 있으니 말일세. 그러면서 미끼를 쓰는 아이디어도 은근슬쩍 기사단에 흘려야 해. 그래야 해리의 안전이 보장될 걸세. 먼덩거스 플레처에게 혼돈 마법을 걸어 보게나. 그리고 세베루스, 어쩔 수 없이 추격에 가담하게 된다면 자네가 맡은 역할을 그럴듯하게 연기하도록 하게……. 난 자네가 되도록 오랫동안 볼드 모트 경의 총애를 받을 거라고 믿네. 안 그랬다간 호그와트 는 캐로 남매의 손에 떨어지게 될 테니…….”

이제 스네이프는 낯선 술집에서 먼덩거스와 머리를 맞 대고 있었다. 먼덩거스의 얼굴은 이상하게 멍해 보였고, 스네이프는 집중하느라 얼굴을 찌푸리고 있었다.

“불사조 기사단에 제안해라.” 스네이프가 나지막한 목소 리로 말했다. “미끼를 사용하자고 말이야. 폴리주스 마법 약을 쓴다. 해리 포터의 복제 인간들을 만든다. 먹힐 만한 방법은 그것뿐이다. 내가 이 제안을 했다는 건 잊어라. 너 자신의 생각인 것처럼 제안해라. 알았나?”

“알겠어.” 먼덩거스가 초점 없는 눈으로 나지막이 웅얼 거렸다…….

이번에 해리는 빗자루를 탄 스네이프 옆에서 맑고 어두 운 밤하늘을 날아가고 있었다. 스네이프는 후드를 뒤집어 쓴 죽음을 먹는 자들과 함께였으며, 앞에는 루핀과 실제로 는 조지인 해리가 있었다……. 죽음을 먹는 자 한 명이 스 네이프 앞으로 나서서 지팡이를 들고 루핀의 등을 곧장 겨 눴다.

“섹툼셈프라!” 스네이프가 외쳤다.

하지만 죽음을 먹는 자의 지팡이 쥔 손을 겨누었던 그 주문은 빗나가서 대신 조지를 맞히고 말았다.

다음 순간, 스네이프는 시리우스의 옛 침실에서 무릎을 꿇고 있었다. 릴리에게서 온 오래된 편지를 읽는 그의 구부러진 코 끝에서 눈물이 뚝뚝 흘러내렸다. 두 번째 장에는 겨우 몇 줄밖에 적혀 있지 않았다.

······겔러트 그린델왈드와 친구가 될 수 있었다는 것 말이야. 내가 보기엔 바틸다가 미쳐 가는 것 같아!

사랑을 듬뿍 담아,

릴리

스네이프는 릴리의 서명과 그녀의 사랑이 담긴 페이지를 가져가 로브 안에 집어넣었다. 그런 다음 들고 있던 사진을 반으로 찢어 릴리의 웃는 얼굴이 있는 부분은 간직하고 제임스와 해리가 나온 부분은 바닥에 버렸다. 사진은 서랍장 밑으로 들어가 버렸다······.

이제 스네이프는 다시 교장의 연구실에 서 있었다. 피니어스 나이젤러스가 다급히 초상화 안으로 들어왔다.

"교장! 녀석들이 딘 숲에서 야영하고 있네! 그 머드블러드가……."

"그런 말은 쓰지 마십시오!"

"……그럼, 그 그레인저 여자애라고 하지. 그 애가 가방을 열 때 장소를 말하는 걸 내가 들었어!"

"좋군. 아주 좋아!" 교장 의자 뒤에서 덤블도어의 초상화가 외쳤다. "지금일세, 세베루스. 그 검 말이야! 그 검을 가져가려면, 그것이 꼭 필요한 상황인 데다 용기를 내야 한다는 두 가지 조건이 충족돼야 한다는 점을 잊지 말게나. 그리고 해리는 자네가 그 검을 줬다는 걸 몰라야 하네! 볼드모트가 해리의 생각을 읽고 자네가 그 애를 위해 행동하고 있다는 걸 알아차린다면……."

"저도 압니다." 스네이프가 딱 잘라 말했다. 그는 덤블도어의 초상화로 다가가 액자 가장자리를 잡아당겼다. 초상화가 앞쪽으로 홱 젖혀지면서 뒤에 숨겨진 공간이 드러났다. 스네이프는 그곳에서 그리핀도르의 검을 꺼냈다.

"포터에게 이 검을 전하는 일이 왜 그렇게 중요한지는 여전히 말씀해 주시지 않을 겁니까?" 스네이프가 로브 위에 여행용 망토를 홱 걸치며 물었다.

"그래, 그래야 할 것 같군." 덤블도어의 초상화가 말했다. "그걸로 뭘 해야 할지는 해리가 알 걸세. 그리고 세베루스, 정말 조심해야 하네. 조지 위즐리가 그런 불행한 일을 겪었으니, 아이들은 자네의 등장을 별로 반가워하지 않을 거야."

스네이프가 문 앞에서 돌아섰다.

"걱정 마십시오, 덤블도어." 그가 싸늘하게 말했다. "계획이 있습니다……."

그리고 스네이프는 방을 나갔다. 해리는 붕 떠올라 펜시브 밖으로 나갔고, 잠시 뒤에는 정확히 같은 방의 카펫 깔린 바닥에 누워 있었다. 마치 스네이프가 방금 문을 닫고 나간 것만 같았다.

34장
다시, 숲으로

    결국 이것이 진실이었다. 해리는 한때 승리의 비법을 배우고 있다고 생각했던 교장 연구실의 먼지투성이 카펫 위에 엎드린 채, 그 자신이 살아남을 운명이 아니라는 사실을 마침내 깨달았다. 그의 임무는 그를 반기는 죽음의 품으로 침착하게 걸어 들어가는 것이었다. 그 길을 따라가면서, 볼드모트의 생명을 지탱하고 있는 마지막 연결고리들을 끊어야 했다. 그래야만 마지막 순간 그가 마법 지팡이를 들어 방어할 시도조차 하지 않은 채 볼드모트에게 몸을 던졌을 때 모든 것이 깔끔하게 매듭지어질 것이다. 그것으로, 고드릭 골짜기에서 완수되었어야 할 일이 마무리되는 것이다. 둘 다 살지 못한다. 둘 다 살아남을 수 없다.

가슴속에서 심장이 거세게 뛰는 것이 느껴졌다. 죽음에 대한 두려움을 느끼는 이 순간에 심장이 더욱 세차게 뛰면서 용감하게도 그의 생명을 유지시키려 하다니 이 얼마나 이상한 일인가. 하지만 그 심장은 멈춰야 할 것이다. 그것도 머지않아서. 심장이 뛸 횟수는 정해져 있었다. 이대로 일어서서 마지막으로 성을 가로질러 교정으로 나간 다음 금지된 숲으로 걸어 들어가기까지 시간이 얼마나 남아 있을까?

바닥에 누워 있으려니 극심한 공포가 장례식 북소리를 울리며 온몸을 휩쓸었다. 죽는 건 고통스러울까? 해리는 곧 죽게 될 거라고 여겼던 상황에서 탈출한 적은 여러 번 있지만, 죽음 자체에 대해 생각해 본 적은 단 한 번도 없었다. 삶을 향한 의지는 언제나 죽음에 대한 두려움보다 훨씬 강력했다. 하지만 지금은 도망쳐야겠다는 생각도, 볼드모트에게서 달아나야겠다는 생각도 들지 않았다. 그는 모든 게 끝났다는 것을 알고 있었다. 남은 것은 오직 죽음, 그것뿐이었다.

차라리 마지막으로 프리빗가 4번지를 떠나온 여름밤, 그 고귀한 불사조 깃털 지팡이가 그를 살려 준 그날 죽었더라면! 헤드위그처럼, 워낙 순식간에 일어난 일이라 죽는 줄도 모르고 죽을 수 있었더라면! 아니, 사랑하는 사람을 구하기 위해 마법 지팡이 앞으로 몸을 던질 수만 있었더라면……. 급기야 해리는 부모님의 죽음마저 부러웠다. 파멸을 향해 냉정하게 나아가는 데는 또 다른 종류의 용기가 필요했다. 그는 손가락이 조금씩 떨리는 것을 느꼈다. 벽에 걸린 초상화들은 모두 비어 있어 아무도 그를 볼 수 없었지만 그는 떨리는 손을 진정시키려고 애썼다.

그는 천천히, 아주 천천히 일어나 앉았다. 그렇게 하자 더욱 살아 있다는 실감이 났다. 살아 있는 자신의 몸이 어느 때보다도 또렷하게 의식되었다. 어째서 해리는 그 자신이 엄청난 기적이라는 사실을, 뇌와 신경과 두근거리는 심장을 제대로 느껴 본 적이 없을까? 이 모든 것이 곧 사라질 텐데…… 아니, 적어도 자신이 이 모든 것들과 작별하게 될 텐데. 호흡은 차츰 깊고 느려졌으며, 입과 목구멍은 완전히 말라 버렸다. 눈도 마찬가지였다.

덤블도어의 배신은 그렇게 대수로운 일도 아니었다. 당연히 더 큰 계획이 있었을 것이다. 그저 해리가 너무 어리석은 탓에 그 계획을 알아차리지 못했고, 이제야 그것을 깨달았을 뿐이었다. 여태껏 그는 덤블도어 역시 그가 살아 있기를 바랄 거라고 믿어 의심치 않았다. 그러나 이제는 그의 생명이 처음부터, 호크룩스를 전부 제거하는 그 순간까지로 정해져 있었다는 사실을 알게 되었다. 덤블도어는 호크룩스를 파괴하는 임무를 해리에게 넘겨주었고, 해리는 볼드모트뿐만 아니라 그 자신을 삶과 연결해 주던 매듭들을 고분고분 계속 잘라냈던 것이다! 굳이 다른 사람의 목숨을 낭비할 필요 없이, 이미 도살당하도록 정해져 있는 소년에게 위험한 임무를 맡기다니 이 얼마나 깔끔하고 우아한 방법인가? 그 소년의 죽음은 비극이 아니라, 볼드모트에게 가하는 일격이 되는 것이다.

게다가 덤블도어는 해리가 피하지 않고 끝까지 나아가리라는 사실을 알고 있었다. 그 끝이 *해리 자신의 끝*이라고 해도. 해리를 알기 위해 그렇게 공을 들였으니 당연히 알지 않았을까? 볼드모트와 마찬가지로 덤블도어 역시 알고 있었다. 자신에게 다른 사람들이 그 대신 죽는 일을 멈출 힘이 있다는 사실을 알게 된 이상 해리는 결코 그런 일이 일어나도록 내버려 두지 않을 것이다. 죽은 채 대연회장에 누워 있던 프레드, 루핀과 통스의 모습이 어쩔 수 없이 다시 눈앞에 떠올랐다. 잠시 그는 거의 숨을 쉴 수가 없었다. 죽음이 그를 채근하는 듯했다…….

하지만 덤블도어는 그를 과대평가한 것이다. 해리는 실

패했다. 그 뱀은 살아남았다. 해리가 죽음을 당하더라도 호크룩스 하나가 남아 볼드모트를 이 땅에 매어 둘 것이다. 그래, 그 일은 다른 누군가가 좀 더 쉽게 해낼 수 있겠지. 해리는 누가 그 일을 할지 궁금했다……. 론과 헤르미온느라면 당연히 무슨 일을 해야 할지 알 것이다……. 덤블도어가 해리더러 그 둘에게 비밀을 털어놓으라고 한 건 그래서일지도 모른다……. 해리가 그의 진짜 운명을 너무 일찍 맞이하게 될 경우 그들이 계속해 나갈 수 있도록…….

이런 생각들은 차가운 창문에 떨어지는 비처럼, 해리가 죽어야만 한다는 반박할 수 없는 진실의 단단한 표면을 두드렸다. '난 죽어야 해.' 그는 이 일을 끝내야 한다.

론과 헤르미온느는 아주 머나먼 나라에 있는 듯했다. 해리는 오래전에 그들과 헤어진 것만 같은 기분이었다. 작별 인사도, 어떠한 설명도 없을 것이다. 그 점에 대해서는 단단히 결심했다. 이것은 그들과 함께할 수 없는 여행이었다. 그들이 해리를 막겠다고 애쓴다면 귀중한 시간을 낭비하는 꼴이 될 것이다. 그는 열일곱 살 생일에 받은 낡아빠진 황금 손목시계를 내려다봤다. 그가 항복할 때까지 볼드모트가 기다려 주기로 한 시간이 벌써 절반이나 흘러가 버렸다.

그는 바닥에서 일어섰다. 심장이 미친 새처럼 팔딱거리며 갈비뼈를 두드렸다. 아마 남은 시간이 별로 없다는 것을 알고, 끝이 오기 전에 자기에게 주어진 생명만큼의 박동을 모두 채울 작정인 듯했다. 그는 뒤도 돌아보지 않은 채 교장 연구실 문을 닫고 나왔다.

성은 비어 있었다. 성안을 혼자 성큼성큼 걸어가고 있자니 해리는 이미 죽어서 유령이 된 것 같은 기분이 들었다. 초상화 속 인물들은 여전히 액자를 비운 채였다. 사방이 으스스할 만큼 고요했다. 마치 남은 생명이 모두, 죽은 이들과 애도하는 이들로 붐비는 대연회장에 집중되어 있는 듯했다.

해리는 투명 망토를 뒤집어쓰고 몇 층을 내려갔다. 그런 다음 대리석 계단을 통해 현관홀로 내려갔다. 마음 한구석에서는 누군가가 눈치채 주기를, 해리를 보고 막아 주기를 바랐는지도 모른다. 하지만 투명 망토는 언제나 그랬듯 그를 완벽하게 감춰 주었고, 그는 아무런 어려움 없이 성 정문 앞에 다다랐다.

그때 네빌이 거의 부딪칠 듯이 그를 향해 걸어왔다. 네빌은 또 다른 사람과 함께 교정에서 사망자를 운반해 오고 있었다. 아래를 힐끗 내려다본 해리는 또 한 번 가슴이 무겁게 내려앉는 것을 느꼈다. 아직 싸울 나이도 되지 않았는데, 말포이와 크래브와 고일이 그랬듯 콜린 크리비가 몰래 돌아왔던 것이 틀림없었다. 죽은 그의 몸은 아주 작아 보였다.

"저기, 얘는 내가 혼자 옮길 수 있어, 네빌." 올리버 우드가 말했다. 그는 소방관처럼 콜린을 어깨에 둘러업고 대연회장으로 데려갔다.

네빌은 잠시 문틀에 기대서서 손등으로 이마를 훔쳤다. 그는 나이가 많이 든 사람처럼 보였다. 그러더니 네빌은 더 많은 시신을 수습하기 위해 계단을 내려가 다시 어둠 속으로 들어갔다.

해리는 대연회장 입구를 한 번 돌아보았다. 사람들이 돌아다니면서 서로를 위로하려 애쓰고 있었다. 목을 축이거나 죽은 이들 곁에 무릎을 꿇고 있기도 했다. 하지만 그가 사랑하는 사람은 아무도 보이지 않았다. 헤르미온느도, 론도, 지니도, 위즐리 가족 누구도 흔적조차 보이지 않았고 루나도 없었다. 그는 남아 있는 시간을 다 써서라도 마지막으로 한 번 그들을 보고 싶었다. 하지만 그러고 나서도 과연 그들에게서 눈길을 돌리고 발걸음을 뗄 힘이 남아 있을까? 차라리 이편이 나았다.

그는 계단을 내려가 어둠 속으로 나아갔다. 새벽 4시가 다 된 시간이었다. 교정은 죽은 듯이 고요했다. 마치 모두가 숨을 죽인 채, 그가 해야만 하는 일을 해낼 수 있을지 보려고 기다리는 것 같았다.

해리는 또 다른 시신 위로 몸을 숙이고 있는 네빌에게 다가갔다.

"네빌."

"젠장, 해리. 너 때문에 심장마비 걸릴 뻔했잖아!"

해리는 투명 망토를 벗었다. 문득 어떤 생각이 떠올랐다. 꼭 확실히 해 두어야겠다는 욕심에서 든 생각이었다.

"너 혼자 어딜 가는 거야?" 네빌이 의심스럽다는 듯 물었다.

"계획한 대로 움직이는 거야." 해리가 말했다. "내가 해야 하는 일이 있거든. 잘 들어, 네빌……."

"해리!" 네빌은 갑자기 겁먹은 표정을 지었다. "해리, '그 사람'에게 항복할 생각은 아니지?"

"아니야." 해리는 술술 거짓말을 했다. "당연히 아니지……. 이건 다른 일이야. 하지만 잠깐 동안 내가 보이지 않을 거야. 너 볼드모트의 뱀 알지, 네빌? 볼드모트는 거대한 뱀을 데리고 있어……. 내기니라고 하는데…….”

“응, 들어 봤어……. 그 뱀이 왜?”

“그 뱀을 죽여야 돼. 론이랑 헤르미온느도 알고 있는데, 혹시라도 그 애들이…….”

혹시 모를 그 끔찍한 가능성을 떠올리기만 해도 해리는 한동안 숨이 턱 막혀서 말을 이어 나갈 수가 없었다. 하지만 그는 다시 마음을 다잡았다. 이것은 매우 중요한 일이었다. 그는 덤블도어처럼 되어야 했다. 냉정한 판단력을 유지하며 대안이 있는지, 임무를 이어 갈 다른 사람들이 있는지 확인해 두어야 했다. 덤블도어는 호크룩스에 대해 아는 사람이 본인 외에 세 명이 있다는 사실을 알고 죽었다. 이제 네빌이 해리의 자리를 대신하게 될 테니 그 비밀을 아는 사람은 계속 셋으로 유지될 것이다.

“혹시 걔들이…… 바쁘다거나 해서…… 너한테 기회가 생기면…….”

“뱀을 죽이라고?”

“뱀을 죽여.” 해리가 다시 말했다.

“알았어, 해리. 너 괜찮은 거지?”

“난 괜찮아. 고마워, 네빌.”

해리가 발걸음을 옮기려 하자 네빌이 그의 손목을 붙잡

았다.

"우리 모두는 계속 싸울 거야, 해리. 알지?"

"응, 나는……."

그는 목이 메어 오는 느낌에 말끝을 흐리고 말았다. 더는 말을 이을 수 없었다. 네빌은 그걸 이상하게 여기지 않는 듯했다. 네빌은 해리의 어깨를 두드리고 그를 놓아주더니 시신을 더 찾아서 가 버렸다.

해리는 다시 투명 망토를 뒤집어쓰고 계속 걸어갔다. 그리 멀지 않은 곳에서 누군가의 움직임이 느껴졌다. 그 누군가는 땅바닥에 엎드린 또 다른 사람 위로 몸을 기울이고 있었다. 아주 가까이까지 다가갔을 때 해리는 그 누군가가 지니라는 사실을 알아차렸다.

그는 발걸음을 멈췄다. 지니는 가느다란 목소리로 엄마를 찾고 있는 한 소녀 위로 몸을 숙이고 있었다.

"괜찮아." 지니가 말했다. "괜찮아. 안으로 데려다줄게."

"하지만 난 집에 가고 싶어." 소녀가 숨죽인 목소리로 말했다. "더 이상 싸우고 싶지 않아."

"알아." 그렇게 말하는 지니의 목소리가 갈라졌다. "다 잘될 거야."

싸늘한 기운이 해리의 살갗에 밀려들었다. 그는 어둠을

향해 소리를 지르고 싶었다. 그가 바로 여기에 있다는 것을, 그가 어딘가로 가고 있다는 것을 그녀가 알아 주기를 바랐다. 그녀가 그를 붙잡아 주기를, 그를 끌고 가서 집으로 돌려보내 주기를 바랐다…….

하지만 그는 이미 집에 있었다. 호그와트는 그에게 최초의 집이자 최고의 집이었다. 그와 볼드모트와 스네이프, 그 버려진 소년들은 모두 이곳에서 집을 찾았다…….

지니는 이제 상처를 입은 소녀 옆에 무릎을 꿇은 채 그녀의 손을 잡고 있었다. 해리는 엄청난 자제력을 발휘해 계속 나아갔다. 그가 지나갈 때 지니가 주위를 둘러보는 모습이 보이는 듯했다. 그녀가 근처에서 인기척을 느낀 게 아닐까 하는 생각이 들었지만, 해리는 입을 열지도 뒤돌아보지도 않았다.

어둠 속에서 해그리드의 오두막이 어렴풋이 모습을 드러냈다. 불이 켜 있지도 않았고, 팽이 반가운 마음에 문을 긁으며 우렁차게 짖어 대는 소리도 들리지 않았다. 해그리드를 만나러 갔던 그 모든 기억들, 불 위에 얹어 놓은 구리 주전자의 빛, 록케이크와 큼직한 음식들, 턱수염이 덥수룩한 해그리드의 커다란 얼굴, 민달팽이를 토하던 론, 노버트를 소중히 돌보는 해그리드와 그를 도와주던 헤르미온느······.

계속 나아가던 그는 금지된 숲 가장자리에 다다라 발걸음을 멈췄다.

디멘터 무리가 나무 사이를 스르르 움직이고 있었다. 해리는 그들이 내뿜는 냉기를 느낄 수 있었다. 그 사이를 안전하게 지나갈 수 있을지 확신이 서지 않았다. 그에게는 패트로누스를 불러낼 힘이 남아 있지 않았다. 떨리는 몸을 더 이상 다스릴 수조차 없었다. 결국, 죽는 것도 그렇게 쉽지 않았다. 숨 쉬는 순간순간 맡아지는 풀 냄새와 얼굴에 닿는 서늘한 공기가 무척 소중하게 느껴졌다. 다른 사람들에게는 지겹게 느껴질 만큼 세월이 남아도는 반면, 그 자신은 1분 1초에 매달리고 있다는 생각이 들었다. 계속 나아갈 수 없을 것 같았지만 동시에 계속 나아가야 한다는 것도 알고 있었다. 기나긴 게임은 끝났다. 스니치는 잡혔고 이제는 하늘에서 내려올 시간이었다······.

스니치. 그의 힘없는 손가락들이 목에 걸린 주머니를 잠시 뒤적거렸다. 그는 스니치를 꺼냈다.

나는 닫힐 때 열린다.

해리는 거친 숨을 내쉬면서 스니치를 내려다보았다. 최대한 천천히 흘러 주었으면 하는 지금 시간은 오히려 속도를 올린 듯했고, 깨달음은 생각을 거치지 않고 너무 빨리 찾아온 것 같았다. 지금이 닫힐 때였다. 지금이 그 순간이었다.

해리는 황금색 금속을 입술에 대고 속삭였다. "나는 곧 죽을 거야."

금속 껍데기가 갈라지며 열렸다. 해리는 떨리는 손을 내려 투명 망토 아래서 드레이코 말포이의 지팡이를 들고 중얼거렸다. "루모스."

둘로 쪼개진 스니치 안에는 가운데에 들쭉날쭉한 금이 간 검은색 돌이 들어 있었다. 부활의 돌은 딱총나무 지팡이의 상징인 세로선을 따라 금이 가 있었다. 투명 망토를 상징하는 삼각형과 부활의 돌을 나타내는 원은 여전히 알아볼 수 있었다.

이번에도 해리는 깨달았다. 더 생각할 필요도 없었다. 사람들을 되살려 내는 것은 중요하지 않았다. 해리 자신이 조금 있으면 죽은 자들과 합류할 테니까. 해리가 사람들을 불러내는 것이 아니라, 그들이 해리를 데려가는 것이었다.

해리는 눈을 감고 손에 쥔 돌을 세 번 뒤집었다.

그는 부활의 돌이 작동했다는 것을 알았다. 금지된 숲 가장자리 나뭇가지가 흩어져 있는 흙바닥 위로 희미한 형상들이 살며시 움직이는 소리가 들려온 것이다. 해리는 눈을 뜨고 주위를 둘러보았다.

그들은 유령도 아니었고, 진짜 육신을 갖고 있지도 않았다. 그건 분명했다. 그들과 가장 비슷한 존재는 아주 오래전 일기장에서 빠져나와 형상을 갖췄던 리들의 기억이었다. 그들은 산 사람만큼 실체를 갖지는 못했지만 유령보다는 훨씬 분명한 모습으로 해리에게 다가왔다. 모두의 얼굴에는 똑같이 애정 어린 미소가 떠올라 있었다.

제임스는 키가 정확히 해리와 똑같았다. 그는 죽을 당시에 입었던 옷을 입고 있었으며, 머리카락은 단정치 못하게 형클어져 있고, 안경은 위즐리 씨의 것처럼 약간 비뚤어져 있었다.

시리우스는 키가 크고 잘생겼으며, 해리가 봤던 생전의 어느 모습보다도 훨씬 젊어 보였다. 그는 양손을 주머니에 넣고 얼굴에는 미소를 띤 채 여유롭고도 우아하게 천천히 다가왔다.

루핀 역시 젊은 모습이었다. 행색이 훨씬 덜 초라했고, 머리카락은 더 검고 숱이 많았다. 그는 청소년 시절 수없이 방황하던 이 익숙한 장소에 돌아온 것이 기뻐 보였다.

릴리는 그 누구보다도 환하게 미소 짓고 있었다. 그녀는 해리에게 다가오면서 긴 머리카락을 뒤로 쓸어 넘겼다. 해리의 눈과 아주 흡사한 초록색 눈동자는 아무리 봐도 모자라다는 듯 아들의 얼굴을 열심히 훑고 있었다.

"넌 아주 용감했어."

해리는 아무 말도 할 수 없었다. 그의 눈이 그녀를 샅샅이 살폈다. 그는 그 자리에 서서 영원히 어머니를 볼 수 있으면 좋겠다고, 그거면 충분하다고 생각했다.

"거의 다 왔다." 제임스가 말했다. "거의 다 왔어. 우리는…… 네가 아주 자랑스럽다."

"아픈가요?"

해리의 입에서 자기도 모르게 어린애 같은 질문이 튀어나왔다.

"죽는 것 말이냐? 전혀." 시리우스가 말했다. "잠드는 것보다도 빠르고 간단해."

"게다가 그자는 빨리 해치우고 싶어 할 거다. 그 일이 끝나기를 바라니까." 루핀이 말했다.

"저는 누구도 죽는 걸 바라지 않았어요." 해리가 말했다. 그의 의지와는 상관없이 이런 말이 튀어나왔다. "이 중 누구도요. 죄송해요……."

그는 다른 누구보다도 루핀을 향해 간절한 심정으로 말

했다.

"하필 아들이 태어나자마자…… 리머스, 죄송해요……."

"나도 안타깝다." 루핀이 말했다. "그 애를 영영 알아 가지 못하게 된 게 아쉬워……. 하지만 그 애는 내가 왜 죽었는지 알게 될 테고, 나는 그 애가 이해해 주길 바랄 뿐이야. 그 애가 더 행복한 삶을 살 수 있는 세상을 만들기 위해서였으니까."

숲 한가운데에서 불어오는 듯한 싸늘한 바람이 해리의 이마에서 머리카락을 걷어 올렸다. 해리는 그들이 그에게 가라고 말하지 않을 거라는 사실을, 그 일은 자신이 결정해야 한다는 사실을 알고 있었다.

"저랑 같이 있어 주실 건가요?"

"끝의 끝까지." 제임스가 말했다.

"그자들은 못 보겠죠?" 해리가 물었다.

"우리는 네 일부야." 시리우스가 말했다. "다른 누구에게도 보이지 않아."

해리는 어머니를 바라보았다.

"곁에 있어 주세요." 그가 조용히 말했다.

그리고 그는 출발했다. 디멘터들이 내뿜는 냉기도 그를 막을 수 없었다. 그는 동행하는 이들과 함께 그 냉기를 뚫고 나아갔다. 마치 그들이 패트로누스라도 된 듯싶었다. 그들은 너무 빽빽하게 자라서 가지가 뒤얽히고 옹이 진 뿌리들은 뒤틀린 채 서로 엉켜 있는 오래된 나무들을 헤치며 함께 나아갔다. 해리는 어둠 속에서 투명 망토를 단단히 부여잡고 점점 더 깊은 숲속으로 들어갔다. 볼드모트가 정확히 어디에 있는지는 전혀 몰랐지만, 그를 찾게 될 거라고 확신했다. 제임스와 시리우스, 루핀과 릴리는 그의 곁에서 아무런 소리도 내지 않은 채 걷고 있었다. 그들의 존재는 그에게 곧 용기였고, 그가 계속해서 한 발 한 발 내디딜 수 있는 이유이기도 했다.

그의 몸과 마음은 이제 이상하게 연결이 끊긴 것 같은 느낌이었다. 움직이라고 하지도 않았는데 팔다리가 저절로 움직였다. 해리는 이제 곧 떠나게 될 몸에 운전자가 아닌 승객으로 타고 있는 듯한 기분이 들었다. 지금 그의 곁에서 함께 숲을 헤치며 걷고 있는 죽은 이들이 저 뒤 성에 있는 살아 있는 이들보다 훨씬 실제처럼 느껴졌다. 인생의 끝을 향해, 볼드모트를 향해 비틀거리고 발을 헛디디면서 나아가고 있는 지금은 론, 헤르미온느, 지니, 다른 모두가 유령처럼 느껴졌다…….

쿵 하는 소리와 속삭거리는 소리가 들렸다. 근처에서 어떤 살아 있는 존재의 움직임이 느껴졌다. 해리는 투명 망토를 뒤집어쓴 채 멈춰 서서 주위를 둘러보며 귀를 기울였다. 어머니와 아버지, 루핀과 시리우스도 멈춰 섰다.

"누가 있어." 가까운 곳에서 거친 속삭임이 들려왔다. "그 녀석이 투명 망토를 가지고 있는데 혹시……?"

근처에 있는 나무 뒤에서 두 사람의 모습이 나타났다. 그자들의 지팡이가 확 타오르면서 해리는 그와 어머니, 아버지, 시리우스와 루핀이 서 있는 바로 그 어둠 속을 똑바로 바라보는 약슬리와 돌로호프를 발견했다. 그들의 눈에는 아무것도 보이지 않는 듯했다.

"확실히 무슨 소리가 들렸는데." 약슬리가 말했다. "짐승이었을까?"

"그 해그리드라는 정신 나간 놈이 여기서 별의별 걸 다 키웠잖아." 돌로호프가 어깨 너머를 힐끗 돌아보며 말했다.

약슬리가 손목시계를 내려다보았다.

"시간이 거의 다 됐어. 포터 녀석, 주어진 시간을 다 썼군. 안 오려나 봐."

"하지만 그분께서는 그 녀석이 올 거라고 확신하시잖아! 별로 안 좋아하시겠는데."

"그만 돌아가는 게 좋겠어." 약슬리가 말했다. "이젠 어떻게 하실 계획인지 알아봐야지."

그와 돌로호프는 발걸음을 돌려 숲속 깊은 곳을 향해 걸어갔다. 해리는 그 두 사람이 목적지까지 정확히 안내해 주리라는 것을 깨닫고 그들을 뒤쫓았다. 힐끔 옆을 바라보니 어머니는 미소를 머금고 있었고 아버지는 격려의 뜻으로 고개를 끄덕였다.

몇 분도 채 지나지 않아 저 앞에 빛이 보였다. 약슬리와 돌로호프는 해리가 한때 괴물 거미 아라고그가 살았던 장소로 알고 있는 공터에 들어섰다. 아라고그의 거대한 거미줄 흔적만이 남아 있을 뿐, 그의 후손들은 죽음을 먹는 자들에 의해 밖으로 내몰려 그자들 편에서 싸우고 있었다.

공터 한가운데서는 모닥불이 타오르고 있었다. 그 일렁이는 불빛이 꼼짝도 않고 서서 경계하고 있는 죽음을 먹는 자들을 비췄다. 그중 몇몇은 여전히 가면을 쓰거나 후드를 뒤집어쓰고 있었고 또 어떤 이들은 얼굴을 드러낸 채였다. 무리 바깥쪽에 거인 두 명이 앉아 있었는데, 바위처럼 거칠게 깎은 듯한 잔인한 얼굴을 가진 그들은 죽음을 먹는 자들에게 거대한 그림자를 드리우고 있었다. 자신의 긴 손톱을 씹으며 어슬렁거리는 펜리르 그레이백도 보였다. 덩치 큰 금발의 죽음을 먹는 자, 롤은 피가 흐르는 입술을 톡 톡 두드리고 있었다. 실의에 빠진 채 겁에 질린 루시우스 말포이와 눈이 푹 꺼진 채 걱정에 잠겨 있는 나르시사의 모습도 보였다.

모두의 시선이 볼드모트에게 고정되어 있었다. 그는 고개를 숙이고, 허연 손을 딱총나무 지팡이 위로 포갠 채 서 있었다. 어쩌면 기도를 하거나, 머릿속으로 조용히 숫자를 세고 있는지도 몰랐다. 근처에 가만히 서 있던 해리는 희한하게도 숨바꼭질 놀이를 하면서 숫자를 세는 어린아이를 떠올렸다. 볼드모트의 머리 뒤로는 거대한 뱀 내기니가 여전히 소용돌이를 그리듯 똬리를 튼 채, 기괴한 후광처럼 보이기도 하는 반짝이는 마법 우리 안에 둥둥 떠 있었다.

돌로호프와 약슬리가 무리에 복귀하자 볼드모트가 고개를 들었다.

"놈의 그림자도 안 보입니다, 주인님." 돌로호프가 말했다.

볼드모트의 표정은 변함이 없었다. 붉은 두 눈은 불빛을 받아 이글이글 타오르는 것처럼 보였다. 그는 긴 손가락으로 천천히 딱총나무 지팡이를 빼 들었다.

"주인님……."

벨라트릭스가 입을 열었다. 그녀는 볼드모트와 가장 가까운 곳에 잔뜩 헝클어진 모습으로 앉아 있었다. 얼굴에 피가 조금 흐르고 있었지만 달리 다친 곳은 없는 듯했다.

볼드모트가 손을 들어 그녀의 말을 막았다. 그녀는 한 마디도 덧붙이지 않고 숭배에 가까운 매료된 표정으로 그를 바라보았다.

"나는 놈이 올 거라 생각했다." 볼드모트가 높고 또렷한 목소리로 말했다. 눈은 활활 타오르는 불꽃을 향해 있었다. "놈이 올 거라고 예상했어."

아무도 입을 열지 않았다. 해리의 심장이 곧 내버릴 몸뚱이에서 탈출하려는 듯 그의 가슴속에서 격렬하게 고동쳤다. 죽음을 먹는 자들도 해리만큼이나 겁에 질린 듯했다. 투명 망토를 벗어서 마법 지팡이와 함께 로브 밑으로 쑤셔 넣는 동안 해리의 손바닥에 땀이 배었다. 그는 싸우고 싶은 충동이 일어나지 않길 바랐다.

"보아하니, 내가…… 착각한 것 같군." 볼드모트가 말했다.

"착각한 거 아니야."

해리는 할 수 있는 한 가장 큰 소리로, 끌어 올릴 수 있는 모든 힘을 실어 소리쳤다. 겁에 질린 목소리로 들리고 싶진 않았다. 부활의 돌이 그의 얼얼한 손가락에서 미끄러져 떨어졌다. 불빛이 비치는 곳으로 나아가자 부모님, 시리우스와 루핀이 사라지는 것이 곁눈으로 보였다. 그 순간 그에게는 볼드모트를 제외한 어느 누구도 중요하지 않았다. 오직 해리와 볼드모트, 그 두 사람뿐이었다.

환상은 찾아왔을 때만큼이나 금방 사라져 버렸다. 죽음을 먹는 자들이 일제히 자리에서 일어나자 거인들이 괴성을 질렀다. 수많은 외침과 숨 들이켜는 소리, 심지어 웃음소리까지 들렸다. 볼드모트는 제자리에서 꼼짝도 하지 않았지만 그의 붉은 눈은 해리를 발견했다. 볼드모트는 자신을 향해 다가오는 해리를 뚫어지게 바라보았다. 둘 사이에는 오직 모닥불만 있을 뿐이었다.

그때 어떤 목소리가 외쳤다.

"해리! 안 돼!"

해리는 고개를 돌렸다. 근처 나무에 해그리드가 묶여 있었다. 그가 거대한 몸으로 필사적으로 발버둥 치자 머리 위의 나뭇가지가 마구 흔들렸다.

"안 돼! 안 돼! 해리, 너 무슨……?"

"조용히 해!" 롤이 버럭 소리쳤다. 그가 마법 지팡이를 한 번 까딱하자 해그리드는 조용해졌다.

자리에서 벌떡 일어나 있던 벨라트릭스는 흥분으로 가슴을 들썩거리며 기대감에 찬 눈길을 볼드모트에게서 해리에게로 돌렸다. 움직이는 것이라고는 오직 불꽃과, 볼드

모트의 머리 뒤 반짝이는 우리 안에서 똬리를 틀었다 풀었
다 하는 뱀뿐이었다.

해리는 가슴에 닿는 마법 지팡이의 감촉을 느꼈지만 그
것을 뽑으려 들지는 않았다. 그는 뱀이 너무나 완벽하게
보호되어 있다는 것을 알았다. 그리고 그가 마법 지팡이로
그 뱀을 겨냥할 경우, 50개의 저주가 먼저 그를 공격하리
라는 것 또한 알고 있었다. 볼드모트와 해리는 그렇게 계
속 서로를 바라보기만 했다. 이제 볼드모트는 머리를 옆으
로 약간 기울인 채 자기 앞에 서 있는 소년을 유심히 살피
고 있었다. 그 어떤 즐거움도 깃들어 있지 않은 기묘한 미
소가 그의 입술 없는 입가를 비틀었다.

"해리 포터." 그가 아주 조용히 말했다. 그 목소리는 타
닥거리는 모닥불 소리의 일부로 느껴질 정도였다. "살아남
은 소년."

죽음을 먹는 자들 중 누구도 움직일 생각을 하지 않았
다. 그들은 기다리고 있었다. 세상 모든 것이 기다리고 있
었다. 해그리드가 발버둥 치고 있었고 벨라트릭스는 헐떡
거렸다. 무슨 이유에서인지 해리는 지니를 떠올렸다. 그녀
의 눈부신 모습과, 입술에 와닿는 그 입술의 감촉을…….

볼드모트가 지팡이를 들어 올렸다. 그의 머리는, 이대로

계속 가면 과연 무슨 일이 벌어질까 궁금해하는 호기심 많은 어린아이처럼 여전히 한쪽으로 기울어져 있었다. 해리는 그의 새빨간 눈을 다시 들여다보며 지금 당장 그 일이 일어나기를 바랐다. 빨리, 아직 서 있을 수 있을 때, 자제력을 잃기 전에, 그가 두려움을 드러내기 전에…….

그는 그 입이 움직이는 것을, 녹색 빛줄기가 번뜩이는 것을 보았다. 그리고 모든 것이 사라졌다.

35장
킹스크로스

그는 가만히 엎드린 채 침묵에 귀를 기울였다. 그는 완벽히 혼자였다. 그를 지켜보는 사람은 없었다. 그곳에는 아무도 없었다. 자신이 그곳에 존재하는 것인지도 완전히 확신할 수 없었다.

한참 시간이 지난 뒤에, 아니 어쩌면 시간이 전혀 지나지 않았을지도 모르지만, 해리는 자신이 그저 육신을 잃은 정신만은 아닌 게 틀림없다고 생각했다. 왜냐하면 어떤 표면 위에 확실히 엎드려 있었기 때문이다. 그러므로 그에게는 촉각이 있었고, 그가 엎드려 있는 물체도 존재하는 것이었다.

이런 결론에 이르자마자 해리는 자신이 벌거벗고 있다

는 사실을 의식했다. 완전히 혼자라고 확신했기에 크게 걱정되지는 않았지만 약간 호기심이 느껴지기는 했다. 촉감을 느낄 수 있다면 뭔가가 보이기도 할지 궁금했다. 눈을 뜨는 순간 그는 자신에게 눈이 있다는 사실을 깨달았다.

그는 밝은 안개 속에 엎드려 있었다. 다만 그것은 예전에 경험했던 어떤 안개와도 달랐다. 주위가 구름 같은 증기 속에 감춰져 있다기보다는, 구름 같은 증기가 그의 주변을 아직 다 형성하지 못한 것 같았다. 그가 엎드려 있는 바닥은 하얀색인 듯했고, 따뜻하지도 차갑지도 않았으며, 그저 딛고 있을 만한 평평하고 텅 빈 무언가로 존재할 뿐이었다.

그는 몸을 일으켜 앉았다. 다친 곳은 전혀 없는 듯했다. 얼굴을 만져 보았다. 그는 더 이상 안경을 쓰고 있지 않았다.

그때 그를 둘러싸고 있던, 형체를 갖추지 못한 허공을 뚫고 어떤 소리가 들려왔다. 뭔가가 팔딱거리고 부딪치고 마구 몸부림치면서 내는, 부드럽게 쿵쿵대는 작은 소리였다. 애처로우면서도, 한편으로는 살짝 외설적으로 느껴지기도 했다. 뭔가 은밀하고 부끄러운 소리를 엿듣는 듯 불편한 기분이 들었다.

처음으로 그는 옷을 입고 있었으면 했다.

그 생각이 머릿속에 떠오르기 무섭게, 조금 떨어진 곳에 로브가 나타났다. 그는 로브를 가져다 걸쳤다. 옷은 부드럽고 깨끗하고 포근했다. 해리가 뭔가를 바라는 바로 그 순간에 그냥 그렇게 나타나다니 놀라운 일이었다…….

그는 일어서서 주위를 둘러보았다. 거대한 필요의 방에 들어와 있는 걸까? 계속 살펴볼수록 볼 게 더 많아졌다. 커다란 돔형 유리 천장이 머리 위 높은 곳에서 햇빛을 받아 빛났다. 이곳은 아마 궁전인 모양이었다. 모든 것이 고요하고 정지되어 있었다. 안개 속 어딘가 가까운 곳에서 그 이상하게 쿵쿵거리고 낑낑대는 소리만 들려올 뿐…….

해리는 제자리에서 천천히 돌았다. 주변 풍경이 그의 눈앞에서 저절로 만들어지는 것 같았다. 탁 트인 그 공간은 밝고 깨끗했다. 대연회장보다 훨씬 넓고 돔형 유리 천장이 있는 그곳은 텅 비어 있었다. 그는 그곳에 존재하는 유일한 사람이었다. 다만…….

그는 움찔했다. 소리를 내던 존재를 발견한 것이다. 바닥에 웅크린 그것은 작고 벌거벗은 어린아이 같은 형상을 띠고 있었다. 피부가 벗겨진 듯 거칠고 빨간 살이 그대로 드러난 모습이었다. 그것은 아무도 원하는 이 없이 누구의 눈에도 띄지 않게 의자 밑에 처박힌 채, 숨 쉬기 위해 발버둥 치면서 부들부들 떨고 있었다.

해리는 그 존재가 두려웠다. 그것은 작고 약한 데다 상처를 입은 상태였지만 가까이 가고 싶지는 않았다. 그래도 해리는 천천히 다가갔다. 언제든 뒤로 펄쩍 물러설 준비를 하고서. 곧 그는 그것이 손에 닿을 만큼 가까운 곳에 서 있게 되었다. 하지만 그것을 만져 볼 마음은 들지 않았다. 그는 겁쟁이가 된 기분이었다. 그것을 달래 주어야 했지만 혐오감만 들 뿐이었다.

"네가 도울 수는 없단다."

그는 홱 돌아보았다. 바닥에 끌리는 암청색 로브를 입은 알버스 덤블도어가 활기 넘치는 꼿꼿한 모습으로 그를 향해 걸어오고 있었다.

"해리." 그가 두 팔을 활짝 펼쳤다. 손은 양쪽 모두 상처하나 없이 온전하고 깨끗했다. "이 놀라운 녀석. 이렇게 용감할 수가. 좀 걷자꾸나."

덤블도어가 살갗이 벗겨진 채 훌쩍거리며 누워 있는 아이에게서 성큼성큼 걸어가자, 깜짝 놀란 해리는 그 뒤를 쫓아갔다. 덤블도어는 높고 반짝이는 천장 아래, 조금 떨어진 곳에 놓여 있는 두 개의 의자로 해리를 데리고 갔다. 해리는 그제야 거기에 의자가 있다는 사실을 알아차렸다.

덤블도어가 그중 한 의자에 앉자 해리는 남은 의자에 털썩 주저앉아 옛 교장의 얼굴을 뚫어지게 바라봤다. 덤블도어의 긴 은발과 턱수염, 반달 모양 안경 너머로 꿰뚫어 보는 듯한 푸른 눈, 구부러진 코. 모든 것이 해리가 기억하는 모습 그대로였다. 하지만……

"하지만 교수님은 돌아가셨잖아요." 해리가 말했다.

"아, 그렇지." 덤블도어가 아무렇지도 않게 대꾸했다.

"그럼…… 저도 죽은 건가요?"

"아." 덤블도어가 더욱더 활짝 미소 지으며 말했다. "그게 궁금했구나? 전반적으로 보자면, 얘야, 아닌 것 같다."

그들은 서로를 바라보았다. 덤블도어는 여전히 활짝 웃고 있었다.

"아니라고요?" 해리가 되풀이했다.

"그래." 덤블도어가 말했다.

"하지만……." 해리는 본능적으로 번개 모양 흉터를 향해 손을 들어 올렸다. 흉터가 사라진 것 같았다. "하지만 저는 죽었어야 하는데…… 방어하려고 하지도 않았는데요! 그자가 저를 죽이도록 놔둘 작정이었단 말이에요!"

"그리고 그것이……." 덤블도어가 말했다. "그 모든 차이를 만들어 낸 것 같다."

덤블도어에게서 행복감이 빛처럼, 마치 불꽃처럼 뿜어져 나오는 듯했다. 해리는 이 사람이 이토록 순수하게 드러내 놓고 만족스러워하는 모습을 여태껏 한 번도 본 적이 없었다.

"설명해 주세요." 해리가 말했다.

"하지만 넌 이미 알고 있어." 덤블도어가 말했다. 그는 양쪽 엄지를 맞비볐다.

"저는 그자가 저를 죽이게 내버려 뒀어요." 해리가 말했다. "아닌가요?"

"그랬지." 덤블도어가 고개를 끄덕이며 말했다. "계속하거라!"

"그래서 제 안에 있던 그자의 영혼 일부가……."

덤블도어는 더욱 열정적으로 고개를 끄덕이며 해리를 계속 재촉했다. 얼굴에는 격려의 미소가 활짝 떠올라 있었다.

"……사라진 건가요?"

"아아, 그렇지!" 덤블도어가 말했다. "그래, 그자가 자기 영혼을 파괴했다. 네 영혼은 온전하고, 이제 완전히 네 것이란다, 해리."

"하지만 그럼……."

해리는 상처 입은 그 작은 생명체가 의자 밑에서 떨고

있는 곳을 어깨 너머로 힐끔 돌아보았다.

"저건 뭔가요, 교수님?"

"우리 둘 중 누구도 도울 수 없는 존재다." 덤블도어가
말했다.

"하지만 볼드모트가 살해 저주를 걸었다면……." 해리가
다시 입을 열었다. "그리고 이번에는 아무도 저를 대신해서
죽지 않았다면…… 제가 어떻게 살아 있을 수 있는 거죠?"

"그건 너도 알 거라 생각한다만." 덤블도어가 말했다.
"돌이켜 보려무나. 그자가 아무것도 모른 채, 탐욕과 잔인
함에 눈이 멀어 무슨 짓을 저질렀는지."

해리는 생각했다. 그는 주위를 가만히 둘러보았다. 그들
이 앉아 있는 곳이 정말로 궁전이라면, 그곳은 참으로 이
상한 궁전이었다. 의자가 몇 개씩 줄지어 놓여 있고 여기
저기에 토막토막 끊긴 난간이 있었다. 이곳에 있는 존재는
오직 해리와 덤블도어와 의자 밑의 조그만 생명체뿐이었
다. 잠시 후, 별다른 노력을 기울이지 않았는데도 그 답이
해리의 입에서 금방 튀어나왔다.

"그자가 제 피를 가져갔어요." 해리가 말했다.

"바로 그거다!" 덤블도어가 말했다. "그자는 네 피를 가
져다가 자신의 살아 있는 육신을 다시 만들었어! 네 피가

그자의 핏줄에 흐르게 됐다는 얘기다, 해리. 릴리의 보호막이 두 사람 모두의 안에 깃들게 된 거야! 그자기 살아 있는 한, 그자는 너를 삶에 붙잡아 두고 있는 셈이다!"

"그자가 살아 있는 한…… 저도 살아 있는 거라고요? 하지만 제가 생각한 건…… 저는 그 반대라고 생각했는데요! 두 사람 다 죽어야 한다고 생각했어요. 아니, 어느 쪽이든 마찬가지인가요?"

그는 등 뒤에서 그 생명체가 낑낑대고 펄떡거리며 괴로워하는 소리에 정신이 팔려 다시 한 번 그것을 힐끗 돌아보았다.

"정말 아무것도 해 줄 수 없는 거예요?"

"도울 방법이 없다."

"그럼 설명해 주세요……. 더 많은 것들을요." 해리가 말하자 덤블도어는 미소를 머금었다.

"네가 바로 일곱 번째 호크룩스였다, 해리. 그자가 결코 만들 생각이 없었던 호크룩스 말이다. 그자는 자신의 영혼을 너무 불안정하게 만들었어. 그래서 그자가 차마 입에 담을 수 없는 사악한 행위들을 했을 때, 그러니까 네 부모님을 죽이고 어린아이였던 너를 죽이려 했을 때 그자의 영혼은 산산조각 나 버렸다. 하지만 그 방에서 탈출한 것은 그자가 생각한 것보다 하찮은 존재였다. 그자는 그곳에 몸 이상의 무언가를 두고 떠난 게다. 자신의 일부를 너에게 매어 두고 떠난 것이지. 희생될 뻔했지만 살아남은 너에게 말이다. 또한 그자의 지식은 한심할 정도로 끝까지 불완전했단다, 해리! 볼드모트는 자신이 가치가 없다고 생각하는 것을 굳이 이해하려 하지 않았어. 집요정들과 어린아이들의 이야기, 사랑, 의리, 순진무구함에 대해 볼드모트는 아무것도 모르고 이해하지도 못한다. 아무것도. 그것들 모두가 진정 볼드모트 자신을 넘어서는 힘을 가지고 있다는 사실을, 그 어떤 마법의 한계도 넘어서는 힘을 가지고 있다는 사실을 그자는 결코 깨닫지 못했단다. 그자는 자신을 더 강하게 만들어 줄 거라 믿고 네 피를 가져갔어. 네 어머니가 너를 위해 희생하면서 걸어 놓은 마법을 자기 몸에 조금이나마 담은 것이지. 그자의 몸속에 있는 네 어머니의 희생은 여전히 유효하단다. 그 마법이 살아 있는 한 너도, 볼드모트의 마지막 희망도 살아 있게 되는 거야."

덤블도어가 해리를 향해 싱긋 웃었다. 해리는 그를 뚫어지게 바라보았다.

"그럼 교수님은 이걸 알고 계셨어요? 처음부터…… 줄곧?"

"짐작은 했지. 한데 내 짐작은 보통 맞거든." 덤블도어가 기분 좋은 듯 말했다. 그들은 길게만 느껴지는 시간 동안 말없이 앉아 있었다. 그러는 동안 등 뒤의 생명체는 계속 낑낑대면서 부들부들 떨었다.

"또 있어요." 해리가 말했다. "그게 전부가 아닌 것 같은데요. 어째서 제 지팡이가 그자가 빌린 지팡이를 부서뜨린 거죠?"

"그건 나도 잘 모르겠구나."

"그럼 짐작해 보세요." 해리가 말하자 덤블도어는 웃음을 터뜨렸다.

"네가 이해해야 할 것은 말이다, 해리. 너와 볼드모트 경이 지금까지 알려지지도 않았고 검증되지도 않은 마법의 영역을 함께 헤쳐 왔다는 것이다. 물론 내 나름대로 무슨 일이 있었을 거라 짐작하는 바는 있지. 전례가 없는 일이고, 내 생각에는 그 어떤 지팡이 제작자도 예측하거나 볼드모트에게 설명해 준 적이 없는 일일 게다. 이제는 너도 알겠지만, 볼드모트 경은 인간의 모습을 되찾으면서 의도치 않게 너와의 연결을 더욱 강화시켜 버렸다. 그자의 영혼 일부가 여전히 네 영혼에 들러붙어 있었던 데다, 더 강해지려는 생각에 네 어머니의 희생을 자기 안에 일부 받아들였으니까. 그 희생이 가진 힘이 정확히 얼마나 두려운 것인지 알았더라면 감히 네 피에 손을 댈 생각은 안 했겠지……. 하지만 그걸 이해할 수 있었다면 그자는 볼드모트 경이 되지도 않았을 테고, 아예 살인을 저지르지도 않았을 게다. 이렇게 이중의 연결을 확보함으로써 역사상 어떤 마법사들보다도 두 사람의 운명을 단단히 한데 엮은 볼드모트는, 거기에서 그치지 않고 네 것과 같은 심지가 들어 있는 마법 지팡이로 너를 공격했다. 그러자, 우리 둘 다 알다시피 아주 이상한 일이 벌어졌지. 네 지팡이와 자신의 지팡이가 쌍둥이라는 사실을 몰랐던 볼드모트 경의 입장에서는 결코 예상하지 못했던 방식으로 그 심지들이 반응한 거야. 그날 밤, 그자는 너보다도 더 두려움에 떨었다, 해리. 너는 죽을 수도 있다는 사실을 인정하고, 심지어 기꺼이 받아들였지. 그건 볼드모트 경이 결코 할 수 없었던 일이다. 네 용기가 이겼고, 네 지팡이가 그자의 지팡이를 꺾은 거야. 그리고 그때, 두 지팡이 사이에 그 주인들과의 관계를 투영해 주는 어떤 일이 일어났다. 나는 그날 밤 네 지팡이가 볼드모트의 지팡이가 가지고 있던 힘과 속성을 일부 흡수했다고 본다. 다시 말하면, 그 지팡이에 볼드모트의 일부가 담기게 됐다는 얘기지. 그래서 그자가 너를 추격하자, 네 지팡이는 동족이면서 숙적인 그 남자를 알아보고 그자가 가진 마법 일부를 되쏜 거야. 루시우스의 지팡이가 부린 어떤 마법보다도 훨씬 강력한 마법을 말이다. 네 지팡이는 이제 너의 어마어마한 용기와 볼드모트만의 치명적인 기술을 모두 담게 됐지. 루시우스 말포이의 그 가엾은 나무 막대기에게 별 도리가 있었겠느냐?"

"하지만 제 지팡이가 그렇게 강력했다면, 어떻게 헤르미온느가 그걸 부서뜨릴 수 있었던 거죠?" 해리가 물었다.

"얘야, 그 지팡이의 놀라운 힘은, 마법의 가장 심오한 원칙을 그토록 무분별하게 건드린 볼드모트에게만 통한다. 오직 그자에게만 이례적으로 강력한 거란다. 그 점을 제외하면 다른 모든 지팡이들과 똑같지……. 물론, 좋은 지팡이긴 하다만." 덤블도어가 다정하게 말을 마쳤다.

해리는 오랫동안 생각에 잠긴 채 앉아 있었다. 아니, 어쩌면 몇 초 동안이었을지도 모른다. 이곳에서는 시간 같은 것들을 확신하기가 매우 어려웠다.

"그자는 교수님의 지팡이로 저를 죽였어요."

"내 지팡이로 너를 죽이는 데 *실패*했지." 덤블도어가 해리의 말을 바로잡아 주었다. "네가 죽지 않았다는 데는 동의할 거라고 생각한다. 하기야 물론……." 그는 무례한 소

리를 했을까 봐 걱정하는 것처럼 덧붙였다. "네 고통을 과
소평가하려는 건 아니야. 네가 무척 괴로웠으리라는 건 잘
알고 있다."

"그래도 지금은 기분이 아주 좋은데요." 해리가 깨끗하
고 흠집 하나 없는 손을 내려다보며 말했다. "여기가 정확
히 어딘가요?"

"글쎄, 나도 너한테 물어보려 했다만." 덤블도어가 주위
를 둘러보며 말했다. "너라면 여기가 어디라고 대답할 것
같으냐?"

해리는 덤블도어가 묻기 전까지만 해도 모르고 있었지
만, 이제는 대답할 준비가 되었다는 것을 깨달았다.

"제가 보기엔……." 그가 천천히 입을 열었다. "킹스크로
스역 같은데요. 훨씬 깨끗하고 텅 비어 있고 기차가 한 대
도 없긴 하지만요."

"킹스크로스역이라!" 덤블도어가 지나치다 싶을 정도로
낄낄거렸다. "세상에, 정말이냐?"

"그럼, 교수님은 어디라고 생각하시는데요?" 해리가 약
간 변명하는 투로 물었다.

"얘야, 나는 전혀 모른단다. 여긴, 사람들 말을 빌리자
면, 네 앞마당이니까."

해리는 그 말이 무슨 뜻인지 도무지 알 수가 없었다. 덤블도어는 정말 짜증스럽게 굴고 있었다. 해리는 그를 쏘아보다가 이곳이 어디인지 파악하는 것보다 훨씬 급한 질문을 떠올렸다.

"죽음의 성물 말이에요." 해리가 말했다. 그 말에 덤블도어의 얼굴에서 미소가 사라지는 것을 보니 해리는 기분이 좋았다.

"아, 그래." 덤블도어가 말했다. 그는 약간 걱정스럽기까지 한 표정이었다.

"그건요?"

해리가 덤블도어와 만난 이래 처음으로 그는 노인이 아닌 것처럼, 전혀 아닌 것처럼 보였다. 아주 잠깐이지만 그는 못된 짓을 하다가 들킨 꼬마처럼 보였다.

"용서해 주겠느냐?" 덤블도어가 말했다. "널 믿지 않은 날 용서해 줄 수 있겠니? 너에게 말하지 않은 것 말이다. 해리, 나는 그저 내가 실패한 것처럼 너도 실패할까 봐 두려웠단다. 네가 나와 같은 실수를 저지를까 봐 무서웠을 뿐이야. 진심으로 용서를 구한다, 해리. 이제 네가 나보다 나은 사람이라는 걸 알게 된 지 좀 됐단다."

"무슨 말씀이세요?" 덤블도어의 말투와, 그의 눈에 갑작스럽게 괸 눈물에 깜짝 놀란 해리가 물었다.

"성물, 그놈의 성물 말이다." 덤블도어가 중얼거렸다. "물에 빠진 사람에게는 그만한 지푸라기가 없지!"

"하지만 그 성물들은 진짜잖아요!"

"진짜지만 위험하고, 바보들을 낚는 미끼이기도 하다." 덤블도어가 말했다. "그리고 내가 그런 바보였지. 하지만 너는 알고 있지 않느냐? 난 더 이상 너에게 비밀이 없다. 넌 알고 있어."

"제가 뭘 아는데요?"

덤블도어는 몸을 돌려 해리를 마주 보았다. 그의 밝은 푸른색 눈에는 여전히 눈물이 반짝였다.

"죽음의 지배자 말이다, 해리. '죽음'의 지배자! 결국, 과연 내가 볼드모트보다 나은 사람이었을까?"

"당연하죠." 해리가 말했다. "당연하잖아요. 어떻게 그런 질문을 하실 수가 있어요? 교수님은 불가피한 경우가 아니면 결코 사람을 죽이지 않으셨잖아요!"

"그렇지. 그건 사실이다." 덤블도어가 말했다. 그는 위로해 주기를 바라는 어린아이 같았다. "그렇지만 나 역시 죽음을 정복할 방법을 찾으려 했단다, 해리."

"그자와 같은 방식은 아니었죠." 해리가 말했다. 덤블도어에게 그토록 화가 났었는데, 높은 돔 천장 아래에 앉아 스스로를 비난하는 덤블도어를 변호해 주고 있다니 참으로 이상한 일이었다. "성물을 찾았을 뿐이지 호크룩스를 만든 게 아니잖아요."

"성물은……." 덤블도어가 중얼거렸다. "호크룩스가 아니지. 굳이 따지자면."

잠시 침묵이 흘렀다. 그들의 등 뒤에서 그 생명체가 낑낑거렸지만 해리는 더 이상 뒤돌아보지 않았다.

"그린델왈드도 성물들을 찾고 있었나요?" 그가 물었다.

덤블도어는 잠깐 눈을 감더니 고개를 끄덕였다.

"성물은 다른 무엇보다도 우리 두 사람을 결속시켜 주었다." 그가 조용히 말했다. "우리는 같은 집념을 가진 영리하고 오만한 두 소년이었지. 그린델왈드는 고드릭 골짜기에 오고 싶어 했단다. 너도 분명 짐작했겠지만, 이그노투스 페버럴의 무덤이 있기 때문이었지. 삼 형제 중 셋째가 죽은 곳을 살펴보고 싶었던 거야."

"그럼 사실인가요?" 해리가 물었다. "그 모든 게 말이에요. 페버럴 형제가 바로……."

"……그 이야기에 나오는 삼 형제다." 덤블도어가 고개를 끄덕이며 말했다. "그래, 난 그렇게 생각한다. 그들이 외진 길에서 죽음을 만났는지는 잘 모르겠지만…… 나는 페버럴 형제가 그런 강력한 물건들을 만들어 낼 만큼 재능을 타고난 위험한 마법사들이었을 거라고 생각한다. 그 물건들이 죽음이 소유했던 성물이라는 이야기는 내가 보기에 그런 발명품을 둘러싸고 생겨날 법한 전설 같구나. 너도 알다시피, 투명 망토는 여러 시대를 걸쳐 전해 내려왔다. 아버지에게서 아들에게로, 어머니에게서 딸에게로, 이그노투스와 마찬가지로 고드릭 골짜기에서 태어난, 그의 살아 있는 마지막 후손에게까지 말이다."

덤블도어가 해리를 향해 싱긋 웃었다.

"저요?"

"너다. 너도 너희 부모님이 돌아가신 날 밤 그 투명 망토가 내 손에 들어오게 된 이유를 짐작했겠지. 제임스는 죽기 겨우 며칠 전에 그 물건을 내게 보여 주었다. 제임스가 학교에서 그렇게 말썽을 부리고도 들키지 않은 이유를 알겠더구나! 나는 내 눈을 믿을 수 없어서 그 망토를 빌려 달라고 부탁했다. 살펴보려고 말이야. 성물들을 모으겠다는 꿈은 오래전에 포기했지만 나는 저항할 수가 없었다. 더 자세히 살펴보지 않고는 배길 수가 없었어……. 그것은 내가 한 번도 본 적 없는 종류의 망토였다. 굉장히 오래됐고,

어느 모로 보나 완벽했지. ……그러다 너희 아버지가 돌아가시는 바람에 나는 결국 두 가지 성물을 모두 갖게 됐다!"

그의 말투는 견딜 수 없을 만큼 씁쓸했다.

"하지만 투명 망토가 있었어도 부모님이 살아남는 데 도움이 되진 않았을 거예요." 해리가 재빨리 말했다. "볼드모트는 엄마 아빠가 어디 있는지 알고 있었어요. 투명 망토가 두 분을 저주에 무적으로 만들어 줄 수는 없죠."

"그건 사실이다." 덤블도어가 한숨을 쉬었다. "사실이지."

해리는 기다려도 덤블도어가 입을 열지 않자 그를 재촉했다.

"그럼 투명 망토를 봤을 때, 교수님은 이미 성물 찾기를 포기한 상태였던 거예요?"

"아, 그래." 덤블도어가 희미한 목소리로 말했다. 그는 억지로 해리와 눈을 마주치고 있는 듯했다. "무슨 일이 있었는지는 너도 알겠지. 넌 알 거야. 하지만 너는 내가 나 자신을 경멸하는 것 이상으로는 날 경멸할 수 없을 게다."

"하지만 전 교수님을 경멸하지……."

"그럼 경멸해야 한다." 덤블도어가 말했다. 그는 숨을 깊이 들이쉬었다. "너는 내 여동생의 건강이 안 좋았다는 사실에 얽힌 비밀을 알고 있지. 그 머글들이 무슨 짓을 했는

지, 내 여동생이 어떤 처지가 됐는지 말이다. 가엾은 내 아
버지가 어떤 식으로 복수했는지도 알고, 그 대가를 치르다
가 아즈카반에서 돌아가셨다는 것도 알고 있어. 우리 어머
니가 아리아나를 돌보기 위해 자신의 삶을 포기했다는 사
실도 알고. 나는 그게 분했다, 해리."

덤블도어는 감출 것 없다는 듯 차갑게 내뱉었다. 이제
그는 해리의 머리 저 너머를 바라보고 있었다.

"나는 타고난 재능이 있었고 총명했다. 난 탈출하고 싶
었어. 빛나는 존재가 되고 싶었지. 영광을 얻고 싶었다. 그
렇다고 날 오해하지는 말거라." 그가 말했다. 고통이 얼굴
을 스치자 그는 다시 폭삭 늙은 것처럼 보였다. "나는 그들
을 사랑했단다. 부모님을 사랑했고, 남동생과 여동생을 사
랑했어. 하지만 나는 이기적이었다, 해리. 놀라울 정도로
이타적인 네가 상상할 수 없을 만큼 몹시 이기적이었어. 그
래서 어머니가 돌아가시고 온전치 않은 여동생과 다루기
힘든 남동생을 책임져야만 하는 상황이 되자 나는 화가 나
고 씁쓸한 마음으로 고향으로 돌아갔단다. 발목이 잡히고
다 망쳤다고 생각했지! 그러던 중에, 그가 찾아왔다⋯⋯."

덤블도어는 해리의 눈을 다시 똑바로 들여다보았다.

"그린델왈드 말이다. 그의 생각이 나를 얼마나 사로잡았

는지 너는 상상도 못 할 게다, 해리. 그런 생각들이 나를 타오르게 만들었어. 머글들을 복종시킨다. 우리 마법사들이 승리를 거둔다. 그 혁명의 영광스러운 젊은 지도자, 그린델왈드와 나. 아, 양심의 가책은 조금 느꼈지. 나는 공허한 말로 내 양심을 달랬다. 전부 대의를 위한 일이 될 거라고, 어떤 피해가 생기더라도 마법사들에게 백배의 혜택으로 돌아올 거라고 말이다. 나도 마음속 깊은 곳에서는 겔러트 그린델왈드가 어떤 사람인지 알고 있었을까? 그랬던 것 같다. 하지만 나는 눈을 감았다. 우리가 세우고 있던 계획이 결실을 거두기만 하면 내 꿈이 모두 이루어질 테니까 말이야. 그리고 우리 계획의 핵심에는 죽음의 성물이 있었단다! 그 성물들이 그린델왈드를, 아니 우리 두 사람 모두를 얼마나 매료시켰던지! 우리를 권력으로 이끌어 줄 무기인 무적의 지팡이! 부활의 돌은…… 나는 모르는 척했지만, 그린델왈드에게 그것은 인페리우스로 이루어진 군대를 의미했다! 고백하건대 그것은 나에게 부모님의 귀환과 더불어, 내 어깨에 놓인 그 모든 책임을 내려놓는 것을 의미했고 말이야. 그리고 투명 망토……. 어째서인지 우리는 투명 망토에 관한 얘기는 많이 나누지 않았단다, 해리. 둘 다 투명 망토 없이도 모습을 잘 감출 수 있었으니까. 물론 그 망토가 정말 놀라운 이유는, 망토의 주인뿐만 아니라 다른 사람들까지도 보호하고 지켜 줄 수 있기 때문이지만 말이다. 나 또한 투명 망토를 찾기만 하면 아리아나를 숨기는 데 유용할 거라고 생각했다. 하지만 망토에 관심을 가진 건 대체로 그게 있어야 세 가지 성물이 완성되기 때문이었어. 전설에 따르면 그 세 가지 물건을 모두 가진 사람이 죽음의 진정한 지배자가 될 거라고 했으니까. 우리는 그 말을 무적이 된다는 뜻으로 받아들였단다. 그린델왈드와 덤블도어, 세상에 대적할 자가 없는 죽음의 지배자! 광기와 잔혹한 꿈으로 가득했던 그 두 달은 내게, 겨우 둘밖에 남지 않은 가족을 방치한 시간이었단다. 그러다가……너도 무슨 일이 일어났는지 알 게다. 현실은, 거친 데다 교육을 제대로 받지도 못했지만 나보다 훨씬 존경받을 만한 내 남동생의 모습을 하고 내 앞에 다시 나타났다. 나는 애버포스가 나를 향해 외치는 진실을 듣고 싶지 않았다. 연약하고 불안정한 여동생을 데리고 성물을 찾으러 떠날 수는 없다는 말을 듣고 싶지 않았어. 말다툼은 싸움으로 번졌고 결국 그린델왈드가 자제력을 잃고 말았지. 그동안 내가 그린델왈드에게서 언제나 느껴 왔으면서도 모르는 척했던 것들이 끔찍한 모습을 하고 튀어나왔다. 그리고 아리아나는…… 우리 어머니가 그토록 소중히 돌보고 온 신경을 기울였던 그 아이는…… 죽은 채 바닥에 누워 있었다.”

덤블도어가 살짝 숨을 헐떡거리는가 싶더니 진심으로 울기 시작했다. 해리는 손을 내밀었다. 그를 만질 수 있다는 사실이 다행스럽게 여겨졌다. 해리는 덤블도어의 팔을 꽉 잡아 주었고 덤블도어는 차츰 마음을 진정시켰다.

“그린델왈드는 도망쳤다. 나를 빼고 누구나 예상할 수 있는 일이었지. 그는 권력을 손에 쥐려는 계획과 머글들을 핍박하려는 음모와 죽음의 성물에 대한 꿈을 가지고 사라졌다. 내가 기름을 붓고 힘을 보탰던 꿈이지. 그는 도망쳤고, 나는 남겨진 채 내 죄와 끔찍한 슬픔과 내 부끄러운 행동의 대가를 짊어지고 사는 법을 배웠다. 여러 해가 지나자 그린델왈드에 대한 소문이 들려오더구나. 그가 엄청난 힘을 지닌 마법 지팡이를 얻었다는 소문도 들렸다. 한편 나는 마법 정부 총리 자리를 여러 번 제안 받았단다. 당연히 거절했지. 내가 권력을 믿고 맡길 만한 사람이 아니라는 걸 알게 됐으니까.”

“하지만 퍼지나 스크림저보다는 나으셨을 거예요. 훨씬!” 해리가 소리쳤다.

“과연 그랬을까?” 덤블도어가 무거운 목소리로 물었다.

"잘 모르겠다. 나는 아주 젊은 시절에 권력이 나의 약점이
자 나를 유혹하는 것이라는 사실을 증명했다. 이상한 일이
지만, 해리, 아마 권력에 가장 잘 어울리는 사람은 한 번도
권력을 추구한 적이 없는 사람일 게다. 너처럼 어쩔 수 없
이 사람들을 이끄는 역할을 떠맡게 된 사람, 꼭 그래야 하
기 때문에 책임을 떠맡고, 그 자리가 자기한테 잘 어울린다
는 걸 알면 놀라는 사람들 말이다. 나는 호그와트에 있는
편이 더 안전했다. 선생으로서는 괜찮았던 것 같아……."

"교수님은 최고였어요."

"참 다정하기도 하지, 해리. 하지만 내가 어린 마법사들
을 가르치는 일로 바쁘게 지내고 있을 때 그린델왈드는 군
대를 모았다. 사람들은 그자가 나를 두려워한다고 말했고,
아마 실제로도 그랬을 게다. 하지만 내가 그자를 두려워
하는 만큼은 아니었을 거야. 아, 죽는 게 두려웠다는 건 아
니다." 해리의 의아한 시선에 덤블도어가 대답했다. "그자
가 마법으로 나에게 무슨 짓을 할까 봐 두려웠던 건 아니
야. 나는 우리 실력이 막상막하거나, 아마도 내 솜씨가 아
주 약간 더 좋다는 것을 알고 있었단다. 내가 두려워했던
건 진실이야. 그게 말이다, 나는 그 끔찍한 싸움에서 내 여
동생을 죽인 저주를 발사한 사람이 우리 둘 중 누군지 전

혀 몰랐거든. 나를 겁쟁이라고 불러도 좋다. 아마 맞는 말
일 테니까. 해리, 나는 내가 아리아나를 죽게 만든 장본인
이라는 사실을 알게 되는 게 세상 무엇보다도 두려웠다.
비단 내 오만함이나 어리석음 때문만이 아니라, 실제로 그
아이의 목숨을 앗아 간 주문을 날린 사람이 나라는 사실을
알게 될까 봐 두려웠던 거야. 그린델왈드도 알고 있었을
거다. 그는 내가 뭘 두려워하는지 알았을 거야. 나는 그자
를 만나는 일을 미루고 미루다가, 결국 더 이상 저항하면
너무도 수치스러워질 지경에 이르렀지. 사람들이 죽어 나
갔고 결코 그자를 멈출 수 없을 것처럼 보였다. 나는 내가
할 수 있는 일을 해야 했어. 흐음, 그다음에 무슨 일이 일
어났는지는 너도 알고 있지. 내가 그 결투에서 이겼다. 내
가 그 지팡이를 차지한 거야."

　다시 한 번 침묵이 흘렀다. 해리는 덤블도어에게 아리아
나를 죽인 사람이 누구인지 알아냈느냐고 묻지 않았다. 그
는 알고 싶지 않았다. 하물며 덤블도어가 직접 말해 주는
일은 더더욱 바라지 않았다. 이제야 그는 덤블도어가 소망
의 거울을 들여다봤을 때 무엇을 보았을지, 해리가 그 거
울에 사로잡힌 까닭을 어째서 덤블도어가 그토록 잘 이해
했는지 알게 되었다.

그들은 오랫동안 침묵 속에 앉아 있었다. 등 뒤 생명체가 낑낑거리는 소리는 이제 별로 거슬리지도 않았다.

마침내 해리가 입을 열었다. "그린델왈드는 볼드모트가 그 지팡이를 쫓지 못하게 막으려고 했어요. 그 지팡이를 한 번도 가져 본 적이 없는 척 거짓말을 했죠."

덤블도어는 자신의 무릎을 내려다보며 고개를 끄덕였다. 구부러진 코에는 아직도 눈물이 반짝이고 있었다.

"사람들 말로는 그린델왈드가 말년에 후회하는 모습을 보였다고 하더구나. 홀로 누멘가드의 감방에 있으면서 말이야. 그게 사실이었으면 좋겠다. 나는 그자가 자신이 저지른 일에 두려움과 수치심을 느꼈다고 생각하고 싶어. 아마 볼드모트에게 한 거짓말도 자기 잘못을 보상하려는 시도였을 거다……. 볼드모트가 성물을 차지하지 못하도록 막으려 한 게지……."

"……아니면 교수님의 무덤을 파헤치지 못하게 하려고 그랬던 걸까요?" 해리가 말하자 덤블도어는 눈물을 훔쳤다.

잠깐의 침묵이 흐른 뒤 해리가 말했다. "교수님은 부활의 돌을 쓰려고 하셨죠."

덤블도어가 고개를 끄덕였다.

"아주 오랜 시간이 지나서 그 돌, 내가 무엇보다도 열망

했던 그 성물이 곤트 가족의 버려진 집에 묻혀 있는 것을 발견했을 때, 물론 젊었을 적에는 전혀 다른 이유로 원했던 것이긴 하다만, 나는 정신이 나가 버렸다, 해리. 난 그것이 이제 호크룩스가 되었다는 사실을, 그 반지에 분명 저주가 걸려 있으리라는 사실을 싹 잊어버렸어. 나는 반지를 집어 들고 손가락에 끼웠다. 잠깐은 아리아나와 어머니, 아버지를 만나 내가 그들에게 얼마나, 얼마나 미안해하고 있는지 말할 수 있을 거라고 생각했단다……. 내가 그렇게 어리석었다, 해리. 그 오랜 세월이 지났는데도 배운 게 없었어. 나는 죽음의 성물을 모두 가질 만한 자격이 없는 사람이었고, 그 점을 몇 번이고 증명해 왔어. 그 사건이 마지막 증거였지."

"그게 왜요?" 해리가 말했다. "그건 자연스러운 일이에요! 교수님은 그분들을 다시 보고 싶어 하셨어요. 그게 뭐가 잘못된 건데요?"

"어쩌면 백만 명에 한 명쯤은 성물을 다 모을 수도 있을 거다, 해리. 나는 그중에서 가장 천한 것, 가장 특별할 것 없는 성물에나 어울리는 사람이었어. 나는 딱총나무 지팡이를 소유하기에 적합한 사람이었다. 그걸 갖고 뽐내거나 누군가를 죽이기 위해서, 뭔가 이득을 얻기 위해서가 아니라 다른 사람들을 구하기 위해서 그 지팡이를 얻어 냈으니 그것을 길들여 사용할 수 있도록 허락을 받은 거다. 하지만 투명 망토는 헛된 호기심에 가져간 것이니, 내가 사용할 때는 결코 진짜 주인인 네가 사용할 때와 같은 힘을 발휘할 리가 없었지. 부활의 돌의 경우, 나라면 너처럼 자기희생을 실현하기 위해서가 아니라, 안식하고 있는 사람들을 다시 끌어내려고 사용했을 거다. 너야말로 그 성물들의 진정한 주인이란다."

덤블도어가 해리의 손을 두드리자 해리는 노인을 올려다보며 미소 지었다. 어쩔 도리가 없었다. 지금 상황에서 어떻게 계속 덤블도어에게 화를 낼 수 있겠는가?

"일을 왜 이렇게 어렵게 만드신 거예요?"

덤블도어의 미소가 살짝 흔들렸다.

"해리, 미안하지만 나는 그레인저 양이 네 행보를 늦춰 줄 거라고 믿었다. 네 성급한 마음이 선량한 마음보다 앞설지 모른다는 걱정이 들었어. 나는 그 매혹적인 물건들에 관한 사실을 너에게 대놓고 알려 주면 네가 나처럼 엉뚱한 순간에, 엉뚱한 이유로 성물을 차지하게 되지는 않을까 두려웠다. 만약 네가 성물을 손에 넣는다면 그것들을 안전하게 소유했으면 한 거야. 네가 진정한 죽음의 지배자가 된 것은 죽음으로부터 도망치려 하지 않기 때문이란다. 진정한 죽음의 지배자는 자신이 죽어야 한다는 사실을 받아들이고, 세상을 살아가는 데는 죽는 것보다 훨씬 끔찍한 일들이 있다는 사실을 아는 사람이니까."

"그런데 볼드모트는 성물에 관해서 전혀 몰랐나요?"

"그랬을 게다. 부활의 돌을 알아보지 못하고 호크룩스로 만들어 버린 걸 보면 말이야. 그러나 성물에 대해 알았더라도, 해리, 그자가 첫 번째를 제외한 나머지 성물에 관심을 기울였을 거라는 생각은 들지 않는구나. 그자는 자기한테 투명 망토 같은 건 필요 없다고 생각했을 거다. 그리고 부활의 돌이야 뭐, 그자가 죽음에서 되살리고 싶은 사람이 있었겠느냐? 그자는 죽은 사람들을 두려워한단다. 사랑하는 게 아니라."

"하지만 볼드모트가 그 지팡이를 쫓을 거라는 건 예상하셨죠?"

"나는 리틀 행글턴의 묘지에서 네 지팡이가 볼드모트의 지팡이를 물리친 뒤로 그자가 줄곧 그런 시도를 할 거라고 확신했다. 처음에 그자는 네가 월등한 실력으로 자신을 꺾었다는 사실에 겁을 먹었다. 하지만 올리밴더를 납치하고 나서 쌍을 이루는 심지의 존재를 알게 됐지. 볼드모트는 그걸로 모든 것이 설명됐다고 생각했다. 그러나 빌린 지팡이도 네 것을 상대로는 별반 다를 게 없었어! 그래서 볼드모트는 네 안에 있는 어떤 자질이 네 지팡이를 강력하게 만든 건 아닌지, 또는 자신한테는 없는 재능이 너한테 있는 건 아닌지 스스로에게 묻는 대신, 당연하다는 듯 그 어떤 지팡이라도 물리친다는 단 하나의 지팡이를 찾아 나섰다. 그자에게 딱총나무 지팡이는 너를 향한 집착에 견줘도 될 법한 또 다른 집착이 되었지. 그자는 딱총나무 지팡이가 그의 마지막 약점을 없애고 그를 진정 무적으로 거듭날 수 있게 해 줄 거라 믿었단다. 가엾은 세베루스⋯⋯."

"스네이프와 함께 교수님의 죽음을 계획하셨다면, 교수님은 결국 스네이프가 딱총나무 지팡이를 갖게 할 생각이셨던 거죠?"

"그게 내 의도였다는 건 인정한다." 덤블도어가 말했다. "하지만 내 의도대로 되지 않았지. 안 그러냐?"

"네." 해리가 말했다. "그 부분은 제대로 안 됐어요."

등 뒤의 생명체가 움찔거리며 신음했다. 해리와 덤블도어는 이제껏 가장 오랜 시간 동안 아무 말도 하지 않고 앉아 있었다. 기나긴 몇 분이 흐르는 동안, 앞으로 무슨 일이 일어날지에 대한 깨달음이 마치 부드럽게 내리는 눈처럼 해리의 머릿속에 천천히 찾아들었다.

"전 돌아가야겠죠?"

"그건 너에게 달린 문제란다."

"제가 선택할 수 있어요?"

"아아, 물론이다." 덤블도어가 그에게 미소 지었다. "여기가 킹스크로스라고 했지? 네가 돌아가지 않는 쪽을 선택한다면…… 예를 들어서…… 기차에 오를 수 있겠지."

"그럼 기차가 절 어디로 데려가나요?"

"앞으로." 덤블도어가 간단하게 말했다.

다시 침묵이 이어졌다.

"볼드모트가 딱총나무 지팡이를 차지했어요."

"사실이다. 볼드모트가 딱총나무 지팡이를 가지고 있지."

"그런데 제가 돌아가기를 바라신다고요?"

"내 생각에……." 덤블도어가 말했다. "네가 돌아가는 쪽을 선택한다면, 그자가 영원히 끝장날 수도 있을 것 같다. 장담은 못 하겠구나. 하지만 이건 확실하단다, 해리. 네가 돌아간다면, 너보다는 볼드모트가 더 두려워해야 할 거야."

해리는 멀리 떨어진 의자 밑 어둠 속에서 부들부들 떨며 낑낑거리는, 살갗이 벗겨진 것처럼 보이는 그것을 힐끔 바라보았다.

"죽은 자들을 불쌍히 여기지 말아라, 해리. 산 자들을 가엾게 여기고, 무엇보다도 사랑 없이 사는 사람들을 가엾게 여기거라. 돌아간다면, 너는 훼손될 영혼들과 찢겨 나갈 가족들의 수를 줄일 수 있다. 너에게 그것이 가치 있는 목표로 보인다면 지금은 일단 작별 인사를 나누자꾸나."

해리는 고개를 끄덕이고 한숨을 쉬었다. 이곳을 떠나는 일은 금지된 숲으로 걸어 들어가던 때와 비교도 할 수 없을 만큼 쉬울 것이다. 하지만 이곳은 따뜻하고 밝고 평화로운 곳이었다. 돌아간다는 건 더 많은 상실로 인한 고통과 두려움을 향해 되돌아가는 일이라는 것을 해리는 알고 있었다. 그가 자리에서 일어서자 덤블도어도 따라 일어났다. 그들은 서로의 얼굴을 오랫동안 바라보았다.

"마지막으로 한 가지만 말씀해 주세요." 해리가 말했다. "이게 현실인가요? 아니면 전부 제 머릿속에서 일어나는 일인가요?"

덤블도어는 그를 보며 활짝 웃었다. 밝은 안개가 다시 내려앉으면서 덤블도어의 모습을 가렸지만, 그의 목소리는 해리의 귀에 크고 우렁차게 들렸다.

"당연히 네 머릿속에서 일어나는 일이다, 해리. 그렇다고 그게 현실이 되지 말라는 법이 있느냐?"

36장
틀어진 계획

그는 다시 땅바닥에 엎드려 있었다. 금지된 숲의 냄새가 콧속을 가득 채웠다. 뺨 아래로 차갑고 단단한 땅이 느껴졌고, 쓰러질 때의 충격으로 옆으로 짓눌린 안경의 이음매가 관자놀이를 파고드는 것도 느낄 수 있었다. 온몸 구석구석이 쑤셨고, 살해 저주가 명중한 곳은 강철 주먹에 맞아 멍이 든 것 같았다. 그는 꼼짝도 하지 않고 쓰러진 자리에 그대로 있었다. 왼팔은 이상한 각도로 구부러져 있고 입은 쩍 벌린 채였다.

그는 그의 죽음을 기뻐하면서 내지르는 승리에 가득 찬 환호성이 들릴 거라고 생각했지만, 그러는 대신 다급한 발소리와 속닥거리는 소리, 걱정스럽게 웅성거리는 소리만이 허공을 가득 채우고 있었다.

"주인님…… 주인님……."

벨라트릭스의 목소리가 들렸다. 그녀는 마치 연인에게 말하듯 속삭이고 있었다. 해리는 감히 눈을 뜰 생각은 못하고, 다른 감각들을 동원해 상황을 파악하려고 했다. 그는 자신의 마법 지팡이가 로브 안에 아직 그대로 꽂혀 있는 것을 알았다. 가슴과 땅바닥 사이에서 지팡이가 눌리는 감촉이 느껴졌기 때문이다. 배 언저리의 뭔가 푹신푹신한 느낌을 통해, 투명 망토 역시 눈에 띄지 않는 곳에 잘 넣어져 있는 것도 알 수 있었다.

"주인님……."

"그만 됐다." 볼드모트의 목소리가 들려왔다.

더 많은 발소리가 들렸다. 몇몇 사람들이 제자리에서 우르르 물러나고 있었다. 해리는 무슨 일이 벌어지고 있는지, 어떻게 된 영문인지 알고 싶은 절박한 마음에 눈을 아주 가느다랗게 떴다.

볼드모트가 자리에서 일어서고 있는 것 같았다. 죽음을 먹는 자들이 황급히 그에게서 물러나며, 공터에 둘러선 무리 쪽으로 돌아가고 있었다. 오직 벨라트릭스만이 볼드모트 곁에 남아 무릎을 꿇고 있었다.

해리는 다시 눈을 감고, 방금 본 것에 대해 생각했다. 죽음을 먹는 자들이 볼드모트의 주위를 둘러싸고 있었다. 그자는 땅바닥에 쓰러졌던 듯했다. 그자가 살해 저주로 해리를 명중시켰을 때 무슨 일이 벌어진 것이다. 볼드모트 또한 쓰러졌던 걸까? 그런 것 같았다. 그렇게 둘 다 잠깐 동안 정신을 잃었고, 이제는 둘 다 정신이 돌아와 있었다…….

"주인님, 제가……."

"도움은 필요 없다." 볼드모트가 차갑게 말했다. 볼 수는 없었지만, 벨라트릭스가 도와주려던 손을 거두는 모습이 해리의 눈앞에 그려졌다. "아이는…… 아이는 죽었느냐?"

완전한 침묵이 공터를 가득 메웠다. 해리에게 다가오는 자는 아무도 없었지만, 해리는 그들의 시선이 집중되는 것을 느꼈다. 그 시선들이 해리를 땅바닥에 더 세게 짓누르는 듯했다. 해리는 손가락 하나, 눈꺼풀 하나라도 움찔거릴까 봐 두려웠다.

"너." 볼드모트가 말하자 큰 소리와 작은 고통의 비명이 이어졌다. "아이를 살펴봐라. 내게 아이가 죽었는지 살았는지 말해라."

해리는 누가 확인하러 오는지 알 수 없었다. 그가 할 수 있는 일이라고는 그저 그가 살아 있다는 사실을 드러낼 것처럼 쿵쾅거리는 가슴을 안고 그 자리에 누워 누군가가 살펴보러 오기를 기다리는 것뿐이었다. 하지만 그와 동시에 해리는 볼드모트가 자신에게 다가오지 않는 이유가 그를 경계하기 때문이라는 것을, 모든 것이 계획대로 되지 않았다고 의심하고 있기 때문이라는 것을 알아차렸다. 그렇다고 그것이 대단한 위안이 되는 건 아니었지만…….

해리가 예상했던 것보다 부드러운 손이 그의 얼굴을 만졌다. 그 손은 그의 눈꺼풀을 뒤집어 보고, 셔츠 속으로 기어들어 가 가슴까지 내려오더니 심장박동을 확인해 보았다. 여자의 빠른 숨소리가 들렸고, 긴 머리카락이 그의 얼굴을 간질였다. 해리는 그녀가 그의 갈비뼈 아래서 끊임없이 뛰고 있는 생명력을 감지할 수 있다는 것을 깨달았다.

"드레이코는 살아 있어? 성안에 있니?"

거의 들리지 않을 정도의 속삭임이었다. 그녀가 해리의 귀에 입술을 바짝 대고 머리를 깊숙이 숙이고 있는 탓에 그 긴 머리카락이 지켜보는 사람들로부터 해리의 얼굴을 가려 주었다.

"네." 그가 숨죽여 대꾸했다.

그는 가슴에 놓인 손이 쥐어지는 것을 느꼈다. 그녀의 손톱이 그의 살을 파고들었다. 잠시 후 그 손이 거둬졌다.

그녀는 몸을 일으켜 앉았다.

"죽었습니다!" 나르시사 말포이가 지켜보던 자들에게 소리쳤다.

그제야 그들은 함성을 내질렀다. 죽음을 먹는 자들이 승리의 환호성을 내뱉으며 발을 굴렀다. 해리는 눈꺼풀 너머로 축하의 의미를 담은 빨간색과 은색 빛줄기가 공중으로 쏘아 올려지는 광경을 보았다.

여전히 땅바닥에 죽은 척 누운 채, 그는 어떤 상황인지를 파악했다. 나르시사는 호그와트에 들어가서 아들을 찾도록 허락받을 유일한 방법은 개선 행렬에 동참하는 것뿐이라는 사실을 알고 있었다. 그녀는 볼드모트가 이기든 말든 더 이상 신경 쓰지 않았다.

"보았느냐?" 볼드모트가 그 소란을 누르고 큰 소리로 외쳤다. "해리 포터는 내 손에 죽었다. 이제는 살아 있는 그 어떤 자도 나를 위협할 수 없다! 봐라! 크루시오!"

해리는 이미 그런 일을 예상하고 있었다. 자신의 몸이 금지된 숲 바닥에 멀쩡한 상태로 남겨지진 않을 거라는 것을, 볼드모트의 승리를 증명하기 위해 치욕을 당해야 한다는 것을 알고 있었다. 그는 공중으로 들어 올려졌다. 축 늘어진 자세를 유지하기 위해 온 마음을 다잡았지만, 예상했던 고통은 찾아오지 않았다. 그는 한 번, 두 번, 세 번 공중으로 내던져졌다. 안경이 날아가고 로브 아래서 마법 지팡이가 조금 미끄러지는 것이 느껴졌지만 그는 계속 축 늘어진 채 생기 없는 몸을 유지했다. 마침내 그가 땅바닥으로 떨어졌을 때 공터에는 야유와 날카로운 웃음소리가 울려 퍼졌다.

"이제" 하고, 볼드모트가 말했다. "성으로 들어가서 놈들의 영웅이 어떤 꼴을 당했는지 보여 줄 것이다. 누가 시체를 끌고 가겠느냐? 아니, 잠깐……."

또다시 웃음이 터졌고, 잠시 후 해리는 몸 아래 땅이 흔들리는 것을 느꼈다.

"네가 옮겨라." 볼드모트가 말했다. "네가 안고 있으면 잘 보이겠지. 안 그러냐? 네 작은 친구를 들어 올려라, 해그리드. 그리고 안경, 안경을 씌워라. 이 아이가 누군지 똑똑히 알 수 있도록."

누군가가 거칠게 해리의 안경을 그의 얼굴에 씌웠지만, 그를 공중으로 들어 올리는 거대한 손길은 매우 부드러웠다. 해리는 해그리드가 흐느끼며 들썩이느라 그의 두 팔이 떨리는 것을 느꼈다. 해그리드가 해리를 안아 들자 굵직한 눈물방울이 해리의 몸 위로 철퍽철퍽 떨어졌다. 해리는 몸을 움직이거나 말을 해서 해그리드에게 아직 다 끝난 것은 아니라고 슬쩍 알려 줄 엄두가 나지 않았다.

"이동해라." 볼드모트가 말하자 해그리드는 비틀거리며 앞으로 나아갔다. 그는 빽빽하게 자란 나무들 사이를 헤치고 금지된 숲을 걸어갔다. 나뭇가지들이 머리카락과 로브에 걸렸지만 해리는 입을 벌리고 눈을 감은 채 잠잠히 축 늘어져 있었다. 어둠 속에서, 죽음을 먹는 자들은 환호성을 질러 댔고 해그리드는 앞을 못 볼 정도로 흐느꼈다. 해리 포터의 드러난 목에서 맥박이 뛰고 있는지 어떤지 보려는 자는 아무도 없었다…….

거인 두 명이 길을 짓뭉개며 죽음을 먹는 자들을 뒤따랐다. 그들이 지나가자 나무들이 우지끈하고 넘어지는 소리가 들렸다. 거인들이 요란한 소음을 내는 바람에 새들은 날카롭게 울면서 하늘로 날아올랐고 죽음을 먹는 자들의 야유마저 묻혀 버렸다. 의기양양한 행렬은 탁 트인 교정을 향해 행진을 계속했고, 잠시 후 해리는 감긴 눈꺼풀 너머로 어두웠던 주위가 밝아지는 것을 느끼고 나무들이 듬성듬성해지기 시작했다는 것을 알았다.

"베인!"

해그리드의 예기치 못한 고함 소리에 해리는 하마터면

눈을 뜰 뻔했다. "이제 만족하냐? 싸우지 않은 것 말이야, 이 겁쟁이 말들아. 해리 포터가 주, 죽어서 만족……."

해그리드는 말을 잇지 못하고 또다시 울음을 터뜨렸다. 해리는 얼마나 많은 켄타우로스들이 지나가는 행렬을 지켜보고 있는지 궁금했지만 감히 눈을 뜨지는 못했다. 죽음을 먹는 자 몇 명이 켄타우로스들을 지나치며 그들에게 큰 소리로 욕설을 내뱉었다. 잠시 후 해리는 상쾌해지는 공기를 느끼고 숲 가장자리에 이르렀다는 사실을 깨달았다.

"서라."

해리는 해그리드가 약간 움찔거리는 것을 보고 그가 어쩔 수 없이 볼드모트의 명령에 따르고 있는 거라 생각했다. 그들이 서 있는 곳에 냉기가 엄습해 오고 있었다. 숲 외곽을 순찰하는 디멘터들의 거친 숨소리가 들렸다. 이제는 디멘터들도 해리에게 영향을 끼치지 못할 것이다. 살아남았다는 사실이 그의 마음속에서 활활 타오르면서 디멘터들을 물리치는 부적이 되어 주었다. 아버지의 수사슴이 그의 심장에서 경계를 서고 있는 것만 같았다.

누군가가 해리 옆을 지나갔다. 해리는 그 사람이 볼드모트라는 사실을 알아차렸다. 잠시 후 그자가 입을 열자 마법으로 확대된 목소리가 해리의 고막을 터뜨리다시피 하면서 교정 전체에 울려 퍼졌다.

"해리 포터는 죽었다. 너희가 녀석을 위헤 목숨을 내놓고 싸우는 와중에 혼자 목숨을 구하려고 도망치다가 살해당했다. 너희들의 영웅이 죽었다는 증거로 그의 시체를 가져왔다. 우리는 전투에서 승리했고 너희는 전사 절반을 잃었다. 죽음을 먹는 자들은 너희보다 수가 많으며, '살아남은 아이'는 죽었다. 더 이상 전쟁이 지속돼서는 안 된다. 계속 저항하는 자는 남자, 여자, 어린아이 할 것 없이 모두 도륙당할 것이다. 그들의 가족도 마찬가지다. 당장 성에서 나와 내 앞에 무릎을 꿇으면 목숨만은 살려 주겠다. 너희 부모와 자식, 형제, 자매 들은 살아서 용서받을 것이며, 너희는 나와 함께 새로운 세상을 만들어 나가게 될 것이다."

교정과 성에는 침묵만이 흘렀다. 볼드모트가 너무 가까이 있어서 해리는 감히 다시 눈을 뜰 생각을 하지 못했다.

"가자." 볼드모트가 말했다. 해리는 그자가 앞으로 나아가는 소리를 들었다. 해그리드는 어쩔 수 없이 그 뒤를 따랐다. 해리는 눈을 아주 가느다랗게 뜨고, 어느새 마법 우리에서 풀려난 거대한 뱀 내기니를 어깨에 두른 채 맨 앞에서 성큼성큼 걸어가는 볼드모트를 보았다. 하지만 사방이 천천히 밝아지는 가운데 죽음을 먹는 자들이 양옆으로 행진하고 있는 상황에서, 들키지 않고 로브 밑에 숨겨 둔 마법 지팡이를 꺼낼 방법은 전혀 없었다…….

"해리." 해그리드가 흐느껴 울었다. "아, 해리…… 해리……."

해리는 다시 눈을 질끈 감았다. 성이 가까워지고 있음을 알아챈 그는 귀를 바짝 기울이고 죽음을 먹는 자들의 들뜬 목소리와 쿵쿵거리는 발소리 너머로 성 안쪽에서 들려오는 살아 있는 사람들의 기척을 구분해 내려고 애썼다.

"멈춰라."

죽음을 먹는 자들이 멈춰 섰다. 해리는 그들이 활짝 열린 학교 정문을 마주 보며 한 줄로 늘어서는 소리를 들었다. 눈꺼풀이 감겨 있는데도 그 사이로 불그스름한 빛이 보였다. 현관홀에서 쏟아져 나온 빛이 해리를 비추고 있는 게 분명했다. 그는 기다렸다. 그가 목숨을 던져서 지키려고 했던 사람들이 당장에라도 그를 보게 될 것이다. 해그리드의 품에 죽은 듯 안겨 있는 그를.

"안 돼!"

그 비명이 더 끔찍하게 느껴진 건, 맥고나걸 교수가 그런 소리를 내리라고는 꿈에서라도 예상하지 못했기 때문이었다. 해리는 가까이에서 어떤 여자가 웃는 소리를 들고, 벨라트릭스가 맥고나걸의 절망을 즐기고 있다는 것을 알았다. 그는 아주 짧은 순간 다시 실눈을 뜨고, 활짝 열린 문 앞이 사람들로 가득 차 있는 광경을 보았다. 전투에서 살아남은 사람들이 정복자들을 마주하기 위해, 해리가 죽었다는 사실을 직접 확인하기 위해 현관 계단으로 나오고 있었다. 그는 볼드모트가 조금 앞에 서서 허여멀건 손가락으로 내기니의 머리를 쓰다듬는 모습을 보았다. 그러고는 다시 눈을 감았다.

"안 돼!"

"*아니야!*"

"해리! **해리!**"

론과 헤르미온느, 지니의 목소리는 맥고나걸의 목소리보다 더 참담했다. 해리는 마주 소리치고 싶은 마음이 굴뚝같았지만 그저 조용히 누워 있었다. 그들의 울부짖음이 방아쇠 같은 역할을 하면서, 살아남은 사람들의 무리도 그 이유를 깨닫고는 뒤이어 비명을 지르고 죽음을 먹는 자들을 향해 험악한 말을 퍼부었다.

"**조용!**" 볼드모트가 소리쳤다. 굉음과 함께 밝은 빛이 번뜩이더니 모두를 침묵하게 만들었다. "이제 끝났다! 아이를 내려놔라, 해그리드. 내 발아래, 그 아이가 있어야 할

곳에 말이다!"

해리는 자기 몸이 풀밭에 내려지는 것을 느꼈다.

"보이느냐?" 볼드모트가 말했다. 해리는 그자가 자신이 누워 있는 곳 옆을 왔다 갔다 하는 것을 느꼈다. "해리 포터는 죽었다! 이제 알겠느냐, 망상에 사로잡힌 자들이여? 이 아이는 처음부터 아무것도 아니었다. 그저 자신을 위해 희생해 줄 다른 사람들에게 의존한 소년일 뿐이었다!"

"해리는 널 이겼어!" 론이 외치자 마법이 깨졌다. 호그와트를 지키는 이들이 다시 목소리를 높여 소리쳤다. 그때, 더욱 큰 굉음이 그들의 목소리를 한 번 더 꺼뜨렸다.

"이 아이는 교정에서 몰래 빠져나가려다 살해됐다." 볼드모트가 말했다. 그의 목소리에는 이 거짓말을 즐기는 기색이 역력했다. "제 한 몸 지키려다가 죽었……."

하지만 볼드모트는 말을 멈췄다. 실랑이를 벌이는 소리와 고함 소리가 들리더니, 이어서 또 한 번의 폭발음과 섬광, 고통의 신음이 터져 나왔다. 해리는 아주 살짝 눈을 떴다. 사람들 사이에서 빠져나온 누군가가 볼드모트에게 돌진한 것이다. 해리는 그 누군가가 무장해제를 당한 채 땅바닥에 쓰러지는 모습을 보았다. 볼드모트는 그 도전자의 마법 지팡이를 옆으로 내던지고 웃음을 터뜨렸다.

"이게 누구신가?" 그자가 뱀처럼 식식거리는 소리로 나직이 물었다. "싸움에 지고두 계속 싸우려는 자에게 무슨 일이 벌어지는지 몸소 보여 주려는 거냐?"

벨라트릭스가 신이 나서 웃었다.

"네빌 롱보텀입니다, 주인님! 캐로 남매를 그렇게 고생시키던 아이입니다! 그 오러들의 아들이지요. 기억하십니까?"

"아, 그래, 기억난다." 볼드모트가 네빌을 내려다보며 말했다. 네빌은 다시 일어서려 애썼다. 곧 살아남은 사람들과 죽음을 먹는 자들 사이의 중간 지점에 우뚝 선 그는 무장도 하지 않고 보호도 받지 못한 상태였다. "하지만 너는 순수 혈통이 아닌가, 용감한 소년이여?" 볼드모트가 네빌에게 물었다. 네빌은 빈주먹을 불끈 쥔 채 그자를 마주 보고 섰다.

"그래서 뭐?" 네빌이 큰 소리로 말했다.

"너에게서 기백과 용기가 보인다. 게다가 고귀한 혈통을 갖고 있기도 하지. 너는 매우 가치 있는 죽음을 먹는 자가 될 것이다. 우리에게는 너 같은 사람이 필요하다, 네빌 롱보텀."

"지옥불이 얼어붙으면 함께할게." 네빌이 말했다. "덤블도어의 군대!" 그가 소리치자 사람들 사이에서 응답하는 환호성이 터져 나왔다. 볼드모트의 침묵 마법도 그 함성을 막을 수 없는 듯했다.

"멋지군." 볼드모트가 말했다. 해리의 귀에는 가장 강력한 저주를 외치는 소리보다 그 부드러운 목소리가 더 위험하게 들렸다. "그게 너의 선택이라면, 롱보텀, 우리는 원래 계획으로 돌아간다. 목을 내놓고 결정을 내렸다면⋯⋯." 그자가 조용히 말했다. "책임을 져야지."

속눈썹 사이로 그 광경을 지켜보던 해리는 볼드모트가 지팡이를 휘두르는 모습을 보았다. 잠시 후, 성의 부서진 창문 한 곳에서 괴상하게 생긴 새 같은 것이 어스름을 뚫고 날아오더니 볼드모트의 손에 내려앉았다. 그자는 낡아 빠진 그 물건의 뾰족한 끝을 잡고 들어 올렸다. 텅 비고 너덜너덜한 채 그자의 손에 대롱대롱 매달려 있는 것은 바로 기숙사 배정 모자였다.

"호그와트 마법 학교에서 더 이상 기숙사 배정 같은 건 열리지 않을 것이다." 볼드모트가 말했다. "이제 기숙사가 여러 개 있지도 않을 것이다. 나의 고귀한 조상, 살라자르 슬리데린의 문장과 방패와 색깔이면 모두에게 족할 테니까. 그렇지 않느냐, 네빌 롱보텀?"

그자가 마법 지팡이로 네빌을 겨누자 네빌은 점점 몸이

굳더니 꼼짝도 하지 못했다. 그런 다음 모자가 네빌의 머리에 억지로 씌워지더니 그의 눈 밑까지 미끄러져 내려왔다. 성 앞에서 지켜보던 사람들이 술렁거리자, 죽음을 먹는 자들은 한 몸이라도 된 듯 일제히 마법 지팡이를 들어 호그와트 전사들의 움직임을 막았다.

"이제부터 여기 있는 네빌이 나한테 계속 반항하는 어리석은 자들에게 어떤 일이 일어나는지 보여 줄 것이다." 볼드모트가 말했다. 그가 지팡이를 까딱하자 기숙사 배정 모자가 불길에 휩싸였다.

비명들이 새벽을 갈랐고, 네빌은 불이 붙은 채 그 자리에 못 박혀 꼼짝하지 못했다. 해리는 더 이상 견딜 수 없었다. 행동해야 했다…….

그리고 그 순간 동시에 많은 일들이 벌어졌다.

저 멀리 학교 경계 바깥에서부터 어마어마한 소란이 시작되는가 싶더니, 수백 명은 되는 듯한 사람들이 시야 밖에 있는 성벽을 뛰어넘어 전투의 함성을 내지르며 성을 향해 돌진하는 소리가 들려왔다. 그와 동시에 그롭이 느릿느릿 성 옆을 돌아 나와 **"해거!"** 하고 외쳤다. 그의 외침에 볼드모트 편에 있는 거인들이 고함으로 응답하며 수컷 코끼리들처럼 그롭을 향해 달려가는 바람에 땅이 흔들렸다. 뒤

이어 말발굽 소리와 활시위 튕기는 소리가 들려오더니 돌연 죽음을 먹는 자들 위로 화살이 떨어졌다. 죽음을 먹는 자들은 깜짝 놀라 소리를 지르며 대열을 무너뜨렸다. 해리는 로브 안에서 투명 망토를 꺼내 뒤집어쓰고 벌떡 일어났다. 그때 네빌도 움직였다.

네빌은 단 한 번의 날쌔고 매끄러운 동작으로, 자신에게 걸려 있던 전신 묶기 저주에서 풀려났다. 불타는 모자가 그에게서 떨어져 나갔다. 네빌은 모자 깊숙한 곳에서 루비가 박힌 반짝이는 손잡이가 달린 은빛의 뭔가를 꺼냈다.

은빛 검 날을 내리치는 소리는 다가오는 사람들의 함성이나 맞붙어 싸우는 거인들의 소리, 우르르 몰려드는 켄타우로스들의 소리에 묻혀 들리지 않았다. 하지만 그 장면만은 모든 사람들의 시선을 사로잡은 듯했다. 네빌은 단 한 번 검을 휘둘러 거대한 뱀의 머리를 베어 냈다. 현관홀에서 쏟아져 나오는 빛이 공중으로 높이 날아오르는 뱀의 머리를 비췄다. 볼드모트는 입을 벌린 채 누구에게도 들리지 않는 분노의 고함을 내질렀다. 곧이어 뱀의 몸통이 그자의 발밑에 쿵 떨어졌다.

투명 망토 아래에 몸을 숨기고 있던 해리는 볼드모트가 마법 지팡이를 들어 올리기 전에 네빌과 볼드모트 사이에

방패 마법을 걸었다. 그때, 비명 소리와 함성 소리, 싸우는 거인들의 우레와 같은 발소리 속에서 해그리드의 고함 소리가 그 무엇보다 크게 들려왔다.

"해리!" 해그리드가 소리쳤다. "해리…… 해리가 어디 갔지?"

아수라장이 펼쳐졌다. 돌격해 온 켄타우로스들이 죽음을 먹는 자들을 흩어 놓았고, 모두가 쿵쿵거리는 거인들의 발을 피해 도망치고 있었다. 그 와중에 난데없이 나타난 지원군이 큰 소리를 내면서 점점 더 가까이 몰려들었다. 해리는 날개 달린 거대한 생물들이 볼드모트 편에 선 거인들의 머리 주위를 날아다니는 모습을 보았다. 그롭이 주먹을 휘두르며 거인들을 두들겨 패는 사이, 세스트럴들과 히포그리프 벅빅은 거인들의 눈을 후벼 파고 있었다. 이제 마법사들은 호그와트를 지키려는 자들이건 볼드모트의 죽음을 먹는 자들이건 할 것 없이 성안으로 밀려들어 가지 않을 수 없었다. 해리는 죽음을 먹는 자들이 눈에 보이는 족족 저주 마법을 날렸다. 그자들은 무엇이, 혹은 누가 자기들을 명중시켰는지 알지 못한 채 바닥에 쓰러져 물러나는 군중에게 짓밟혔다.

해리는 여전히 투명 망토 아래 몸을 감춘 채 사람들에

떠밀려 현관홀로 들어갔다. 볼드모트를 찾던 그는 현관홀 저편에 있는 그자를 발견했다. 볼드모트는 마법 지팡이로 주문을 쏘면서 대연회장으로 물러나고 있었는데, 이쪽저쪽으로 저주를 날리면서도 여전히 자신의 추종자들에게 큰 소리로 명령을 내리고 있었다. 해리는 더 많은 방패 마법을 걸었다. 볼드모트의 희생자가 될 뻔했던 셰이머스 피니건과 해너 애벗이 재빨리 그자를 지나쳐 대연회장으로 들어갔다. 그들은 이미 안에서 한창 벌어지고 있던 싸움에 가담했다.

이제는 더욱더 많은 사람들이 현관 계단으로 밀려 올라오고 있었다. 해리는 찰리 위즐리가 아직까지 에메랄드색 잠옷을 입고 있는 호러스 슬러그혼을 앞질러 달려가는 모습을 보았다. 그 두 사람이 싸우려고 남아 있던 호그와트 학생들 모두의 가족들과 친구들, 호그스미드 상점 주인들과 주민들을 이끌고 돌아온 듯했다. 켄타우로스 베인과 로넌, 마고리언이 발굽을 달가닥거리며 현관홀로 박차고 들어왔고, 그 순간 해리의 등 뒤에서 주방으로 통하는 문이 경첩이 떨어져 나갈 정도로 벌컥 열렸다.

호그와트 집요정들이 현관홀로 밀려들었다. 그들은 소리소리 지르며 큼직한 식칼과 조리용 칼을 휘둘렀다. 무리의 맨 앞에 있는 크리처의 가슴팍에서 레귤러스 블랙의 로켓이 통통 튀고 있었다. 크리처의 황소개구리 같은 목소리가 이런 소란 속에서도 또렷이 울려 퍼졌다. "싸워! 싸워라! 나의 주인, 집요정들의 수호자를 위해서! 용감한 레귤러스의 이름을 걸고 어둠의 왕에 맞서 싸워라! 싸워!"

그들은 죽음을 먹는 자들의 발목과 정강이를 베고 찔렀다. 그들의 조그마한 얼굴이 적의로 불타고 있었다. 해리의 눈길이 닿는 곳마다, 죽음을 먹는 자들이 숫자에 밀리고, 주문에 제압당하고, 몸에 박힌 화살을 뽑아내고 있었다. 집요정들에게 다리를 찔리거나, 달아나려 하다가 실패하고 밀어닥치는 무리에 휩쓸려 버리는 자들도 보였다.

하지만 아직 끝난 게 아니었다. 해리는 결투를 벌이는 사람들 사이로 재빨리 움직여, 빠져나가려고 몸부림치는 포로들을 지나 대연회장으로 들어갔다.

볼드모트가 전투 한가운데서 손닿는 범위 안에 있는 모든 사람에게 공격을 퍼붓고 있었다. 해리는 명확한 시야를 확보하기 어려웠지만, 여전히 모습을 감춘 채 힘겹게 더 가까이 나아갔다. 대연회장은 점점 더 많은 사람들로 가득 찼다. 걸을 수 있는 사람은 모두 억지로 밀고 들어왔던 것이다.

해리는 약슬리가 조지와 리 조던의 공격을 받고 바닥에 처박히는 광경을 보았다. 돌로호프는 플리트윅의 손에 비명을 지르며 쓰러졌고, 해그리드에 의해 대연회장 저편 돌벽에 내동댕이쳐진 월든 맥네어는 정신을 잃고 바닥으로 주르르 미끄러졌다. 펜리르 그레이백을 쓰러뜨리는 론과 네빌, 룩우드에게 기절 마법을 거는 애버포스, 시크니스를 때려눕히는 아서와 퍼시도 보였다. 루시우스와 나르시사 말포이가 싸울 생각은 전혀 없이 소리 높여 아들을 찾으며 사람들을 헤치고 달려가는 모습도 눈에 들어왔다.

볼드모트는 이제 맥고나걸, 슬러그혼, 킹슬리를 한꺼번에 상대하고 있었다. 그자의 얼굴에는 차가운 증오가 어려 있었다. 세 사람은 볼드모트를 처치하지 못하고 그 주위를 맴돌며 이리저리 몸을 피했다.

벨라트릭스 또한 볼드모트에게서 50미터쯤 떨어진 곳에서 싸움을 계속하고 있었다. 그녀 역시 주인과 마찬가지로 동시에 세 명과 결투를 벌이고 있었다. 헤르미온느, 지니, 루나 모두 최선을 다해 싸우고 있었지만 벨라트릭스는 결코 밀리지 않았다. 살해 저주가 지니를 가까스로 비껴가자 해리는 그만 그쪽으로 주의를 빼앗겨 버렸다.

그는 얼른 발길을 돌려 볼드모트가 아닌 벨라트릭스에

게 달려갔지만, 몇 걸음 떼기도 전에 누군가에게 옆으로 떠밀리고 말았다.

"내 딸은 안 되지, 이 망할 년!"

위즐리 부인이 달려가면서 망토를 벗어 던져 양팔을 자유롭게 했다. 벨라트릭스는 제자리에서 빙글 몸을 돌려 새로운 도전자를 발견하고는 웃음을 터뜨렸다.

"비켜라!" 위즐리 부인은 세 소녀를 향해 외치더니 지팡이를 크게 휘두르며 결투를 시작했다. 해리는 몰리 위즐리의 지팡이가 허공을 가르며 어지럽게 돌아가는 모습을 공포감과 황홀감이 뒤섞인 채 지켜보았다. 벨라트릭스 레스트레인지가 얼굴에서 웃음기를 싹 거두고 이를 드러냈다. 양쪽 지팡이에서 빛줄기가 튀어나갔으며, 두 마법사 주위의 바닥이 뜨거워지고 갈라지기 시작했다. 두 사람 모두 상대를 죽이겠다는 각오로 싸우고 있었다.

"안 돼!" 학생 몇 명이 달려 나와 그녀를 도와주려고 하자 위즐리 부인이 소리쳤다. "물러서! *물러서!* 저 여자는 내 거야!"

이제는 수백 명이 벽에 나란히 붙어 서서 볼드모트와 세 사람의 싸움, 그리고 벨라트릭스와 몰리의 싸움을 지켜보았다. 해리는 모습을 감춘 채 서서 두 결투 사이에서 갈팡

질팡했다. 그는 공격하고 싶었지만 보호도 하고 싶었고, 엉뚱한 사람을 맞히지 않을 거라 확신할 수도 없었다.

"내가 널 죽이면 네 자식들은 어떻게 될까?" 벨라트릭스 가 비아냥거렸다. 그녀는 깡충깡충 뛰어다니며 몰리의 저 주를 피하면서도 자신의 주인만큼이나 화가 나 있었다. "엄마가 프레디처럼 죽어 버리면?"

"넌, 다시는, 우리, 애들을, 건드리지, 못해!" 위즐리 부 인이 연이어 퍼붓는 공격 사이사이로 소리를 질렀다.

벨라트릭스가 웃음을 터뜨렸다. 그녀의 사촌 시리우스 가 베일 너머로 쓰러졌을 때 터뜨렸던 것과 같은, 한껏 들 뜬 웃음소리였다. 해리는 불현듯 앞으로 무슨 일이 벌어질 지 깨달았다.

몰리의 저주가 벨라트릭스의 쭉 뻗은 팔 아래로 날아가 그녀의 가슴에, 심장이 있는 바로 그곳에 명중했다.

벨라트릭스의 즐거워하는 미소가 얼어붙었다. 두 눈은 툭 튀어나올 듯했다. 아주 짧은 순간, 그녀는 무슨 일이 벌 어졌는지를 알아차리고 비틀거리며 쓰러졌다. 구경하던 사람들이 환호성을 터뜨렸고 볼드모트는 날카로운 비명을 내질렀다.

해리는 슬로모션으로 몸을 돌린 것 같은 느낌이었다. 맥고나걸, 킹슬리, 슬러그혼이 뒤로 홱 날아가면서 허공에 팔을 내저으며 몸부림치는 모습이 보였다. 마지막 남은 가장 충실한 부하의 몰락에 볼드모트의 분노가 폭탄처럼 강력하게 터져 버린 것이다. 볼드모트가 지팡이를 들어 몰리 위즐리에게 겨눴다.

"프로테고!" 해리가 소리치자 대연회장 한가운데 방패 마법이 펼쳐졌다. 볼드모트가 마법의 근원지를 찾아 주위를 두리번거렸다. 그때 해리는 마침내 투명 망토를 벗었다.

깜짝 놀라 내뱉는 비명과 환호성, "해리!", "**살아 있어!**" 하는 외침 소리가 사방에서 들려오는가 싶더니 순식간에 잦아들었다. 사람들은 두려워하고 있었다. 볼드모트와 해리가 서로를 바라보면서 동시에 원을 그리며 돌기 시작하자 갑자기 완벽한 침묵이 내려앉았다.

"저는 누구의 도움도 바라지 않아요." 해리가 큰 소리로 말했다. 완전한 침묵 속에서 그의 목소리가 나팔 소리처럼 울려 퍼졌다. "이럴 수밖에 없어요. 반드시 제가 해야만 해요."

볼드모트가 식식거렸다.

"포터의 말은 진심이 아니다." 새빨간 눈을 부릅뜬 채 그자가 말했다. "그건 포터의 방식이 아니지. 그렇지 않나?

오늘은 누구를 방패로 삼을 작정이지, 포터?"

"아무도." 해리가 간단히 내뱉었다. "호크룩스는 더 이상 없어. 이제는 너와 나뿐이야. 한쪽이 살아 있는 한 다른 쪽은 온전히 살 수 없으니, 우리 중 한 명은 영원히 사라지게 되겠지……."

"우리 중 한 명이라?" 볼드모트가 피식 웃었다. 그자의 온몸이 팽팽하게 긴장되어 있었고, 노려보는 새빨간 두 눈은 공격하기 직전의 뱀처럼 사나웠다. "넌 네가 살 거라고 생각하는구나. 그렇지? 덤블도어가 도와줘서 우연히 살아남은 주제에."

"우리 어머니가 나를 살리려다 돌아가셨을 때 내가 살아남은 게 과연 우연이었을까?" 해리가 물었다. 두 사람 다 서로에게서 같은 거리를 유지한 채 완벽한 원을 그리면서 옆걸음질 치고 있었다. 해리의 눈에는 볼드모트를 제외한 누구의 얼굴도 보이지 않았다. "내가 그 묘지에서 싸우기로 결심했을 때도 우연히 살아남은 거였어? 오늘 밤 내가 방어하지 않고도 살아남아서 다시 싸우러 돌아온 것도 우연이야?"

"*전부 우연이다!*" 볼드모트는 그렇게 소리 지르면서도 아직 공격은 하지 않았다. 지켜보는 사람들은 석화라도 된 것처럼 꼼짝도 하지 않았고, 대연회장에 있는 수백 명 가운데 두 사람을 제외하면 누구도 숨조차 쉬지 않는 듯했다. "모든 게 우연이자 운이었다. 넌 너보다 위대한 사람들의 옷자락 뒤에 숨어서 징징거렸기 때문에, 내가 너 대신 그 사람들을 죽이도록 내버려 두었기 때문에 살아남았을 뿐이야!"

"오늘 밤 넌 다른 사람은 누구도 죽이지 못할 거야." 해리가 말했다. 둘은 원을 그리며 서로의 눈을 뚫어지게 바라보고 있었다. 초록색 눈이 빨간색 눈을 응시했다. "다시는 아무도 죽이지 못하게 될 거다. 아직도 모르겠어? 나는 네가 이 사람들을 해치는 걸 막기 위해 기꺼이 죽으려고 했어."

"하지만 정말 죽지는 않았지!"

"……난 죽을 작정이었고, 그래서 이렇게 된 거야. 난 우리 어머니가 하셨던 일을 해낸 거야. 저 사람들은 너의 공격에서 보호받고 있어. 네가 저들한테 아무리 주문을 걸어도 아무런 효과가 없었다는 거 눈치 못 챘어? 넌 저 사람들을 고문할 수 없어. 건드릴 수도 없어. 넌 실수를 하고도 배우는 게 없구나, 리들. 안 그래?"

"네놈이 감히……."

"그래, 감히 말하는 거야." 해리가 말했다. "나는 네가 모르는 것들을 알고 있어, 톰 리들. 네가 모르는 중요한 것들을 아주 많이 알아. 또다시 큰 실수를 저지르기 전에 좀 들어 볼래?"

볼드모트는 아무 말도 하지 않고 그저 원을 그리며 맴돌았다. 해리는 그의 말에 볼드모트가 순간적으로 넋이 빠져 꼼짝 못 하게 됐다는 것을 알았다. 해리가 정말로 마지막 하나 남은 비밀을 알고 있을지도 모른다는 아주 희박한 가능성에 그자가 주춤했다는 것도…….

"또 사랑 타령이냐?" 볼드모트가 말했다. 그의 뱀 같은 얼굴에 비웃음이 가득 떠올라 있었다. "덤블도어가 가장 좋아하는 해결책이지. 사랑. 그자는 사랑이 죽음을 정복한다고 떠들어 댔지. 하지만 사랑은 그자가 탑에서 떨어져 낡은 밀랍인형처럼 부서지는 걸 막아 주지 못하지 않았나? 사랑이라니. 내가 네 머드블러드 어머니를 바퀴벌레처럼 밟아 죽여도 막아 주지 못한 것이 바로 사랑 아니더냐, 포터? 이번엔 내 저주를 대신 받으러 달려 나올 만큼 널 사랑하는 사람이 아무도 없는 것 같은데. 그럼 내가 공격했을 때 무엇이 네가 죽는 걸 막아 주지?"

"딱 하나 있어." 해리가 말했다. 그들은 여전히 서로에게

몰두한 채 원을 그리고 있었다. 그 마지막 비밀만이 그들을 갈라놓고 있었을 뿐이다.

"이번에 너를 구하게 될 것이 사랑이 아니라면⋯⋯." 볼드모트가 말했다. "넌 내가 쓸 줄 모르는 마법이나 내가 가진 것보다 더 강력한 무기를 가지고 있다고 믿는 게 틀림없구나."

"둘 다야." 해리가 말했다. 그는 저 뱀 같은 얼굴에 충격이 스치고 지나가는 것을 보았다. 볼드모트는 곧바로 그 기색을 떨쳐 버리고 소리 내어 웃기 시작했다. 그 소리는 비명 소리보다 더 무시무시했다. 웃음기가 전혀 느껴지지 않는, 광기로 가득 찬 그 웃음소리가 조용한 대연회장 전체에 메아리쳤다.

"네가 나보다 마법을 많이 안다고 생각하는 거냐?" 그가 말했다. "나보다, 볼드모트 경보다, 덤블도어조차 꿈꿔 본 적 없는 마법을 행한 나보다?"

"아, 덤블도어 교수님도 꿈은 꾸셨어." 해리가 말했다. "너보다 많은 것을 알고 계셨기 때문에 그러지 않으셨을 뿐이야."

"네 말은 그자가 나약했다는 뜻이겠지!" 볼드모트가 고함을 질렀다. "덤블도어는 위험을 무릅쓰기에는 너무 나약했다. 너무 나약해서, 자기 것이 될 수도 있었던 것을 차지하지 못했어. 내가 곧 차지하게 될 그것을 말이다!"

"아니라니까. 덤블도어 교수님은 너보다 똑똑하셨던 거야." 해리가 말했다. "더 훌륭한 마법사였고, 더 훌륭한 사람이었어."

"내가 알버스 덤블도어를 죽게 만들었다!"

"그건 네 생각이고." 해리가 말했다. "하지만 네가 틀렸어."

벽에 빙 둘러서서 지켜보고 있던 사람들이 처음으로 술렁거렸다. 수백 명의 사람들이 일제히 숨을 들이켰다.

"덤블도어는 죽었다!" 볼드모트는 그 말들이 해리에게 견딜 수 없는 고통을 주기라도 할 것처럼 그렇게 내뱉었다. "그자의 시체는 이 성 교정에 있는 대리석 무덤 안에서 썩어 가고 있다. 내 눈으로 똑똑히 봤다, 포터. 그자는 돌아오지 않을 거다!"

"그래, 덤블도어 교수님은 돌아가셨어." 해리가 담담하게 말했다. "그런데 그분을 죽게 만든 건 네가 아니야. 교수님은 돌아가시기 몇 달 전에 죽는 방법을 직접 선택하시고, 네가 네 부하라고 생각했던 사람과 함께 그 모든 일을 준비하셨어."

"이건 또 무슨 어린애 꿈 같은 소리냐?" 볼드모트는 그렇게 말하면서도 공격은 하지 않았다. 그의 새빨간 두 눈은 해리의 눈에 붙박인 채 떨어지지 않았다.

"세베루스 스네이프는 네 사람이 아니었어." 해리가 말했다. "스네이프는 덤블도어 교수님의 사람이었어. 네가 우리 어머니를 쫓기 시작한 순간부터 말이야. 그런데 넌 결코 그 사실을 깨닫지 못했어. 너는 절대 이해하지 못하는 그것 때문에. 넌 스네이프가 패트로누스를 불러내는 모습 한 번도 못 봤지, 리들?"

볼드모트는 대답하지 않았다. 그들은 상대를 물어뜯기 일보 직전인 늑대들처럼 계속 빙빙 돌기만 했다.

"스네이프의 패트로누스는 암사슴이었어." 해리가 말했다. "우리 어머니 거랑 같아. 스네이프는 평생 우리 어머니를 사랑했거든. 어린 시절부터 말이야. 너도 알아차렸어야지." 그는 벌렁거리며 김을 내뿜는 볼드모트의 콧구멍을 보며 말했다. "스네이프가 너한테 어머니 목숨만은 살려 달라고 부탁하지 않았어?"

"스네이프는 그 여자한테 욕망을 품었다. 그게 전부다." 볼드모트가 비웃음을 지었다. "하지만 그 여자가 죽고 나자, 혈통도 더 순수하고 스네이프에게 걸맞은 다른 여자들이 있다는 내 말에 동의했고…….”

"당연히 너한텐 그렇게 말했겠지." 해리가 말했다. "하지만 네가 우리 어머니의 목숨을 위협한 그 순간부터 스네이프는 덤블도어 교수님의 스파이였고, 그때 이후로 너에게 대항하기 위해 노력해 왔어! 스네이프가 덤블도어 교수님을 죽였을 때 교수님은 이미 죽어 가고 계셨다고!"

"그런 건 아무래도 좋다!" 볼드모트가 날카롭게 소리쳤다. 그자는 이제껏 완전히 몰입해서 해리의 말 한 마디 한 마디에 귀 기울였지만 지금은 미친 사람처럼 낄낄대며 웃고 있었다. "스네이프가 내 사람이었는지 덤블도어의 사람이었는지, 혹은 놈들이 내가 갈 길에 무슨 시시한 장애물들을 놓아두려 했는지는 중요하지 않아! 나는 스네이프의 이른바 위대한 사랑이었던 네 어머니를 짓뭉갠 것처럼 그놈들도 짓뭉갰으니까! 아, 하지만 전부 말은 되는구나, 포터. 네가 이해하지 못하는 방식으로 말이지! 덤블도어는 나에게서 딱총나무 지팡이를 지키려 한 거다! 스네이프를 지팡이의 진정한 주인으로 만들려 했던 거지! 하지만 내가 너보다 한발 앞섰다, 꼬마. 나는 네가 찾아내기도 전에 그 지팡이를 손에 넣었다. 네가 따라잡기도 전에 진실을 이해했어. 나는 세 시간 전에 세베루스 스네이프를 죽였고, 딱총나무 지팡이, 죽음의 막대기이자 운명의 지팡이는 진정으로 내 차지가 되었다! 덤블도어의 마지막 계획은 실패한 거야, 해리 포터!"

"그래, 맞아." 해리가 말했다. "네 말이 맞아. 근데 날 죽이기 전에 충고 하나 할게. 네가 무슨 짓을 저질렀는지 한 번 생각해 봐……. 생각해 보고, 조금의 후회라도 해 봐, 리들……."

"또 무슨 수작이냐?"

해리가 지금껏 했던 그 어떤 말보다도, 그 어떤 폭로나 조롱보다도, 이것만큼 볼드모트를 놀라게 한 말은 없었다. 해리는 볼드모트의 동공이 실금처럼 가느다랗게 수축되고 눈가가 하얗게 질리는 것을 보았다.

"마지막 기회야." 해리가 말했다. "너한테 남은 마지막 기회……. 이 기회를 놓치면 어떻게 되는지 나는 봤어……. 사람답게 살아 봐……. 노력이라도 해 봐……. 조금이라도 후회해 보라고……."

"네놈이 감히……?" 볼드모트가 다시 말했다.

"그래, 감히 말하는 거야." 해리가 말했다. "덤블도어 교수님의 마지막 계획이 틀어졌어도 난 전혀 상관없거든. 너는 상관있겠지, 리들."

딱총나무 지팡이를 쥔 볼드모트의 손이 떨렸다. 해리는 드레이코 말포이의 지팡이를 꽉 움켜쥐었다. 그는 그 순간 이 코앞에 다가왔다는 것을 알았다.

"그 지팡이는 아직도 네 말을 제대로 듣지 않지. 왜냐하면 너는 엉뚱한 사람을 죽였으니까. 세베루스 스네이프는 결코 딱총나무 지팡이의 진짜 주인이었던 적이 없어. 덤블도어 교수님을 이긴 게 아니었거든."

"스네이프가 덤블도어를 죽였······."

"내 말 듣고 있는 거야? 스네이프는 덤블도어 교수님을 이긴 적이 없다니까! 덤블도어 교수님의 죽음은 두 사람 사이에 계획된 거였어! 교수님은 누구에게도 패배하지 않고 돌아가실 생각이었어. 그렇게 그 지팡이의 진정한 마지막 주인이 되려고 하셨던 거야! 모든 게 계획대로 됐다면, 지팡이의 힘은 교수님과 함께 사라져 버렸겠지. 누구도 그 지팡이를 교수님에게서 빼앗지 못했을 테니까!"

"그렇다면, 포터. 덤블도어는 나에게 이 지팡이를 준 것이나 마찬가지다!" 볼드모트의 목소리가 사악한 기쁨으로 떨렸다. "내가 마지막 주인의 무덤에서 이 지팡이를 훔쳐 왔으니까! 나는 그 마지막 주인의 뜻을 거스르고 이 지팡이를 꺼내 왔다! 지팡이의 힘은 내 것이다!"

"아직도 이해가 안 돼, 리들? 지팡이를 갖고 있는 것만으로는 부족하다니까! 지팡이를 쥐고 사용한다고 해서 진싸네 것이 되는 게 아니야. 올리밴더가 한 말 못 들었어? 지팡이가 마법사를 선택한다……. 딱총나무 지팡이는 덤블도어 교수님이 죽기 전에 새로운 주인을 찾았어. 그 지팡이에는 손 한 번 대 본 적 없는 사람이야. 그 새로운 주인은 덤블도어 교수님에게 대항해 그분의 손에서 그 지팡이를 날려 버렸어. 자기가 무슨 짓을 했는지 정확히 알지도 못하고, 세상에서 가장 위험한 지팡이가 자기한테 충성을 바치게 됐다는 사실도 모른 채 말이야……."

볼드모트의 가슴이 빠르게 오르락내리락했다. 해리는 곧 저주가 날아오리라는 것을 느꼈다. 그의 얼굴을 겨눈 지팡이 안에서 저주의 힘이 솟아오르고 있었다.

"딱총나무 지팡이의 진짜 주인은 드레이코 말포이였어."

볼드모트의 얼굴에 한순간 멍한 충격이 드러났다가 사라졌다.

"하지만 그게 뭐가 중요하지?" 그자가 조용히 말했다. "포터, 네 말이 맞다 한들 너와 나의 처지는 다를 게 없어. 너는 더 이상 불사조 지팡이를 가지고 있지 않으니까 말이다. 너와 나는 오직 실력으로만 겨룰 뿐이다……. 그리고 내가 너를 죽인 다음 드레이코 말포이를 처리하면……."

"근데 너무 늦었어." 해리가 말했다. "넌 기회를 놓쳤어. 기회를 잡은 사람은 나야. 내가 몇 주 전에 드레이코를 이겼거든. 내가 그 녀석한테서 이 지팡이를 빼앗았어."

해리는 산사나무 지팡이를 흔들어 보였다. 대연회장에 있던 모두의 눈길이 그 지팡이로 향하는 것이 느껴졌다.

"결국 이렇게 되네. 안 그래?" 해리가 숨죽여 말했다. "네 손에 들린 그 지팡이는 지난번 주인이 무장해제 당한 사실을 알고 있을까? 만약 그렇다면…… 내가 딱총나무 지팡이의 진짜 주인이니까 말이야."

돌연 그들의 머리 위로 빨간색과 황금색이 뒤섞인 불빛이 마법 천장을 가로지르며 쏟아졌다. 가장 가까운 창문턱 위로 눈부신 태양의 가장자리가 모습을 드러내기 시작했다. 태양 빛이 두 사람의 얼굴을 동시에 비추자, 볼드모트의 얼굴이 갑자기 희미한 불꽃처럼 변했다. 해리는 그 높은 목소리가 날카롭게 내지르는 소리를 들으면서, 동시에 드레이코의 지팡이를 겨누며 자신의 가장 간절한 소망이 하늘에 닿도록 큰 소리로 외쳤다.

"아바다 케다브라!"

"엑스펠리아르무스!"

대포를 쏘는 듯한 폭발음이 일었다. 그들 사이, 그들이 맴돌며 그리던 원 한가운데서 터져 나온 황금빛 불꽃이 두 마법이 충돌한 지점을 보여 주었다. 해리는 볼드모트의 녹색 빛줄기가 자신의 주문과 맞부딪치는 것을 보았다. 떠오르는 햇빛을 받아 까맣게 보이는 딱총나무 지팡이가 높이 솟아올랐다가 마법 천장을 가로질러 내기니의 머리처럼 빙글빙글 돌면서 주인을 향해 날아오는 것이 보였다. 지팡이는 끝내 자신을 온전히 소유하게 된 주인을 죽일 생각이 없었다. 해리는 수색꾼다운 빈틈없는 솜씨를 발휘해 그 지팡이를 잡았다. 그 순간, 볼드모트는 양팔을 쫙 펼친 채 뒤로 쓰러졌다. 새빨간 눈의 가느다란 동공은 위로 돌아가 있었다. 톰 리들은 특별할 것 없는 최후를 맞고 바닥에 쓰러졌다. 그의 몸은 허약해져 쭈그러들었고, 새하얀 두 손은 텅 비어 있었으며, 뱀처럼 생긴 얼굴은 아무것도 모르는 듯 공허해 보였다. 볼드모트는 죽었다. 튕겨 나온 자신의 저주에 죽임을 당했다. 그리고 해리는 두 개의 마법 지팡이를 손에 들고 서서, 껍데기만 남은 자신의 적을 뚫어지게 내려다보고 있었다.

한순간 고요한 전율이 흐르고, 찰나의 충격이 이어졌다. 그리고 다음 순간, 지켜보던 사람들의 외침과 환호성과 고함이 울려 퍼지면서 해리의 주위에서 소란이 일어났다. 사람들이 그에게 밀려들었고, 새롭게 떠오른 강렬한 태양이 창문들에 눈부신 빛을 던졌다. 가장 먼저 그에게 다가온 사람은 론과 헤르미온느였다. 그들의 팔이 해리를 감싸 안았고, 그들의 알아들을 수 없는 외침이 해리의 귀를 먹먹하게 만들었다. 다음은 지니, 네빌, 루나였고 위즐리 가족 모두와 해그리드, 킹슬리, 맥고나걸, 플리트윅과 스프라우트가 뒤를 이었다. 해리는 누가 뭐라고 외치는지 한 마디도 알아들을 수 없었고, 그를 붙들고 잡아당기고 끌어안으려 드는 손들이 누구의 것인지도 알 수 없었다. 수백 명의 사람들이 살아남은 소년을, 마침내 이 모든 일을 끝내 버린 장본인을 직접 만져 보려 했다.

태양은 점점 호그와트 위로 떠올랐고, 대연회장은 빛과 활기로 밝게 빛났다. 승리의 희열과 애도, 슬픔과 축하가 한데 섞여 쏟아지는 그 격정 속에서 해리는 떼어 놓을 수 없는 한 부분이었다. 사람들은 그들의 지도자이자 상징이며 구원자이자 안내자인 해리가 함께하기를 바랐다. 그가 한숨도 못 잔 상태인 데다, 그들 중 몇 사람하고만 함께하고 싶어 한다는 생각은 누구의 머릿속에도 떠오르지 않는 듯했다. 그는 가족을 잃은 사람들에게 말을 건네고 그들의 손을 잡아 주어야 했으며, 그들의 눈물을 지켜보고 감사 인사를 들어야 했다. 아침이 밝아 왔을 때는 여기지기서 조금씩 들려오는 소식들에 귀를 기울여야 했다. 온 나라에서 임페리우스 마법에 걸렸던 사람들이 제정신을 찾았고, 죽음을 먹는 자들은 도망치거나 붙잡히고 있었다. 아즈카반에 갇혔던 억울한 수감자들은 지금 이 순간에도 풀려나고 있었으며, 킹슬리 샤클볼트가 마법 정부 임시 총리가 됐다는 소식도 있었다…….

그들은 프레드, 통스, 루핀, 콜린 크리비를 비롯해 볼드모트와 싸우다 목숨을 잃은 50명의 시신이 있는 대연회장에서 따로 떨어진 방으로 볼드모트의 시신을 옮겼다. 맥고나걸이 기숙사 식탁을 되돌려 놓았지만 누구도 더는 자기들 기숙사끼리 앉아 있지 않았다. 선생들과 학생들, 유령들, 부모들, 켄타우로스들과 집요정들이 모두 한데 섞여 있었다. 피렌지는 구석에 누워서 기력을 회복하고 있었고, 그롭은 부서진 창문을 기웃거리며 사람들이 그의 입속으로 던져 주는 음식을 받아먹으며 활짝 웃고 있었다. 잠시 후, 해리는 기진맥진하고 지친 채 루나 옆자리에 앉아 있었다.

"나라면 편하고 조용한 데 있고 싶을 거야." 그녀가 말했다.

"정말 그랬으면 좋겠다." 그가 대답했다.

"내가 사람들 주의를 돌려 볼게." 그녀가 말했다. "투명 망토를 써."

해리가 뭐라고 말하기도 전에 그녀가 창밖을 가리키며 외쳤다. "와아아, 저것 봐. 블리버링 험딩어야!" 그 말을 들은 모두가 시선을 돌리는 틈을 타 해리는 투명 망토를 뒤집어쓰고 자리에서 일어났다.

이제 그는 아무런 방해도 받지 않고 대연회장 문으로 향할 수 있었다. 식탁 두 개를 건너 지니의 모습이 보였다. 그녀는 어머니의 어깨에 머리를 기댄 채 앉아 있었다. 그녀와 이야기할 시간은 앞으로도 몇 시간, 며칠, 어쩌면 몇 년이나 있을 터였다. 그는 접시 옆에 그리핀도르의 검을 내려놓고 음식을 먹고 있는 네빌을 보았다. 그는 열렬한 팬들에게 둘러싸여 있었다. 해리는 식탁 사이의 통로를 걸어갔다. 말포이 가족이 이곳에 있어도 되는지 잘 모르겠다는 듯 한곳에 모여 웅크리고 있었다. 그러나 아무도 그들에게 관심을 기울이지 않았다. 해리의 눈길이 닿는 곳마다 다시 만난 가족들이 보였다. 마침내 그는 가장 함께하고 싶었던 두 사람을 발견했다.

"나야." 해리가 둘 사이로 몸을 웅크리며 중얼거렸다.

"같이 갈래?"

그와 론, 헤르미온느는 곧바로 몸을 일으키고 함께 대연회장을 나섰다. 대리석 계단은 여기저기가 심하게 부서져 있었고 난간도 일부 사라진 상태였다. 계단을 오르는 동안 무너진 돌 더미와 핏자국이 계속 눈에 띄었다.

저 멀리서 피브스가 직접 만든 승리의 노래를 부르며 복도를 날아다니는 소리가 들려왔다.

우리가 해냈어. 우리가 한 방 먹였어. 포터가 해냈어.

볼디는 맛이 가 버렸으니, 이제 좀 놀아 보실까!

"정말 일의 중대함과 비극성이 잘 느껴지는 노래네. 안 그래?" 론이 해리와 헤르미온느에게 문을 열어 주며 말했다.

언젠가는 행복한 시간도 오겠지만, 지금 이 순간만큼은 피로가 기쁨을 압도했다. 몇 걸음 내디딜 때마다, 프레드와 루핀과 통스를 잃은 고통이 몸에 입은 상처처럼 그를 찔렀다. 그는 무엇보다도 엄청난 안도감과 함께 졸음이 몰려오는 것을 느꼈다. 하지만 일단은 론과 헤르미온느에게 모든 것을 설명해 주어야 했다. 두 사람은 너무도 오랜 시간을 해리와 함께해 주었고 진실을 알 자격이 있었다. 그는 펜시브에서 본 내용과 숲에서 일어난 일을 힘겹게 전해 주었다. 어느 누구도 어디로 가고 있는지 이야기하지 않았는데도 그들의 걸음이 저절로 향하고 있던 곳에 도착했을 때, 두 사람은 그 모든 충격과 놀라움을 미처 표현하지도 못하고 있었다.

평소 교장의 연구실 입구를 지키던 가고일 석상은 해리가 마지막으로 찾아온 이후 공격을 받고 옆으로 밀려나 있었다. 해리는 조금 얼빠진 표정으로 비뚜름하게 서 있는 그 석상이 더 이상 암호를 알아들을 수 있을지 의문스러웠다.

"올라가도 돼?" 그가 가고일에게 물었다.

"마음대로." 석상이 끙끙대며 말했다.

그들은 가고일 석상을 넘어 에스컬레이터처럼 위로 천천히 움직이는 나선형 돌계단을 올라갔다. 해리는 꼭대기에 다다라 문을 밀어서 열었다.

해리가 놔둔 그대로 책상 위에 놓여 있는 펜시브를 발견한 순간, 귀청이 떨어져 나갈 듯한 소리가 들려오는 바람에 해리는 비명을 질렀다. 저주가 날아들거나, 죽음을 먹는 자들이 돌아왔거나, 볼드모트가 부활한 거라는 생각이 불현듯 들었던 것이다.

하지만 그것은 박수 소리였다. 벽을 둘러싼 호그와트의

교장들이 기립 박수를 보내고 있었다. 그들은 모자를 벗어서, 또 몇몇은 가발을 빗어서 흔들거나, 액자 밖으로 팔을 뻗어 서로의 손을 잡거나, 그림 속 의자 위를 오르락내리락하며 춤을 추고 있었다. 딜리스 더웬트는 부끄러운 줄도 모르고 흐느껴 울었고, 덱스터 포테스큐는 보청기를 흔들고 있었다. 피니어스 나이젤러스가 높고 새된 목소리로 외쳤다. "슬리데린 기숙사도 제 몫 했다는 걸 기억들 합시다! 우리의 공헌이 절대 잊히지 않도록 해야지!"

하지만 해리의 눈에는 교장의 의자 바로 뒤에 걸린 가장 큰 초상화 속 남자밖에 들어오지 않았다. 반달 안경 뒤에서 눈물이 긴 은색 턱수염으로 흘러내리고 있었다. 그가 내뿜는 자부심과 고마움이 불사조의 노래처럼 해리를 위로해 주었다.

마침내 해리가 두 손을 들어 올리자 초상화들은 정중하게 입을 다물었다. 그들은 환한 미소를 머금고 눈물을 닦으며 해리가 입을 열기만을 기다렸다. 하지만 그는 다른 사람들이 아닌 덤블도어를 향해 아주 신중하게 고른 말을 시작했다. 기진맥진하고 눈이 아물거리긴 했지만, 마지막 조언 한마디를 듣기 위해 한 번 더 힘을 냈다.

"스니치에 감춰져 있던 물건 말이에요." 그가 입을 열었다. "그걸 금지된 숲에 떨어뜨렸어요. 정확히 어디 있는지는 모르겠지만 다시 찾으러 가지는 않을 거예요. 동의하세요?"

"물론이다, 얘야." 덤블도어가 말했다. 동료 초상화들은 어리둥절하고 호기심을 느끼는 표정이었다. "현명하고 용감한 결정이구나. 내가 너에게 기대했던 대로야. 그게 어디에 떨어졌는지 아는 사람이 또 있니?"

"아뇨, 아무도 몰라요." 해리의 말에 덤블도어는 만족스러운 듯 고개를 끄덕였다.

"하지만 이그노투스의 선물은 간직하려고요." 해리가 말하자 덤블도어가 활짝 웃었다.

"당연하지, 해리. 그건 영원히 네 것이란다. 네가 다른 사람에게 물려줄 때까지는 말이다!"

"그리고 이것도 있어요."

해리는 딱총나무 지팡이를 들어 올렸다. 론과 헤르미온느가 경이감을 담은 눈으로 그 지팡이를 바라봤다. 해리는 정신이 혼미하고 졸음이 몰려오는 상황에서도 둘의 그런 관심이 탐탁지 않았다.

"이건 갖고 싶지 않아요." 해리가 말했다.

"뭐?" 론이 큰 소리로 말했다. "너 미쳤어?"

"강력한 지팡이라는 건 알아." 해리가 지친 듯 말했다.

"하지만 내 걸 쓸 때가 더 즐거웠어. 그러니까……."

그는 목에 걸고 있던 주머니를 뒤져 두 동강 난 호랑가시나무 지팡이를 꺼냈다. 그것은 아주 가느다란 불사조 깃털 한 가닥으로 연결되어 있을 뿐이었다. 헤르미온느는 그 지팡이가 고칠 수 없을 만큼 심각한 손상을 입었다고 말했다. 이제 해리가 아는 것이라곤, 만약 지금 쓰려는 이 방법도 효과가 없다면 더 이상 도리가 없다는 사실뿐이었다.

그는 부러진 지팡이를 교장의 책상에 올려놓고 딱총나무 지팡이 끝으로 건드리며 말했다. "레파로."

그의 마법 지팡이가 다시 붙으면서 끄트머리에서 빨간 불꽃이 튀었다. 해리는 성공했다는 것을 알았다. 그가 불사조 깃털이 들어 있는 호랑가시나무 지팡이를 들어 올리자, 갑자기 손가락에 온기가 전해졌다. 마치 지팡이와 손이 다시 만난 것을 기뻐하기라도 하듯.

"딱총나무 지팡이는" 하고, 해리가 어마어마한 애정과 감탄이 어린 눈으로 그를 지켜보던 덤블도어에게 말했다. "원래 있던 곳에 돌려놓을게요. 거기에 계속 있으면 될 거예요. 제가 이그노투스처럼 때가 되어서 죽으면 이 지팡이의 힘이 사라지겠죠? 예전 주인이 패배하는 일은 결코 없을 테니까요. 그게 이 지팡이의 끝이 될 거예요."

덤블도어가 고개를 끄덕였다. 그들은 서로를 향해 미소 지었다.

"진심이야?" 론이 말했다. 딱총나무 지팡이를 바라보며 내뱉는 그의 목소리에는 아주 희미한 갈망이 깃들어 있었다.

"해리 말이 맞는 것 같아." 헤르미온느가 조용히 말했다.

"저 지팡이는 귀중한 물건이라기보다는 골칫거리야." 해리가 말했다. "그리고 솔직히 말해서……." 그는 초상화들에게서 몸을 돌렸다. 이제는 그리핀도르 탑에서 그를 기다리고 있을 사주식 침대 말고는 아무것도 생각나지 않았다. 크리처가 그곳으로 샌드위치를 가져다줄 수 있을지 궁금했다. "평생 겪을 골칫거리는 이미 다 겪었어."

19년 후

그해 가을은 갑자기 들이닥친 듯했다. 9월 첫날 아침은 사과를 베어 물 때처럼 상쾌하고 산뜻했다. 어떤 가족이 우르릉 소리로 가득한 도로를 건너 그을음투성이 커다란 역을 향해 걸어가고 있었다. 자동차 배기가스와 보행자들의 입김이 차가운 공기 속에서 거미줄처럼 반짝였다. 부모들이 밀고 있는 짐수레 위에서 큼직한 새장 두 개가 덜컹거렸다. 새장 속 부엉이들은 화가 난 듯 부엉부엉 울었고, 빨간 머리 소녀는 아버지의 팔을 잡고 눈물을 글썽거리며 오빠들의 뒤를 따라가고 있었다.

"조금만 있으면 너도 가게 될 텐데 뭘." 해리가 소녀에게 말했다.

"2년이나 남았잖아요." 릴리가 훌쩍거렸다. "저는 지금 가고 싶단 말이에요!"

그 가족이 9번과 10번 승강장 사이의 벽을 향해 나아갈 때, 출근하는 사람들이 신기하다는 듯 부엉이를 뚫어지게 쳐다보았다. 알버스의 목소리가 주위의 소란을 뚫고 해리에게까지 들려왔다. 그의 두 아들은 차 안에서부터 벌인 말다툼을 다시 시작했다.

"안 가! 난 슬리데린 안 갈 거라고!"

"제임스, 그만 좀 해라!" 지니가 말했다.

"그냥 그렇게 될지도 모른다고 말한 것뿐이에요." 제임스가 동생을 향해 씩 웃으며 말했다. "그게 뭐가 잘못이에요. 슬리데린이 될 수도 있……."

제임스는 어머니와 눈을 마주치더니 조용해졌다. 다섯 명의 포터 가족은 벽 쪽으로 다가갔다. 제임스는 살짝 우쭐한 표정으로 남동생을 힐끔 돌아보더니, 어머니에게서 짐수레를 넘겨받아서는 달리기 시작했다. 잠시 후 그의 모습이 사라졌다.

"편지 써 주실 거죠?" 알버스가 형이 없는 틈을 타 부모님에게 물었다.

"네가 바란다면 매일매일 쓸게." 지니가 말했다.

"매일은 아니고요." 알버스가 재빨리 대꾸했다. "제임스 말로는 대부분 한 달에 한 번씩만 집에서 편지를 받는대요."

"작년에 제임스한테는 1주일에 세 번씩 편지를 보냈어." 지니가 말했다.

"그리고 제임스가 호그와트에 대해서 하는 말을 다 믿으면 안 돼." 해리가 끼어들었다. "네 형은 장난치는 걸 좋아하니까."

그들은 나란히 서서 속도를 높이며 두 번째 짐수레를 밀고 갔다. 벽이 가까워지자 알버스가 얼굴을 찡그렸지만 충돌은 일어나지 않았다. 그러는 대신 그들 가족은 9와 4분의 3번 승강장으로 나왔다. 진홍색 호그와트 급행열차가 자욱하게 내뿜는 하얀 증기가 시야를 흐렸다. 제임스는 이미 안개 속으로 모습을 감췄고, 형체를 알아볼 수 없는 사람들이 그 안개 속을 몰려다니고 있었다.

"어디 있어요?" 그들이 승강장을 따라가고 있을 때, 알버스가 흐릿한 형상의 사람들을 바라보며 불안한 듯 물었다.

"금방 찾을 거야." 지니가 안심시키려는 듯 말했다.

하지만 짙은 수증기 때문에 사람 얼굴을 알아보기가 어려웠다. 누구 것인지 알 수 없는 목소리들이 이상할 정도로 시끄럽게 들렸다. 해리는 퍼시가 빗자루 규제에 관해

떠들어 대는 소리를 언뜻 들은 것 같았다. 잠시 멈춰서 인사를 해야 하나 싶었는데, 다행히 핑곗거리가 생겼다…….

"저 사람들인 것 같아, 알." 지니가 불쑥 말했던 것이다.

안개 속에서 마지막 객차 옆에 서 있던 네 사람의 모습이 서서히 드러났다. 해리와 지니, 릴리, 알버스가 바로 앞까지 다가갔을 때에야 그들의 얼굴이 제대로 보였다.

"안녕." 알버스가 무척 안심한 듯 인사를 건넸다.

이미 새 호그와트 로브를 입고 있던 로즈가 활짝 미소 지었다.

"주차는 잘 했냐?" 론이 해리에게 물었다. "난 제대로 했어. 헤르미온느는 내가 머글 운전면허 시험을 통과하지 못할 줄 알았을 거야. 그렇지? 내가 시험 감독관한테 혼돈 마법을 걸어야 할 거라고 생각했다니까."

"아니, 안 그랬어." 헤르미온느가 말했다. "난 널 전적으로 믿었어."

"사실은 말이지, 혼돈 마법을 쓰긴 했어." 론은 해리와 함께 알버스의 짐 가방과 부엉이를 열차에 실으면서 귓속말을 했다. "사이드미러 보는 걸 깜빡했거든. 근데 솔직히, 사이드미러 대신 초감각 마법이 있는데 뭐."

승강장으로 돌아온 그들은 릴리, 그리고 로즈의 남동생

인 휴고가 호그와트에 도착하면 다들 어떤 기숙사에 배정 될지 열띤 토론을 벌이는 모습을 보았다.

"그리핀도르에 배정 못 받으면 집에서 쫓아낼 거야." 론 이 말했다. "뭐 그렇다고 부담 주는 건 아니다."

"론!"

릴리와 휴고는 웃음을 터뜨렸지만 알버스와 로즈의 표 정은 진지했다.

"아저씨가 농담한 거야." 헤르미온느와 지니가 말했지 만, 론은 다른 데 정신이 팔려 있었다. 해리와 눈을 마주친 그가 50미터쯤 떨어진 곳을 슬쩍 고갯짓했다. 잠시 증기가 엷어지더니, 방향이 바뀐 안개를 등진 세 사람의 모습이 뚜렷하게 보였다.

"저게 누구야?"

드레이코 말포이가 검은색 코트 단추를 목까지 채운 모 습으로 아내, 아들과 함께 서 있었다. 그는 머리카락이 조 금씩 벗어지고 있었는데 그 때문에 갸름한 턱이 더 두드러 졌다. 처음 보는 그 아이는 알버스가 해리를 닮은 만큼이 나 드레이코를 닮아 있었다. 드레이코는 해리, 론, 헤르미 온느, 지니가 자기를 보고 있는 것을 눈치채고 짧게 고개 를 끄덕이고는 몸을 돌렸다.

"그러니까 저 녀석이 꼬마 스코피어스로군." 론이 목소리를 낮추고 말했다. "반드시 모든 시험에서 저 녀석을 이겨야 돼, 로지. 네가 엄마 머리를 물려받아서 얼마나 다행이냐."

"론, 제발 좀." 헤르미온느가 기분 좋으면서도 나무라듯 말했다. "입학하기도 전에 사이 틀어지게 만들지 마!"

"네 말이 맞아. 미안." 론은 그렇게 대답하면서도 참을 수 없다는 듯이 덧붙였다. "그래도 저 녀석하고 너무 친해지지는 마라, 로지. 순수 혈통 마법사랑 결혼하면 할아버지가 절대 널 용서하지 않을 거야."

"여기요!"

제임스가 다시 나타났다. 짐 가방과 부엉이, 짐수레를 이미 놓아두고 온 그는 새로운 소식을 전하고 싶어 입이 근질거리는 듯 보였다.

"저쪽에 테디가 있어요." 그가 어깨 너머로 솟아오르는 증기 구름 속을 가리키며 숨 가쁜 목소리로 말했다. "방금 봤는데, 테디가 뭘 하고 있는지 아세요? *빅투아르랑 키스하고 있더라고요!*"

그는 어른들을 올려다봤지만 별다른 반응이 없자 확실히 실망한 기색이었다.

"우리 테디 말이에요! *테디 루핀!* 테디 루핀이 우리 빅투아르랑 키스를 하고 있다니까요! 우리 시촌이링요! 세가 테디한테 뭐 하는 거냐고 물어봤는데⋯⋯."

"네가 그 애들을 방해한 거야?" 지니가 말했다. "넌 어쩜 그렇게 론 삼촌하고 똑같니⋯⋯."

"⋯⋯배웅을 하러 나왔다는 거예요! 그러더니 저더러 저리 가라고 했어요. 빅투아르랑 *키스*하고 있었다니까요!" 제임스는 과연 자신의 말이 정확히 전달됐는지 의심스럽다는 듯 다시 한 번 덧붙였다.

"아아, 둘이 결혼하면 정말 좋겠다!" 릴리가 좋아 죽겠다는 듯 속삭였다. "그럼 테디가 *진짜* 우리 가족이 되는 거잖아!"

"테디는 지금도 1주일에 네 번은 저녁 먹으러 오잖아." 해리가 말했다. "그냥 우리랑 같이 살자고 하는 걸로 이 문제를 마무리 지으면 어떨까?"

"좋아요!" 제임스가 열정적으로 소리쳤다. "저는 알이랑 같이 방을 써도 상관없어요. 테디가 제 방을 쓰면 되죠!"

"안 돼." 해리가 단호하게 말했다. "아빠가 집이 무너지기를 바라지 않는 한 너와 알이 한방을 쓰는 일은 없을 거다."

그는 한때 페이비언 프루잇의 것이었던 오래되고 낡은 손목시계를 확인했다.

"11시 다 됐네. 기차에 타는 게 좋겠다."

"잊지 말고 네빌한테 사랑한다고 전해 줘!" 지니가 제임스를 껴안아 주며 말했다.

"엄마! 교수님한테 *사랑을* 전할 수는 없죠!"

"하지만 넌 네빌을 *알잖아*."

제임스가 눈알을 굴렸다.

"바깥에서야 그렇지만 학교에서는 롱보텀 교수님이잖아요? 약초학 교실에 들어가서 *사랑을* 전할 수는 없다고요……."

제임스는 어머니의 어리석음을 견딜 수 없다는 듯 고개를 흔들며 알버스를 향해 발길질을 하는 것으로 분풀이를 했다.

"나중에 보자, 알. 세스트럴 조심하고."

"그건 안 보이는 줄 알았는데? 언제는 *세스트럴이 눈에 안 보인다며!*"

하지만 제임스는 그저 웃으며 어머니가 입을 맞추게 해 주고 아버지를 아주 잠깐 끌어안은 뒤, 승객들이 빠르게 들어차고 있는 열차에 뛰어올랐다. 그가 손을 흔들며 친구들을 찾아 열차 통로를 달려가는 모습이 보였다.

"세스트럴들은 걱정할 것 없어." 해리가 알버스에게 말했다. "얼마나 온순한 동물인데. 전혀 무섭지 않아. 게다가 넌 학교까지 마차를 타고 가지도 않을 거야. 배를 타고 갈 테니까."

지니가 알버스에게 작별의 입맞춤을 해 주었다.

"크리스마스 때 보자."

"안녕, 알." 아들이 끌어안자 해리가 말했다. "해그리드 아저씨가 다음 주 금요일에 차 마시러 오라고 초대한 것 잊지 말고. 피브스는 건드리지 마라. 어떻게 하는지 배우기 전까지는 누구랑 결투를 해서도 안 돼. 그리고 제임스가 약 올려도 넘어가지 말고."

"제가 슬리데린이 되면 어떡하죠?"

알버스의 귓속말은 오직 아버지의 귀에만 들렸다. 출발 시간이 다 되어 가자, 슬리데린이 되면 어쩌나 하는 두려움이 얼마나 심각하고 진지한 것인지 드러내지 않을 수 없었던 것이다.

해리는 쪼그리고 앉아 알버스의 얼굴을 올려다보았다. 해리의 세 아이들 중에서 오직 알버스만이 릴리의 눈을 물려받았다.

"알버스 세베루스." 해리는 지니를 제외한 누구에게도 들리지 않도록 조용히 말했다. 지니는 눈치 빠르게, 열차에 오르는 로즈에게 손을 흔드는 시늉을 했다. "네 이름은 호그와트의 두 교장 선생님의 이름을 따서 지은 거야. 그중 한 분은 슬리데린이었는데, 그분은 아마 아빠가 알았던 사람들 중에서 가장 용감한 사람일 거야."

"하지만 그냥 만약에……."

"……그러면 슬리데린 기숙사가 훌륭한 학생을 얻게 된 거지. 안 그래? 우린 상관없어, 알. 하지만 그게 너한테 중요한 문제라면 슬리데린이 아닌 그리핀도르를 선택할 수 있을 거야. 기숙사 배정 모자는 너의 선택을 존중해 주거든."

"정말요?"

"아빠한텐 그렇게 해 줬어." 해리가 말했다.

해리는 아이들 중 누구에게도 그 얘기를 해 준 적이 없었다. 알버스의 얼굴에 놀란 표정이 드러나 있었다. 이제는 진홍색 열차에서 잇따라 탕탕 문이 닫히는 소리가 들렸다. 마지막으로 입을 맞추고 당부를 하기 위해 앞으로 몰려가는 부모들의 흐릿한 윤곽이 보였다. 알버스가 객차로 뛰어들어 가자 지니가 문을 닫아 주었다. 학생들은 저마다 가장 가까운 창문에 매달려 있었다. 열차에 탄 사람들이나 열차 바깥에 있는 사람들 할 것 없이 모두가 고개를 돌려 해리를 바라보는 듯했다.

"왜 다들 쳐다보는 거지?" 알버스가 로즈와 함께 창밖으로 목을 길게 빼고 다른 학생들을 둘러보면서 물었다.

"신경 쓸 거 없어." 론이 말했다. "나 때문이란다. 내가 워낙 유명하거든."

알버스, 로즈, 휴고, 릴리가 웃음을 터뜨렸다. 열차가 움직이기 시작했다. 해리는 그 옆을 따라가며, 이미 흥분으로 벌게진 아들의 홀쭉한 얼굴을 바라보았다. 아들이 멀어져 가는 모습을 지켜보고 있으려니 마치 영영 떠나보내는 것처럼 느껴지긴 했지만, 해리는 웃는 얼굴을 유지한 채 계속 손을 흔들었다…….

증기의 마지막 여운이 가을 공기 속으로 사라졌다. 기차가 모퉁이를 돌았다. 해리는 여전히 손을 들어 올린 채 작별 인사를 하고 있었다.

"괜찮을 거야." 지니가 중얼거렸다.

해리는 그녀를 바라보면서, 별생각 없이 손을 내려 이마의 번개 흉터를 만져 보았다.

"나도 알아."

지난 19년 동안 그 흉터가 아팠던 적은 없었다. 모든 것이 잘됐다.

(끝)

☀ 그리핀도르 ☀

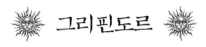

♦ 퀴즈 ♦

흔들리지 않는 용기와 결단력으로 유명한 그리핀도르 출신들은 굉장히 벅찬 도전 과제 앞에서도 절대 돌아서지 않습니다. 이 퀴즈를 풀면서 역사 상 가장 위대한 용감하고 유명한 마법사들의 집이었던 그리핀도르 기숙사에 관해 얼마나 아는지 살펴보세요.

1. 고블린들은 그리핀도르의 검이 자기들한테서 훔쳐 간 것이라고 주장합니다. 누구에게서 훔쳤다는 걸까요?

    a. 고르누크 1세

    b. 라그누크 1세

    c. 나그노크 1세

2. 호그와트 전투에서 맥고나걸 교수가 학교를 보호하기 위해 사용한 주문은 무엇인가요?

    a. 프로테고 보리빌리스

    b. 피에르토툼 로코모토르

    c. 프로테고 토탈룸

3. 해리가 1학년 때, 목이 달랑달랑한 닉은 얼마 동안 음식을 먹은 적이 없다고 말했나요?

    a. 거의 500년

    b. 거의 2세기

    c. 지난 핼러윈 이후

4. 해리가 호그와트에서 보낸 두 번째 크리스마스 때, 프레드 위즐리는 형 퍼시의 반장 배지에 마법을 걸어 거기에 써 있는 글자를 바꿉니다. 뭐라고 바꿨을까요?

    a. 돌대가리

    b. 멍청이

    c. 바보

5. 해리가 3학년 때, 시리우스 블랙이 뚱뚱한 귀부인의 초상화를 공격하자 뚱뚱한 귀부인은 자기 자리에서 도망칩니다. 결국 뚱뚱한 귀부인이 발견된 곳은 어디인가요?

    a. 아가일셔 지도

    b. 캐도건 경과 조랑말 그림

    c. 친구 바이올렛의 초상화

6. 해리가 1학년 때, 기숙사 배정 모자는 그리핀도르 학생들에게 어떤 자질이 있다고 말하나요?

    a. 용기, 용감함, 결단력

    b. 대담함, 용기, 기사도 정신

    c. 기사도 정신, 의리, 대담성

7. 해리가 3학년 때, 리머스 루핀이 어둠의 마법 방어법 수업을 들으러 온 학생들에게 처음으로 선보인 주문은 와디와시입니다. 루핀은 무엇을 상대로 이 주문을 사용하나요?

    a. 보가트

    b. 디멘터

    c. 피브스

8. 알버스 덤블도어가 어둠의 마법사 겔러트 그린델왈드를 처음으로 만난 곳은 어디인가요?

    a. 덤스트랭 마법학교

    b. 고드릭 골짜기

    c. 그레고로비치의 지팡이 가게

9. 해그리드는 머리 세 개 달린 개 복슬이를 어디에서 구하나요?

    a. 카드 게임에서 땄다

    b. 술집에서 어떤 남자에게 샀다

    c. 마법 동물원에서 샀다

10. 나중에 해리 포터는 호그와트 교수 두 명의 이름을 따서 아들의 이름을 짓습니다. 누구의 이름을 땄나요?

    a. 덤블도어와 스네이프

    b. 스네이프와 루핀

    c. 루핀과 덤블도어

이 책의 마지막 페이지를 펼쳐 정답을 알아보세요.

☀ 영웅들 ☀

◆ 그리핀도르 ◆

해리, 론, 헤르미온느는 죽음을 먹는 자들의 추적을 따돌리고자 끊임없이 이동하면서, 볼드모트의 남은 호크룩스를 파괴하는 위험한 여정을 떠납니다. 이런 노력은 세 그리핀도르 학생의 용기와 우정을 전에 없이 강하게 시험하고, 이들로 하여금 수없이 대담한 행동을 실행에 옮기도록 합니다. 이제는 머글 태생 등록 위원회 위원장이 되어 흡족해하고 있는 덜로리러스 엄브리지가 목에 걸고 있는 슬리데린의 로켓을 가져오기 위해 마법 정부 깊숙한 곳으로 대담하게 출격하는 것이 그 시작이죠.

삼총사가 갈라서고 잔뜩 화가 난 론이 한밤중에 씩씩대며 친구들을 떠난 뒤 덤블도어의 딜루미네이터가 결국 론을 딘 숲으로 다시 안내합니다. 그곳에서 론은 얼어붙은 호수에 뛰어들어, 로켓 호크룩스에 목 졸려 죽을 뻔한 해리를 구해 내면서 용기를 증명합니다. 해리는 새로 찾은 그리핀도르의 검으로 저주받은 로켓을 파괴하는 일은 론의 몫이라고 고집스럽게 주장하죠. 로켓 안에서는 톰 리들의 눈이 바깥을 내다보고, 호크룩스는 론의 가장 깊은 두려움을 쏟아 냅니다. "너는 늘 사랑을 가장 못 받는 아이였다", "넌 언제나 두 번째야", "영원히 남들의 그림자에 가려져서……." 론은 진정한 그리핀도르답게 로켓을 반으로 쪼개며 호크룩스와 자기 마음속의 악마들을 모두 베어 버립니다.

이들의 여정은 시골에서 야영하면서 계속됩니다. 그러는 내내 헤르미온느의 방어 주문이 이들을 지켜주죠. 해리는 제노필리우스 러브굿을 찾아갔다가 죽음의 성물을 추적하게 되고, 볼드모트가 전설적인 딱총나무 지팡이를 쫓고 있다는 사실을 깨닫게 됩니다. 인간 사냥꾼들에게 붙잡혀 말포이 저택 지하실에 갇혔던 일행은 그리핀도르의 용감한 친구인 집요정

도비가 목숨을 버리면서까지 해리 포터를 안전한 곳으로 데려간 덕분에 다시 한번 거의 불가능했던 탈출을 해 냅니다.

호그와트가 금방이라도 공격당할 위기에 처하자 맥고나걸 교수는 강철과도 같은 배짱으로 학교에 있는 모두를 동원합니다. 학교의 조각상과 갑옷 들까지 말이죠. 덤블도어의 군대에 속한 반란군들이 필요의 방에 있던 은신처에서 나와, 옳은 것을 위해 싸우겠다는 결심으로 물밀듯이 학교로 돌아온 다른 용감한 그리핀도르 학생들, 그리고 불사조 기사단 단원들에게 힘을 보탭니다. 그중에는 자기 행동을 후회하는 퍼시를 포함한 위즐리 형제들이 있죠. 위즐리 형제의 화해는 즐거운 한편 괴롭기도 합니다. 프레드가 전투에서 가장 먼저 쓰러지기 때문이죠. 아들의 죽음이라는 절망적인 사건에 이어, 몰리 위즐리는 그리핀도르의 영웅적 순간 중에서도 단연 최고라고 할 만한 순간, 격렬한 결투 끝에 벨라트릭스 레스트레인지를 무너뜨립니다. 그리핀도르 출신 영웅들은 볼드모트 경과 그의 어두운 신념을 무너뜨리기 위해 기꺼이 목숨을 바치며 전투에서 진정한 색깔을 드러냅니다.

강동혁은 서울대학교 영문학과와 사회학과를 졸업하고 같은 학교 대학원에서 영문학 석사학위를 받았다. 옮긴 책으로는 《신비한 동물사전 원작 시나리오》, 《일곱 건의 살인에 대한 간략한 역사》, 《레스》, 《이 소년의 삶》 등이 있다.

해리 포터와 죽음의 성물 4(그리핀도르 기숙사 에디션)

초판 1쇄 인쇄 2022년 10월 19일
초판 1쇄 발행 2022년 11월 19일

지은이 | J.K. 롤링
옮긴이 | 강동혁
발행인 | 강봉자, 김은경

펴낸곳 | (주)문학수첩
주소 | 경기도 파주시 회동길 503-1(문발동 633-4) 출판문화단지
전화 | 031-955-9088(마케팅부), 9532(편집부)
팩스 | 031-955-9066
등록 | 1991년 11월 27일 제16-482호

홈페이지 | www.moonhak.co.kr
블로그 | blog.naver.com/moonhak91
이메일 | moonhak@moonhak.co.kr

ISBN 978-89-8392-987-7 04840
       978-89-8392-901-3 (세트)

* 파본은 구매처에서 바꾸어 드립니다.